COLLECTION SÉRIE NOIRE

créée par Marcel Duhamel

Nouveautés du mois

1919 — ON NE MEURT QUE DEUX FOIS

(ROBIN COOK)

Frères humains qui après nous vivez...

1920 — 14e NOCTURNE

(TITO TOPIN)

Casse-tête vidéo et morts croisés

1921 — TOUT LE MONDE SE TIRE

(MICHAËL Z. LEWIN)

J'en ai vu des qui sont pas là

1922 — TROTSKI SE FAIT LA PAIRE

(RICHARD HOYT)

La boulette russe

ROBIN COOK

On ne meurt que deux fois

TRADUIT DE L'ANGLAIS
PAR JEAN-BERNARD PIAT

nrf

GALLIMARD

Titre original :

HE DIED WITH HIS EYES OPEN

« Un œil était fermé, celui qu'il s'était cogné en quittant la tombe. Mais l'autre, de derrière les cornflakes, jetait un regard fixe sur un buffet de salle à manger bourgeoise. »

La Cour d'Eden, 1952.

Pour Fiona

1

On le trouva dans les taillis devant la maison de la Parole de Dieu à Albatross Road, Ouest 5. C'était le soir du 30 mars, à l'heure de pointe, et il faisait bougrement froid. En revenant chez lui, un employé de bureau avait été stoppé net lorsqu'il avait trébuché sur le corps. Je ne sais pas si vous connaissez l'endroit où Albatross Road donne dans Hangers Lane, mais si c'est le cas, vous n'ignorez pas à quel point le quartier est hideux et désolé, la station de métro au ras de la chaussée d'un côté, des bâtiments sans fenêtres, aux murs suintants d'humidité, de l'autre. Ce soir-là, il y avait encore une grève perlée de l'Aslef, et même quand j'arrivai à sept heures, des gens étaient toujours là, à faire la queue pour descendre l'escalier jusqu'aux rames, qui se faisaient rares.

Un vent d'est soufflait et il tombait des hallebardes lorsque je parvins sur les lieux. Je trouvai Bowman, de la Criminelle ; debout près du cadavre avec une lampe-torche, il parlait aux deux flics de service alertés par l'homme qui avait trébuché sur le corps. L'eau coulait du bord du feutre de Bowman et dégoulinait le long du casque des deux poulets jusque dans leur col de chemise.

Bowman me passa la torche sans un mot et je me penchai sur le mort. Il avait les yeux ouverts — l'un des deux l'était tout juste — la cornée criblée de ces gravillons que le vent d'est vous projette dessus dans les rues londoniennes. Il était vêtu d'un complet gris bon marché, marqué de brûlures de cigarettes sur le devant, et d'un imperméable fatigué. De taille moyenne, il avait les cheveux fins grisonnants, un nez de poivrot, de cinquante à soixante ans. Il avait les deux bras et une jambe cassés ; l'os luisant faisait saillie, tout bleu, à travers le tissu du pantalon. Sa tête avait été défoncée au-dessous du niveau des cheveux et sa cervelle s'était répandue sur la joue gauche pour finir dans la boue. J'eus toutefois l'impression que, malgré ses blessures, il n'était pas mort tout de suite. Dans les yeux ternes, se voyait encore la lueur vacillante d'un vague souvenir qu'il tenait à emporter avec lui, Dieu sait où.

Lorsque j'eus fini de l'examiner, je reculai d'un pas en jetant un dernier coup d'œil sur sa figure. Ils en avaient laissé un bout, à vrai dire, ceux qui avaient fait ça. Ce n'était pas une face de brute, mais un visage qui avait tout vu, et puis qui n'en avait pas assez compris avant qu'il ne fût trop tard. J'ai vu pas mal de morts violentes, mais jamais rien de plus terrible que celle-là. Ses blessures multiples n'étaient pas le fruit du hasard. Cela ne concordait pas avec l'idée d'un crime de chauffard ni même d'une vulgaire agression (qui aurait pris la peine de le détrousser ?). Non, il avait été systématiquement passé à tabac par un, ou plus vraisemblablement, deux professionnels qui savaient exactement comment opérer. Des spécialistes, pour ainsi dire. Des criminels, quoi.

— Qu'est-ce que tu en penses ? dit Bowman.

— Je pense qu'ils ne plaisantaient pas, les gars.

— Les gars ?

— Il devait y en avoir plus d'un. Un seul homme n'aurait pas pu faire tout ce gâchis. Et je ne sais pas où ça s'est passé, mais pas ici. Il n'y a presque pas de sang sous le corps.

— Ouais, j'avais remarqué ça, dit un des poulets avec une patience appuyée. (Comme tous ces petits malins de flics qui veulent devenir inspecteurs, sans jamais y arriver, il avait fureté un peu partout en faisant travailler ses méninges.) Pour moi il a été buté dans une bagnole, puis on l'a poussé dehors, on l'a traîné jusqu'ici — on peut voir les marques sur le sol — et puis on l'a largué pour faire croire que c'était un clodo, voyez ?

— Tu es un assassin, dit froidement Bowman. Tu es le super-criminel qui ne tient pas à se faire choper. Tu butes un mec dans une voiture, tu fous un bordel monstre, du sang de tous les côtés. Bon, maintenant, je suis à ta place. Je ramène ma fraise et je dis : « Je peux examiner votre voiture, s'il vous plaît ? Enquête de routine, Monsieur. » Avec du sang partout, espèce d'abruti !

— Je n'avais pas vu ça sous cet angle, Inspecteur.

— Je sais, dit Bowman. Alors continue à gagner ta vie en faisant des rondes, et tâche de nous laisser nous occuper du reste, fiston. A moins, ajouta-t-il, que tu ne veuilles te presser le citron encore une fois pour nous fournir le mobile ?

— Non, Inspecteur.

— De toute façon, dis-je, on ne peut pas tabasser à mort un type dans une voiture, il n'y a pas assez de place.

— Peut-être qu'ils ont fait ça dans un camion, dit l'autre poulet, mais personne ne prêta attention à lui.

— Est-ce que le médecin légiste est passé ? demandai-je.

— Toute la clique, répondit Bowman. Ils sont venus, ils sont repartis. On n'attendait plus que toi. T'as pris ton temps, dis donc.

Le flic fouineur dont Bowman avait rabattu le caquet ricana dans l'obscurité. Bowman se tourna vers lui et lança :

— Si t'as quelque chose à dire, petit, dis-le tout haut et en anglais pour que je puisse te donner la réponse. Pas sûr que tu la trouves tout seul. (Puis s'adressant à moi :) As-tu une idée du mobile ? L'argent ?

— Il ne paraît pas du genre à en avoir eu beaucoup sur lui, répondis-je. Sait-on qui c'était, à propos ?

— Bien sûr que oui, dit Bowman. On a trouvé ses

papiers d'Aide Sociale dans sa poche revolver. Charles Locksley Alwin Staniland, âgé de cinquante et un ans.

— Est-ce que j'irais tuer un homme pour cinquante livres ? dis-je.

— Je ne sais pas, répliqua Bowman. Certaines de ces petites frappes sont prêtes à tout aujourd'hui. En tout cas, tu peux t'y mettre maintenant, l'affaire est à toi. Et ne me cours pas sur le haricot, pigé ?

— Pour ce qu'il y a dessus, dis-je en regardant sa tête chauve à la lumière de la torche.

Le regard qu'il me lança n'était guère amical. Inspecteur principal à 32 ans — promotion toute récente — il était enjoué, brutal et intelligent, culotté et sûr de lui.

— C'est un clodo qui s'est fait tuer, en fin de compte, dit-il avec un mépris qui classait l'affaire et laissait entendre qu'il avait d'autres chats à fouetter à la Criminelle. On en a plein. (Il consulta sa montre.) Bon Dieu, il faut que je revienne au bureau, il est neuf heures. Eh bien, j'y vais. (Il regagna la rue où attendait la voiture de police avec son gyrophare bleu et sa radio qui crépitait, à l'entrée des taillis enchevêtrés.) L'ambulance va arriver d'un moment à l'autre, mais comme tu sais...

— Les Urgences font encore une grève perlée.

— De toute façon, dit-il, j'en ai marre de cette pluie qui me tombe dessus comme vache qui pisse.

Il se fichait pas mal de la pluie. Ce qu'il voulait dire, c'est que l'affaire Staniland n'offrait pas de perspectives de promotion ; il serait allégrement resté sous une douche froide vingt-quatre heures d'affilée tout habillé dans le cas contraire. La police locale lui signalait souvent ces affaires-là, et chaque fois qu'il pouvait s'arranger, il nous les refilait : à nous de nous débrouiller.

A l'entrée il se tourna vers moi, décontracté, les jambes écartées, les mains jointes derrière le dos. Nous étions l'un en face de l'autre. Comme je l'ai dit, nous ne nous entendions pas, et heureusement nous étions dans des services différents et on ne se voyait pas trop.

— Tu veux vraiment rester sergent, hein ? dit-il.

— Non, mais j'aime que justice soit faite.

— La justice ? Toi, comme crétin... Tu as quarante ans, tu es sergent, et à vrai dire tu méprises la promotion.

— Je ne suis pas arriviste comme toi, répondis-je. Pas avec des affaires comme celle-là.

— On n'en parlera même pas dans les journaux.

— Non, je sais, et voilà le genre de chose qui compte pour toi.

— Bien sûr.

— Mais l'ennui avec toi, c'est que ça se voit.

— Fais comme tu veux, dit Bowman. Tu peux rester dans ton coin au service des décès non éclaircis jusqu'à en crever, je m'en balance. De toute façon, je m'en vais, je suis déjà en retard. (Il rentra le menton dans le col de son imper et fit signe à son chauffeur d'avancer la voiture. Au moment où il allait monter, il se retourna et dit :) Au fait, tu ferais bien d'appeler le Commissariat demain et je te ferai envoyer ses affaires. Il y en a pas mal.

— Tu es déjà passé chez lui ?

— J'ai fait visiter l'endroit. Je te donnerai l'adresse.

Ma foi... il était efficace, mais cela je le savais.

— Tu peux me laisser ta torche pendant que j'attends l'ambulance, dis-je. Tu n'en auras pas besoin au Commissariat. Avec tout cet éclairage au néon.

Il me la donna sans enthousiasme.

— Je n'aime pas tes manières, fit-il. Tu n'es que sergent, mais tu es culotté. Tu ne te prends pas pour de la crotte. Tu te crois malin. (Il était à l'arrière de la voiture maintenant, la glace à demi remontée à cause de la pluie.)

— Travailler là où je suis, ça me donne un sentiment d'indépendance. Même si je ne suis que sergent.

— Ne va pas trop loin.

— Tu peux me tourner le dos si tu veux, dis-je calmement, je ne te flinguerai pas avec ta propre torche.

Je voulais seulement qu'il s'en aille.

Après son départ — rayons bleus du gyrophare sous la

pluie, brouillard d'échappement et de pistons émis par la Rover blanche à raies rouges — je renvoyai les deux flicaillons à la porte d'entrée et m'accroupis près du visage de l'homme, torche allumée. Je voulais voir si je pouvais me faire une idée de la raison de la mort de ce type et sur la façon dont il était arrivé ici, avant que les gros malins ne commencent à me donner leurs explications.

Au bout d'un moment, je me mis à réfléchir aux remarques cinglantes de Bowman sur le service des décès non éclaircis. Le fait que la section A 14 soit de loin la plus impopulaire et la moins recherchée de tous les services prouve simplement, à mon avis, qu'elle aurait dû être créée il y a longtemps. Les gens de gauche à la mode, plus ou moins politiciens ou apparentés, ne nous aiment pas..., mais il faut bien que quelqu'un fasse le boulot, eux ne le feront pas. Les gens en uniforme ne nous aiment pas ; la P.J. et les Brigades spéciales non plus. Nous travaillons sur la mort obscure, sans importance et apparemment sans mobile de gens qui ne comptent pas et n'ont jamais compté. Nous avons le budget le plus bas, nous sommes les derniers dans la répartition des crédits, et la promotion est si lente que la majorité d'entre nous ne dépasse jamais le grade de sergent. A bout de ressources, certains d'entre nous passent dans d'autres services, mais pas beaucoup ; quant à ceux qui demandent leur transfert, la plupart le font, dans l'ensemble, assez tôt. Nous savons résoudre un meurtre avec autant d'habileté que le premier Bowman venu, quels que soient notre grade, notre salaire et notre retraite... la différence tient à notre attitude. Tout comme Bowman, nous passons notre temps à scruter le visage de cadavres, à fouiller leur chambre, à passer au crible les mobiles de leurs amis, s'ils en ont, de leurs liaisons et de leurs ennemis. Mais à l'inverse de certains policiers, nous ne cherchons pas de bonnes excuses en invoquant le manque de personnel, et peu nous importe que l'affaire sur laquelle nous enquêtons ne soit jamais mentionnée dans les journaux, ne devienne jamais une chasse à l'homme nationale, une « cause célèbre ». Quand mon ami le sergent Mackintosh a été tué l'année dernière par l'homme qu'il avait pris au piège dans un studio du côté d'Edith Grove, il n'a pas eu droit à une Médaille George posthume. Pour nous aucun meurtre n'est fortuit ou sans importance, bien que le meurtre soit une donnée constante dans une ville comme celle-ci.

Tandis que j'examinais le corps, les deux flics revinrent. Le zélé, celui qu'avait rabroué Bowman, me regarda d'un air finaud. Il fut bien trop malin pour dire quoi que ce soit cette fois-ci, et même lorsqu'il m'adressa la parole, il ne fut ni vraiment poli ni impoli... Il réussit tout bonnement à ne pas s'embarrasser de politesse. L'autre agent, qui n'avait encore rien dit, se glissa vers moi quand je lui demandai de rappeler l'ambulance par talkie-walkie et m'appela « fiston ».

— C'est comme ça que tu appelles ton sergent au poste ?

— Non.

C'était un blond d'une vingtaine d'années, à l'air de brute, à la démarche nerveuse et maîtrisée, fier de ses poings. Je savais qu'il méprisait tous ceux qui n'étaient pas comme lui, qui étaient plus âgés que lui, plus faibles ou en désaccord avec son point de vue sur la société qu'il contribuait à administrer.

— J'ai presque le double de ton âge, dis-je. Ça te plairait que je t'appelle « fiston », fiston ?

— Non.

Il n'était pas fait pour être agent de police. Il était bien trop partial..., tout disposé au coup de poing avec des « ennemis » sur lesquels il avait des opinions beaucoup trop tranchées. Ce n'était pas le genre d'homme sur qui on pouvait compter pour assurer la démocratie. De plus, il avait l'esprit lent. Il y avait trop de gens comme lui dans la police londonienne ; et qu'en haut lieu on n'aille pas dire qu'on était obligé de prendre ce qu'on trouvait. Avec trois millions de chômeurs, on pouvait avoir la police que l'on voulait, comme pour l'armée. Mais le boulot d'un policier

— quand il est bien fait — est beaucoup plus dur que celui d'un soldat, ou du moins devrait l'être. On n'obéit pas simplement à des ordres. On a un code, mais le plus souvent on est seul (moi, je le suis toujours) et alors les ordres, il faut les trouver tout seul.

— Tu n'es pas avec nous depuis longtemps, dis-je.

— Un an.

— Prends le métier sans t'emballer, lui conseillai-je. Ce n'est pas la peine de foncer comme un taureau contre une barrière.

— Entendu. (Le ton était calme et désagréable, le regard d'une froideur mesurée. Je me demandai ce qui arriverait à un type qui lui tiendrait tête au cours d'un interrogatoire si jamais il entrait à la P.J.)

— Bon, ça va, dis-je. (Mon attention se porta sur le numéro inscrit sur son épaule : Division N, Numéro 107. Je remarque toujours ces choses-là. Après un silence gêné, j'ajoutai :) Pour passer le temps avant l'arrivée de l'ambulance, est-ce que l'un d'entre vous a un commentaire à faire sur cette affaire ? Une idée quelconque ?

— Ce n'est pas nos oignons, sergent, dit le plus malin des deux, l'air d'avoir retenu la leçon.

— Allons. Je m'adresse à vous deux.

— Difficile à dire, fit le blond.

— Est-ce que c'était un drogué, par exemple ? dis-je. Vous avez les faits sous les yeux, tout comme moi.

— Je n'en sais rien, dit le blond d'un air absent. Après tout, je suis seulement le flic de service qui n'a qu'un an d'expérience.

— Tu n'arriveras jamais à la P.J. en adoptant cette attitude, fis-je remarquer.

— Qui vous dit que j'y tienne ?

Je me tournai vers l'autre :

— Comment un alcoolique de cet âge-là finit-il sa carrière dans un terrain vague, dans le même état que s'il avait été déchiqueté par un obus ?

— Il avait des ennemis.

— La plupart des gens n'ont rien à branler d'un pauvre mec comme ça, dis-je. Ils pourraient le bousculer un peu ou lui coller une châtaigne. Mais pourquoi ce passage à tabac dans les règles ?

— Oui, et c'était prémédité. Ils l'ont allumé quelque part et l'on amené ici.

— Oui, fis-je. Oui, mais enfin, quel mobile ? Ils ont pris des risques.

— Pourquoi « ils » au pluriel ?

— Je doute qu'un seul homme l'ait mis dans un tel état. Il y a eu le passage à tabac. Le transport était prévu de toute évidence. Le type a dû se faire aider.

— Oui, d'accord, dit le malin. Ouais, je verrais ça comme ça. (Il parlait avec un accent du sud de Londres, qui tremblotait dans sa gorge, telle une flamme dans une cheminée percée. L'autre faisait la tête sous la pluie en bordure du faisceau lumineux.)

— Eh bien, s'ils ont été jusqu'à le tuer, peut-être qu'il en savait trop long sur quelque chose. C'était peut-être un donneur.

— Peut-être, fis-je. Et il avait peut-être fait de la taule, mais d'un autre côté je n'en ai pas l'impression. De toute façon on peut vérifier facilement.

— Ou un espion ?

— Non, dis-je. Les puissances étrangères n'opèrent pas ainsi. Ni les groupes terroristes. Ils leur font sauter une bombe à la figure, ils les descendent, ou même ils foncent dessus en voiture. Mais ils ne les tabassent pas à mort pour les transporter ailleurs ensuite. Ils n'ont pas le temps.

— L'argent, alors.

— Apparemment ce n'est pas le genre à en avoir eu beaucoup.

— Bah, ça doit bien être une de ces trois raisons, sergent. Je ne vois rien d'autre.

— Non, moi non plus, dis-je. Du moins pas encore. Pas avant que je n'aie examiné ses affaires, parlé à ses amis, s'il en avait. En tout cas, tu as été utile, ajoutai-je. Tu t'appelles comment ?

— Marvell, Division N.

Juste à ce moment-là apparut l'ambulance. Elle arriva dans un gémissement de sirènes qui allaient decrescendo, sans se presser. Quand elle s'arrêta, personne n'en sortit en trombe, à proprement parler. Après un moment d'attente raisonnable, deux hommes portant un uniforme bleu descendirent du véhicule d'une manière calme, tranquille, britannique. Celui qui n'était pas le chauffeur rabattit le marchepied arrière de l'ambulance et sortit un brancard qu'il ne réussit pas à déplier tout de suite.

Le chauffeur s'approcha lentement de nous et fit observer :

— Eh bien, nous voilà. (On nous donnait clairement à entendre que cela tenait de la vérité révélée. Il jeta un coup d'œil sur le corps de Staniland et dit d'un air entendu :) C'est lui ?

— Ma foi, plus maintenant, mais c'était lui, fis-je.

— Malheureusement, comme il était mort, dit le chauffeur, il est passé en queue de liste, quoi, parce qu'il y a une action syndicale en ce moment.

— Là, vous avez tapé dans le mille, dis-je. Il n'est pas plus pressé que vous.

— Vous me pardonnerez de vous poser la question, répliqua le chauffeur, mais est-ce que vous essaieriez de vous foutre de notre gueule ?

— Bah, ce serait le cas, repris-je, que vous ne pourriez rien y faire. Maintenant chargez-le, ou je vous colle un rapport pour avoir fait perdre son temps à la police.

Il y eut pour le coup un très long silence.

— En tant que policier, vous n'avez pas à porter de jugement sur une action syndicale, dit le chauffeur.

— Et je m'en garde bien. Je vous dis simplement de vous mettre au boulot. Qui porte un jugement ?

— Vous, dit le chauffeur d'un ton amer.

Son collègue, sans lever les yeux du registre sur lequel il griffonnait, dit :

— Bon, ça va, George, ne restons pas sous la pluie et chargeons-le. (Il ne prêtait aucune attention à moi. Il consulta sa montre, nota l'heure sur le registre et le referma lentement. Puis s'adressant aux agents :) On sera juste à l'heure pour voir ce nouveau feuilleton qui passe à la télé, « Les Gens de la Pelote à Epingles ». Ça parle d'un vieux roi qui s'est fait assassiner y a un bon bout de temps par un tas de mecs avec des shorts bouffants et de drôles de chapeaux avec des perles. Ils se trimbalent partout en jacassant et en se menaçant avec des épées, vous voyez, et puis y a un type avec une grande cape en fourrure qui te les ramène tous au tribunal, qui te leur sort tout un baratin, et puis qui les fait tous zigouiller. C'est bien.

— Je ne trouve pas ça bien, dit le flic blond. Je trouve ça con.

— Vous avez des préjugés contre l'histoire, voilà ce qu'il y a, dit le collègue du chauffeur, si je peux me permettre, m'sieur l'agent.

Tout en parlant il poussait dans l'intérieur blanc de l'ambulance le brancard chargé du cadavre sous une couverture. Après quoi, il claqua les portes sur le tout, revint à l'avant et monta. Le chauffeur, avec un regard timide, monta aussi et mit le moteur en marche. L'ambulance s'éloigna à une allure modérée. « Bonsoir tout le monde », cria son collègue en se retournant.

Personne ne répondit.

A l'intérieur de l'ambulance, le visage massacré de Charles Locksley Alwyn Staniland hurlait en silence, tourné vers le plafond blanc qu'un ouvrier de chez British Leyland avait passé au pistolet un jour où, par hasard, il n'était pas en grève et avait besoin d'être payé double tarif.

2

Je rendis visite au chirurgien de la police qui avait examiné le corps à l'arrivée et lui demandai :

— De quoi est-il mort ?

— De tout, répondit-il d'un ton las.

Lorsque je posai la même question au médecin légiste, il me dit :

— Trouvez-moi de quoi il n'est pas mort, moi je n'en sais rien.

— Comment ça, vous n'en savez rien ? Vous êtes médecin, vous êtes censé savoir.

— Les blessures se sont succédé tellement vite qu'il est difficile de dire quelle a été la première. Pas impossible, seulement je n'ai pas encore fini. Mais je peux vous dire qu'ils lui ont cassé les bras et la jambe en premier, les doigts aussi, et que le coup de grâce, ç'a été le coup porté au lobe frontal avec quelque chose comme une masse de carrier d'un kilo.

— Je me demande comment il a pu s'attirer une telle haine, dis-je.

— Ne me posez pas de questions de ce genre, dit le médecin. Je suis encore très jeune et je n'ai guère de connaissance des mobiles dégueulasses des gens. J'espère que ce ne sera jamais le cas. De toute façon ce n'est pas mon boulot, ajouta-t-il. Je détermine seulement l'heure et la cause de la mort et je ne suis pas flic, je travaille pour eux, c'est tout. (Nous étions à la morgue. Il laissa choir une poignée d'instruments froids et sanglants dans un bac de stérilisation. Il jeta un coup d'œil sur la figure bleue de Staniland tandis que son assistant le remettait au frigo.) Peut-être qu'il en savait trop, qu'il était trop spécialisé dans un certain domaine, comme qui dirait.

— Et puis qu'il s'est mis à parler dans son sommeil, ajouta l'assistant en claquant la porte du frigo.

— Trouve-moi le carrier, Watson, dit le médecin en ricanant. Trouve-moi la masse, hein ? Moi de mon côté je vais m'occuper des cheveux et du groupe sanguin.

Il me mit en rogne.

— Imaginez que vous ayez un jour une petite amie de trop, docteur, dis-je, et que l'amant jaloux vous tabasse à mort. Ou bien, pas une petite amie. Un petit copain.

— Dites donc, j'espère que vous n'insinuez pas...

— Et imaginez-vous, la police, en train d'imiter Sherlock Holmes, penchée sur vos restes..., moi et votre assistant, là, avec toute la sagesse du monde sur sa figure et le mégot éteint au bec.

3

Je m'endormis dans mon horrible appartement de célibataire, logement de fonction à Earlsfield, après avoir commencé la lecture des papiers de Staniland que m'avait fait parvenir Bowman. Je rêvai que loin au-dessous de moi, au pied des murs d'une forteresse en ruines, se trouvait un champ tout bruni par la sécheresse et parsemé de rochers. J'étais quelque part à l'étranger..., en tout cas dans un endroit qui sentait mauvais. (Pour les Britanniques, l'étranger sent toujours mauvais.) J'étais assis sur une terrasse faite — je m'en aperçus tout à coup — de toile pourrie. Mes jambes se balançaient au bord et mes plantes de pieds étaient si éloignées du sol que j'en avais des fourmillements. Des deux côtés, des gens bien habillés bavardaient, sans s'en faire. Puis tout l'ensemble se distendit, oscilla et s'effondra complètement; en criant, je tombai vers le champ parsemé de rochers. « On finit toujours par se faire avoir », fit observer Staniland d'un ton aimable pendant notre chute commune, « sinon, cette situation qui ne rime à rien ne finirait jamais. »

Je m'éveillai en sueur.

Je me mis à penser à moi. Je ne suis pas célibataire, je suis divorcé. A première vue, cela n'a guère d'importance dans la police, de nos jours; autrement, il leur serait impossible de remplir les rangs.

Mais cela ne facilite guère votre carrière. Les gens en

haut lieu n'ont jamais divorcé, en dépit de tout ce qu'ils ont pu faire en cachette (ce qui, à la stupéfaction du public, vient à sa connaissance de temps à autre).

Ayant alors une nouvelle fois accepté de rester sergent, je me remis à penser à Staniland. Je fixai l'obscurité au-dessus de ma tête, essayant de concentrer sur lui mon attention, tâchant de l'imaginer en train de marcher, sur ses pieds, bien vivant, sans ses blessures. Je m'efforçai de me le représenter ainsi jusqu'au moment où j'eus envie de voir le jour.

J'allumai la lumière et ressortis ses papiers. Staniland écrivait : « Les gens se promènent à Battersea Park parmi les crottes de chien comme s'ils avaient tout le temps devant eux. Je leur souhaite d'y croire vraiment..., ce serait aussi bien pour eux. Ils font, refont le tour du parc, puis font demi-tour et regagnent leur appartement le long du parc. Puis ils s'assoient, tracassés par leurs problèmes, et attendent l'ouverture des pubs. Malgré leurs vêtements, beaucoup d'entre eux sont des locataires en place, inscrits à la Sécurité Sociale. Si vous leur dites que vous êtes écrivain, ils vous répondent qu'eux aussi, bien qu'ils ne possèdent pas une miette de talent, mais de la rancune et de l'animosité. Ils se donnent pour on ne peut plus libéraux, ce qui est complètement faux. Dès que quelque chose d'intéressant se passe dans votre chambre — une discussion, une fête, une partie de jambes en l'air — ils se mettent à taper au plafond avec un manche à balai comme une belle-mère jalouse, aveuglément, sénilement. Voilà vos « voisins ». Le lendemain soir vous les voyez au bar du « Princess Caroline », vêtus de manteaux à la mode, d'occasion, arborant des boutons dorés décorés d'ancres, une casquette à visière portée de guingois, à la Lénine. Ils ont l'air prêts à dénoncer n'importe qui ; ils sont obsédés par leur standing petit-bourgeois jusque dans leurs moindres conceptions, jusqu'au corniaud de chien qui se mêle les pattes dans leurs pieds chaussés de bottines de daim fatiguées, comme si ces animaux peu accorts avaient un pedigree. Lorsque j'ai bu quelques verres, ces gens se transforment en oiseaux de proie, en frelons, en guêpes. Si je les critique, ils me diront que je suis sans pitié. Si je m'en garde, ils sont sans pitié pour moi.

« Sous les feuillages bien entretenus de Battersea Park, les gardiens ferment les portes à dix heures et demie le soir, vous rappelant ainsi que vous n'êtes pas à la campagne en ce moment, tandis qu'à trois rues derrière à peine les Rastafaris rôdent et hurlent. Interdits de séjour dans les pubs par une loi locale non écrite, ils règnent en maîtres dans les rues, avec pour proies les Asiatiques, les Blancs trop faibles pour résister et, en général, les gens à l'air intelligent et donc éventuellement riches. La seule chose que les Noirs au chômage peuvent estimer leur appartenir, ce sont les pavés. Battersea est représentatif d'une situation nationale sans espoir, dans laquelle seule une succession de gouvernements typiquement britanniques ont pu nous mettre. J'exècre Battersea. Je n'ai plus que l'envie de devenir fou. »

Je tournai la page. Mais le reste manquait.

4

Le matin arriva. Ses rayons parurent à travers la fenêtre sans rideaux de ma chambre, mais je poursuivis malgré tout ma lecture. Je parvins à un triste récit qui commençait ainsi : « La France. Dès que je fus de retour à Duéjouls après le départ des autres, la première chose que je fis, ce fut de brûler tous les vêtements de ma fille Charlotte..., tous ses livres et ses jouets abandonnés derrière elle. Comme je ne pouvais pas supporter de les regarder, j'ai emporté le tout derrière la maison, dans la cour et j'en ai fait un grand feu. C'était le mois d'août, et la chaleur était si intense que je craignis que tout ne prît feu... la maison, le village, le ciel. J'ai regardé ses livres s'évanouir en fumée : *La Fourmi et l'Abeille, Une journée bien, bien occupée, Monsieur Adroit et Monsieur Maladroit.* Ses dessins de maisons, de chats et d'escargots, jaillissant au-dessus de ses impressions de la maison en plein vent, se froissaient et s'enflammaient ; les flammes les ravageaient. La brise du soir soufflant des Causses a soulevé et emporté doucement ses œuvres jusqu'au ciel, aussi doucement que si elle n'eût jamais existé. Je me suis senti horriblement faible en dedans alors que j'attisais le feu..., comme si j'avais été à ce point transformé par la fièvre que seul fût demeuré derrière moi mon corps tordu, amorphe et hideux. Je savais seulement qu'il fallait le faire tandis que je brûlais ses vêtements et ses chaussures ; c'était le prix de mon échec en tant que père et en tant qu'homme. Il faudrait que tout soit expliqué et payé..., mais pas ce soir, pas maintenant.

« Le vin maintenant : j'ai bu le vin froid à la bouteille tandis que le feu brûlait, détruisant notre passé, celui de ma fille et le mien. Quand le feu a donné le signe du dernier sursaut avant d'expirer sous la cendre, j'ai jeté dessus de l'eau-de-vie et j'ai ratissé les bouts de papier et de tissu à moitié brûlés avec une *harpe* pour donner plus d'air au feu. Une fois tout consumé, je me suis écarté en chancelant et j'ai compris que j'avais bien agi, bien que c'eût été de manière négative. Je savais que Charlotte ne pourrait jamais, ne voudrait jamais revenir. La vie ne lui avait pas accordé de contes de fées, pas avec moi pour père, et ne lui en accorderait jamais. J'ai pleuré de désespoir et de solitude en jetant dans un dernier geste ses vieilles bottes de caoutchouc et son cartable, en brûlant ses cahiers d'exercices couverts de leurs dessins de grenouilles et de fleurs, et les bouts de poèmes qu'elle avait recopiés avec Mme Castan.

« Jamais, jamais tu ne la rattraperas !

« Il me faut expliquer ce que représente la torture de sa perte... Elle était mon cœur, mon âme, mon autre moi-même. Mais jamais vraiment je n'aurais pu le lui dire, et ainsi je l'ai perdue. Dès l'instant où j'ai su que j'allais la perdre, j'ai préféré aussitôt la perdre d'un coup, sans attendre. J'ai brusqué cette perte. J'ai fait partir tout le monde, et puis je suis moi-même parti. Ah, l'existence est comme l'eau, elle est partout et pourtant elle s'écoule. Il paraît que j'ai du sang polonais du côté de ma mère. Quand je suis revenu, comme il le fallait, j'ai brûlé tout ce qui lui avait appartenu. Les Anglais sont-ils inhumains ? Lorsque j'étais en Angleterre mon frère m'a dit que je ne devrais pas tout prendre tant au sérieux. Mais si l'on ne prend pas l'amour au sérieux, que prend-on au sérieux ? Les biens ? L'argent ? La propriété ?

« J'ai éteint le feu dans la soirée. Je me demande jusqu'à quel point je pourrai supporter tout cela. »

Plus loin en bas de la page Staniland se répondait : « Jusqu'à un certain point, bien entendu. Je le découvrirai bien en son temps. »

Il l'avait découvert. Je reposai les papiers de Staniland par terre. Je me demandai ce que Bowman, ou les deux agents, ou le médecin, ou le premier venu auraient compris en les lisant.

Je me demandai ce que j'avais vraiment compris.

5

Bowman ne m'avait pas donné la bonne adresse de Staniland. Ce n'était pas l'adresse de Battersea, sur la carte d'assurances sociales trouvée sur lui, mais celle de la lettre d'une banque lui disant qu'ils seraient vraiment très heureux de le voir passer le plus tôt possible au sujet de son découvert. Elle datait seulement de quinze jours avant sa mort, et l'adresse où elle avait été envoyée se trouvait à Lewisham, du côté de la tour de l'horloge. J'avais trouvé la lettre dans ses papiers.

Je me mis à penser à tout ce que je savais de Staniland jusqu'ici, à commencer par son passage à la moulinette. Il avait cinquante et un ans. Il perdait déjà ses cheveux, des cheveux blonds, avait-on découvert en le lavant de son sang. Il avait des mains délicates (on le voyait à celle dont subsistait la forme) et avait peut-être plu aux femmes. Trop plu aux femmes ? Non. Il n'avait pas l'air du tombeur qui va de femme en femme. Les doigts de cette main, la droite, étaient tachés de nicotine. C'était un buveur, également — on voyait ça à son nez et à ses problèmes, révélés par ce qu'il avait écrit. Pas un alcoolique toutefois ; son écriture était trop précise, les lettres étaient dans l'ensemble bien formées pour quelqu'un qui avait écrit vite, les mots bien espacés d'une ligne à l'autre, les boucles inférieures ne croisant jamais les boucles supérieures de la ligne du dessous. C'était une écriture cultivée, réfléchie, intelligente, qui n'allait pas avec le costume bon marché dans lequel on l'avait trouvé.

Mais qu'est-ce que Staniland avait donc fabriqué, bon Dieu ? Bowman n'avait pas trouvé d'argent sur lui. Il était inscrit à l'Aide Sociale. Cela ne signifiait pas qu'il fût fauché, cependant ; beaucoup de gens resquillent, de nos jours ; il faut bien, pour survivre. D'ailleurs, il y avait cette lettre de la banque : il avait bien dû avoir de l'argent sur son compte à une période, même s'il n'avait que des dettes au moment de sa mort.

Je gardai les yeux fermés jusqu'à ce que la matinée fût assez avancée pour que je sorte et aille aux nouvelles, essayant de m'imaginer Staniland et sa façon de vivre. Un homme qui écrivait. Un raté, de son propre aveu, torturé par la perte de sa fille. Un homme qui avait vécu à l'étranger, sans doute longtemps (il me faudrait lire tous ses écrits pour vérifier cela, mais il y en avait tant que ça prendrait du temps), un homme cultivé.

Je téléphonai à Bowman chez lui et le trouvai au moment où il partait pour le commissariat.

— Staniland, dis-je.

— Eh bien ?

— Pourquoi m'as-tu donné cette adresse à Battersea alors qu'il habitait Lewisham ?

— Je n'en savais rien.

— Tu devais bien connaître l'adresse où tes gars avaient récupéré ses affaires. Ses papiers, etc.

— Pourquoi ? La lecture est intéressante ?

— Tu es un salaud, un cœur dur comme la pierre, dis-je. Tu pourrais lire ce qu'il a écrit pendant mille ans et n'éprouver aucune pitié.

— Laisse tomber Shakespeare, dit-il. J'ai une conférence de commissaires à dix heures pour un casse d'un million de livres. D'ailleurs, tu crois que j'en ai lu ? Est-ce que j'ai eu le temps ? Tu plaisantes.

— Je te ferai regretter de l'avoir fait, si je n'obtiens pas plus de coopération de ta part.

— Est-ce que tu me menaces ?

— Oui. Un peu moins de vacheries et de sornettes... et davantage de respect des faits, comme on l'a appris à l'école de police, deuxième semaine.

— Ah bon, ah bon. C'est comme ça ?

— Cette fois-ci, oui. Mais on est censé former une unité qui se serre les coudes. C'est pourquoi on appelle ça une unité. Et la prochaine fois que tu me balances des boniments sans les vérifier dans une affaire dont je m'occupe, tu pourrais peut-être te casser la figure en essayant de grimper à l'échelon du dessus.

Incrédule, il répliqua :

— C'est à moi que tu dis ça ? A moi ? Inspecteur principal ?

— Oui, c'est à toi que je parle. Un assassinat, c'est plus important que le grade, alors fais gaffe.

— Faites gaffe à votre tension, sergent, dit-il, et il raccrocha.

Je restai un moment à regarder le combiné devenu muet. Avant de sortir je réfléchis encore. Ce n'était pas un meurtre habituel, pas un vulgaire vol avec agression de la part d'un Noir ou d'un « caillou rasé », j'en étais sûr. La haine — le mal que Staniland avait éveillé chez quelqu'un — telle était l'origine de ces horribles blessures délibérées. Plus tôt dans la matinée j'avais lu les papiers de Staniland : « On peut passer un bon moment à expliquer aux gens ce que signifie la vie, mais ne voyez-vous donc pas que vous n'en sortirez pas vivant ? Cependant toute la question est de savoir comment on va mourir. Tout le monde doit affronter cela. Le problème est de savoir comment agir consciemment, délibérément, prévoir la chose jusqu'à l'ultime moment, et tout enregistrer. L'idéal serait de garder trace de ce qui arrivera au dernier moment, et au-delà de ce moment. Mais il faudra que quelqu'un d'autre comble cette lacune..., si elle est jamais comblée. »

Je relus ce passage. Un instant, je me demandai s'il voulait parler de suicide. Mais de quelque façon que

Staniland ait trouvé la mort, ça n'avait certainement pas été de cette manière. D'ailleurs je ne pensais pas que ce fût le sens du passage. Je passai en revue le peu que je savais ; ce qui ressortait, c'était qu'il n'avait pas été tué à l'endroit où on l'avait trouvé. Il n'avait pas pu s'y rendre à pied. On en revenait toujours au meurtre.

Comme par télépathie, le médecin appela.

— J'ai fait l'autopsie.

— Et alors ?

— Son groupe sanguin, c'est du O négatif... Ecoutez, ce que je tiens surtout à dire, c'est qu'il était encore plus mal en point que nous ne le pensions quand il est arrivé. Il avait les deux jambes cassées, pas seulement une... il y avait une fracture de la rotule gauche, il n'aurait pas pu marcher, et puis aussi la fracture multiple du tibia droit. La moelle est contusionnée également, ce que je n'avais pas remarqué au début. Dislocation de l'épaule gauche, troisième et quatrième côtes brisées du même côté.

— Bon sang, mais qu'est-ce qu'ils ont fait ? Ils l'ont lâché d'un immeuble ? D'un avion ?

— Non, non, dit le médecin. Il s'agit d'une raclée. Je crois que vous pouvez toujours chercher votre masse, bien que pour les côtes et la rotule, ça puisse être des coups de pied. Quelqu'un lui a fichu un coup de couteau aussi ; il y a une longue entaille le long de son bras droit, il aurait fallu des points de suture. Donc, des coups de masse, de couteau, de pied... Il y en avait forcément au moins deux, vous pouvez en être sûr. Et puis, aussi, les dernières blessures que j'ai mentionnées ont été causées après sa mort.

— C'est tout ?

L'homme toussa.

— Eh bien, les tests du labo indiquent qu'il n'est pas mort très rapidement.

— J'écoute.

— Ils ont commencé par les fractures aux extrémités, les doigts et la main, puis les jambes. Ensuite il a reçu un coup sur l'œil gauche — il était fermé, vous vous rappelez — il y avait un bon nombre d'ecchymoses. Puis il y a eu la blessure au couteau. J'ai comme l'impression qu'il a pu être lancé, ce couteau. Sans doute un couteau à cran d'arrêt ou un couteau de cuisine..., enfin, un gros modèle, disons une lame de douze centimètres. Ils l'ont..., euh, démoli.

— Qu'est-ce qui l'a fait mourir, en fait ?

— Oh, le coup porté au cerveau, au lobe frontal, sans aucun doute. Perte de conscience, aggravée par une perte de sang importante. Les fractures, le choc. Puis le coma et la mort. C'est tout. Je prépare mon rapport pour le coroner.

— Merci, vous m'avez été très utile.

— Non, dit le médecin, n'essayez pas de me raconter de blagues.

— D'accord, je m'en garderai bien.

— Passez quand vous voulez si vous sentez que je ne peux plus vous être utile, dit le médecin. (Il était jeune, comme il l'avait dit, et il eut le rire nasillard des gens qui ont l'impression d'avoir fait une plaisanterie excellente, bien que de mauvais goût.)

Je raccrochai. Je me sentis écœuré, comme si c'était moi qu'on avait démoli. Je mis ma tête entre mes genoux jusqu'à ce que disparaisse la grisaille devant mes yeux et que cessent les bourdonnements d'oreilles. J'avais entendu des douzaines de rapports de médecins, mais jamais aucun ne m'avait fait un tel effet.

Lorsque je me sentis mieux je m'aperçus que j'avais les yeux fixés sur une page des écrits de Staniland, par terre, que j'avais dû éloigner d'un coup de pied. Elle était épouvantablement griffonnée, au stylo à bille. Le passage était fortement souligné : « Je ne veux plus jamais revoir Barbara Spark, elle m'a saigné à blanc. J'ai le cœur vide, j'ai l'esprit vide, elle s'est moquée de moi la dernière fois que j'ai eu un orgasme. » Le paragraphe suivant avait dû être ajouté plus tard, en tout cas il avait été écrit avec un stylo différent. « Comment une personne aussi belle peut-elle être aussi dégueulasse ? Comment un amour aussi intense que le mien — chauffé à blanc — peut-il se briser et venir mourir contre cette glace ? » Il y avait une note gribouillée : « Cela me donne l'impression d'être une femme d'écrire ainsi, ou bien Barbara elle-même... une putain rendue frigide par la culpabilité ou la terreur, qui a envie de copuler et qui déteste ça, en même temps. Ma passion m'a-t-elle transformé en Barbara ? Qu'est-ce que tu essaies de faire ? Te détruire ? Ne va pas me dire que tu as projeté ceci ! La mort, oui..., mais l'amour, la passion, la jalousie en entendant des pas dans la rue, dehors, cette consomption du sang, jamais. Cinquante et un ans, cinquante et un ans, et tu fais le pitre pour cacher ta douleur et ta rage ! Tu ne peux pas la satisfaire ? Comment veux-tu satisfaire une beauté qui s'évanouit quand tu la pénètres ?

« Le clown tombe sur le nez, sous les éclats de rire. »

Ce serait ridicule de dire qu'il présente les symptômes d'une personnalité en voie de désintégration, pensai-je ; cet homme est parfaitement sain d'esprit. Il était même trop sain d'esprit... il laissait paraître une maladie différente, si la santé mentale est une maladie. Comme tous les gens sains d'esprit, il avait recherché la réalité dans l'existence. Il avait commis l'erreur habituelle : il ne s'était pas rendu compte un seul instant que les conditions de l'existence n'autorisent aucun absolu. Ainsi, lorsqu'il avait fini par se trouver face à face avec la réalité, il avait craqué. Comme Persée aurait pu le lui dire, l'homme n'est pas bâti pour supporter toute la vérité. S'il l'était, il n'existerait pas. Il mettrait fin à ses jours en quittant le berceau.

Je me rappelle avoir lu quelque part que Persée avait dû se servir du reflet d'un bouclier bien fourbi pour faire face à la Méduse.

Je sortis un plan des rues Nicholson de sous ma pile de livres posée dans un coin ; je localisai l'adresse de Romilly Place à laquelle le directeur de la banque de Staniland avait envoyé la lettre. Puis je me levai et renversai le contenu de la valise cabossée : l'ensemble des affaires de Staniland.

Sous les liasses de papiers se trouvaient trois cassettes. Comme j'avais un lecteur, j'en ramassai une au hasard et la passai. Une voix précipitée et inquiète qui, je le savais, devait être celle de Staniland, disait :

« — Oh, bon Dieu, j'ai envie de te baiser !

Et une voix de femme répliquait d'un ton las :

— Il faut vraiment que tu utilises ce mot ? Pourquoi tu es tellement casse-pieds, Charlie ? »

Il y eut un crissement de bande froissée ; il n'y avait rien de plus sur cette face ; je retirai la cassette, mais pas avant de l'avoir repassée plusieurs fois. Toute bouleversée qu'elle fût — et sans doute ivre aussi — la voix de Staniland était comme son écriture, intelligente et directe.

Je mis l'autre face de la cassette. Staniland disait : « J'ai encore passé une sale soirée à l' « Azincourt » ; le Galant Rigolard était là, comme d'habitude. Il en a toujours après moi, mais je bois jusqu'à ce que je m'en moque. Qu'est-ce que Barbara lui trouve ? Je la vois le regarder tandis que je l'observe, elle, dans les glaces ; elle tire sur une cigarette et le considère d'un œil sans expression, de sous ses lourdes paupières blanches, les jambes croisées sur son tabouret, sensuelle et neutre. Je ferais n'importe quoi, vraiment n'importe quoi, pour qu'elle ne fréquente pas cet endroit. Mais si elle décide qu'elle veut venir ici, cela résout le problème — et, de toute façon, difficile de soutenir qu'une fille qui fait les boîtes ne doive pas aller dans un pub. »

Plus loin : « Je reviens de l' « Azincourt ». Le Galant Rigolard ne m'a pas touché, bien que je l'aie provoqué encore en le coinçant au cours d'une discussion sur les classes sociales. Il s'est foutu de ma gueule, entouré de ses copains, comme d'habitude. Mais il n'a pas levé la main sur moi... Il n'y a eu que ce jour il y a un mois, où il m'a frappé avec le plat de la main dans la cour derrière les WC. « Alors, tu vas déposer une plainte contre moi ? dit-il à la fin, en reculant. « Non », répondis-je, « je vais reprendre un demi à l'intérieur. Tu as fini, tu es sûr ? » « Je vais t'achever pour de bon un de ces jours », répondit-il en se détournant. »

« Plus tôt dans la soirée, Barbara était au pub avec moi. Mais elle en a eu marre vers dix heures moins le quart et elle est partie, disant qu'elle allait dans une boîte. Avant qu'elle ne s'en aille, cependant, le Galant Rigolard s'approcha d'elle et lui mit le bras autour de la taille ; j'étais juste à côté d'eux, il me mettait au défi de faire quoi que ce soit. Il fait ça assez souvent, cavalièrement, mais ça suffit pour provoquer en moi les tortures d'une horrible jalousie. Le fait-il parce qu'elle lui plaît ? Ou simplement parce qu'il me hait et veut m'asticoter ?

« C'est un type affreux... pansu, corpulent. Il a la figure du chauffeur de camion qui veut dépasser tout le monde sur la route. Il a environ quarante ans, et il a des poils roux sur ses gros bras. Quand il ôte son bras de la taille de Barbara, faisant comme si je n'existais pas, il la lâche en riant, la pousse amicalement par l'épaule. Elle hausse les épaules, et tous ses copains rigolent aussi, en l'imitant. Puis quelqu'un paye une tournée et ils vont tous à la machine à sous. Après, je demande à Barbara pourquoi elle le laisse la prendre par la taille, elle hausse encore les épaules et me demande pourquoi ça devrait l'embêter. Je réponds : parce que moi, ça m'embête. Elle réplique : alors tu devrais faire quelque chose (en réprimant un éclat de rire), si je suis ta petite amie. Mais après, de retour dans notre chambre, elle dit qu'elle est désolée. Je dis : « Désolée pour moi, tu veux dire ? » « Oui. » « On peut faire l'amour, tu crois ? » Je me déshabille. « Ça dépend », dit-elle. « De quoi ? » « Tu vas arriver à bander ? » « Je ne sais pas », dis-je, « j'ai bu pas mal. Mais ça pourrait marcher le matin. J'y arrive toujours. » « Je ne suis pas excitée le matin », répond-elle. « Ce dont j'ai vraiment envie, c'est d'un câlin, Barbara. » « Achète-toi un ours en peluche, alors. » « Non, j'aimerais que ce soit toi qui me câlines ; il n'y a que toi qui puisses. Je t'aime, et la vie me fiche une satanée trouille en ce moment. » « Je sais, Charlie », dit-elle, « et l'ennui avec toi, c'est que ça se voit. » Quel doux entretien entre amoureux, je pense. « Je suis trop vieux pour toi, Barbara », dis-je. « Pauvre Charlie, j'ai bien peur que oui. Je me plaisais seulement avec toi quand tu me racontais des choses, quand on restait couchés ensemble côte à côte dans le noir. » « Mais ça ne me suffit pas, Barbara, de rester allongé à côté de toi. Je t'aime trop, je t'aime de tout mon être. » « Bon, d'accord, alors viens, voyons ce que tu peux faire, si ça doit te calmer. » Au bout d'un moment : « Eh bien, voilà, tu vois, Charlie, regarde, tu ne peux rien faire. » « J'essaie, j'essaie. Laisse-moi essayer encore une fois. » Et en effet j'essaie, mais je ne peux vraiment pas la pénétrer, elle reste sans mot dire durant tout ce temps, soupirant une fois ou deux, et puis à la fin elle dit : « Bah, il n'y a rien à faire, Charlie. Allez, retire-toi, regarde les choses en face. » « C'est ce type au pub, Barbara », je dis. « Qu'est-ce qu'il a ? » « Je ne peux pas m'empêcher de penser à lui, on dirait, pendant que j'essaie, là, avec toi. » « Tu as peur de lui ? » « Il me hait. » « Ne le provoque pas, alors, Charlie. Et là, il te fichera la paix. » « Si je ne le provoquais pas, il penserait que j'ai peur de lui. » « Il le sait, de toute façon. » « Je ne comprends pas pourquoi, mais il vient s'interposer entre toi et mon amour pour toi. » « Dors, Charlie. S'il te plaît. »

« Alors je fais mine de m'endormir. Mais je suis à la torture. Même en parler comme cela, c'est une torture. Je fixe l'obscurité toute la nuit, le dos tourné à Barbara, mon appendice repose inutile dans ma main droite, et je m'efforce de ne rien laisser paraître. »

J'éteignis l'appareil et repris mon plan de la ville. Des bandes de magnéto. Qu'est-ce que ça vaut, des bandes, en justice ?

6

Le pub « Henry d'Azincourt » était situé au milieu de Greenwich Lane et, qui plus est, il avait tout à fait l'air d'une antiquité, en comparaison des tours qui l'entouraient. Quelques têtes d'Antillais à l'air sombre apparaissaient aux fenêtres avec leurs chapeaux de Rastas, et trois hommes en jean en regardaient un quatrième creuser un trou dans le trottoir, aux accents d'un transistor. Le pub arborait des poutres médiévales peintes sur la façade, et l'enseigne offrait aux regards le monarque qui lui donnait son nom. Il portait une grande couronne, une pièce d'armure indéfinie et il avait une expression de confiance tranquille, d'ivrogne peut-être, et scrutait la route comme s'il venait de voir une bande de Français. Quelqu'un d'émacié portant un couvre-chef pointu en fer se tenait humblement à côté de lui, et essayait de tendre son arbalète, son pied de métal planté sur le mot BIERE.

A l'intérieur, tout était en béton et portait encore la marque des attentions de plusieurs clients pris de folie. Le bar était étroit ; derrière, se trouvait un homme corpulent à la mine incroyablement patibulaire, sans nul doute le tenancier. Il n'était que onze heures un quart du matin ; cependant, au moment où j'entrai, il se servait une triple vodka et, de toute évidence, pas la première de la journée. Quelqu'un lui avait récemment entaillé le côté droit de la figure et la blessure portait des points de suture. A part nous, l'endroit était désert. Lorsque le tenancier me vit, il se mit à trembler violemment et avala d'un coup sa vodka, reposant le verre sur le comptoir d'un geste brutal qu'il ne put réprimer.

— Ça sera quoi ? dit-il d'un ton las.

— Je vais prendre une pinte de Kronenbourg.

— Y en a plus.

— L'autre alors, là, avec le nom français qui n'en finit pas.

— Elle est pas fraîche.

— Ça m'est égal, je vais prendre ça quand même.

— Pas si j'ai pas envie de vous servir, fit-il d'un ton menaçant. (Néanmoins il prit une chope d'une pinte, mais il eut beaucoup de mal à la maintenir fermement sous le robinet. D'ailleurs il ne la remplit pas tout à fait jusqu'au bord, et quand je le lui fis remarquer, il ouvrit à fond le robinet d'un geste furieux, laissant échapper une autre pinte qui s'écoula par le siphon dans un gargouillis.)

— C'est pour le réservoir, fit-il observer avec une satisfaction extasiée en poussant le verre devant moi. Ça fera 85 pence, ajouta-t-il.

— Ça paraît beaucoup, dis-je en lui donnant une livre.

— Beaucoup de quoi ? dit-il en me regardant, l'air furieux. Beaucoup de bière, beaucoup d'argent ou beaucoup de culot de votre part, bordel de merde ?

— Beaucoup d'argent.

— Ecoutez, si le prix vous convient pas, dit-il, vous n'avez qu'à boire en vitesse et foutre le camp. (Il tendit les muscles de ses avant-bras noueux, sous ses manches de chemise.) Ça serait pas une mauvaise chose.

— Ma foi, quand je vous aurai posé quelques questions, c'est peut-être ce que je ferai. Il n'y a rien de bien palpitant qui me retienne ici, je dois dire.

— Des questions ? répéta le tenancier d'un ton incrédule. Des questions ? Dans ce pub ?

— Tout juste.

— Les seules personnes qui osent poser des questions

dans ce pub, continua-t-il, c'est la police, et même eux ils y vont mollo.

— Tiens donc ? fis-je. (Je lui montrai ma carte.) Eh bien justement, imagine-toi, la police, c'est moi.

— Oh là là, bon Dieu, fit-il. (Il laissa tomber son front sur une main tremblante.) Je savais bien que vous aviez un de ces airs... Manquait plus que vous. De quoi s'agit-il cette fois-ci ? De la bagarre qu'il y a eu ici samedi soir ? Seulement un type qui s'est fait taillader, à part moi, et il n'a pas voulu porter plainte.

— Ça n'a rien à voir. C'est à propos d'un homme qu'on a retrouvé mort vendredi soir, et il se trouve qu'il fréquentait pas mal ce pub.

— Et alors, ça me met pas en cause ! s'écria le patron, reculant d'un pas.

— Je n'ai pas dit que oui, je n'ai pas dit que non.

Il plissa fortement les yeux ; ils étaient rouges et bleus, comme des cibles au jeu de fléchettes.

— J'ai besoin de boire autre chose, dit-il. Et vous ?

Je secouai la tête.

— Cet homme s'appelle Charles Staniland, dis-je quand il revint avec son verre.

Il prit une longue gorgée.

— Faut faire du bénef, marmonna-t-il. Obligé. Sinon les brasseurs, ils se fichent en pétard. Et faire du bénef ici, ça veut dire que je connais jamais les clients par leur nom. Pas ici. Faudrait être fou, ajouta-t-il avec un sourire sinistre. Fou !

Il commençait à m'énerver.

— Tu ne feras pas de bénef, si tu ne coopères pas, fis-je, pour la simple raison que tu ne seras plus ici. Je n'ai qu'un mot à dire aux gars de Lewisham, et tu peux dire adieu à ta licence, on trouvera bien un moyen.

— Oh là là, bon Dieu, fit-il. D'accord. Vous avez sa photo ?

Je poussai vers lui le cliché qu'on avait pris du cadavre de

Staniland. Le patron concentra dessus son attention avec peine, en prenant son temps.

— Ouais, finit-il par dire en buvant une lampée de vodka, c'est bien Charles. Ils l'ont amoché, hein ? Je l'ai pas vu depuis un certain temps, pourtant. Ça doit faire trois ou quatre jours.

— Bien sûr que non. Il était à la morgue.

— Ah, ben, ça explique tout.

— T'as raison, fis-je, ce n'est pas le genre de rendez-vous que l'on manque. Il buvait sec, hein ?

— Ça ! Sec ? Quoi, lui ? Plutôt !

J'examinai une inscription à la pyrogravure, derrière lui, au-dessus de la caisse-enregistreuse : « On les combattra ici, on les combattra là, on se battra pour le Roi, et on se battra pour la Couronne. On leur tiendra tête jusqu'à la mort... Mais jamais ils n'épuiseront les caves de la Vieille Angleterre ! »

Le tenancier était un exemple qui illustrait à merveille cette vérité, à défaut d'une autre.

— Tu as une idée de ce qu'il faisait dans la vie ? demandai-je.

— Alors là, écoutez, dit le tenancier, si j'étais assez bête pour poser des questions pareilles à mes clients, j'aurais des réponses pas piquées des hannetons qui pourraient bien m'envoyer à l'hosto pour un mois.

— Il avait des ennemis ?

— Des ennemis ? Ici ? Bon Dieu, eh ben, plutôt ! Presque personne ici pouvait l'encadrer. Du bla-bla-bla ? J'ai jamais entendu personne jacter comme lui. Charlie Staniland ? Ah ben mon vieux !

— Il y a plein de gens qui discutaillent dans un pub, dis-je, c'est pour ça que ça existe. Pourquoi s'en prendre à lui, à ton avis ?

— Bah, j' me pose pas tant de questions, dit le tenancier après avoir réfléchi un instant. (Il me tourna le dos pour remplir son verre.) Ah, putain, y a toujours pas de glace, tant pis. Non, reprit-il, se poser des questions, ça paye pas dans ce métier, si vous voulez mon avis.

— Mais si tu réfléchissais vraiment.

— Ah ben alors, si je réfléchissais vraiment, pour le coup, je dirais peut-être que sa gueule allait pas dans le tableau. C'est pas qu'il avait un air particulier. Mais on sentait qu'il aurait été mieux quelque part dans les beaux quartiers à l'ouest.

— Eh bien, c'est là qu'on l'a trouvé, en fait, dis-je, mais vraiment loin, du côté d'Acton, Ouest 5.

Il bâilla.

— Ben, fallait bien qu'on le retrouve quelque part, je suppose, dit le patron. Drôle de type, Charlie. Drôle de voix, vaguement aristo. Ça se remarquait à dix lieues à la ronde, une voix comme ça. C'est drôle qu'il soit plus là, remarquez.

— Pourquoi ça ? Si personne ne l'aimait.

— Je sais pas au juste, répondit-il. J'y ai jamais pensé avant aujourd'hui, évidemment. Il a fallu que je le fiche dehors une fois, la fois où il était tellement pété qu'il a commencé à déranger les autres clients, en particulier des gens bien qui voulaient discuter en privé dans le coin, là-bas, tranquillement.

— Est-ce que quelqu'un le détestait au point de le tuer ?

— Oh, allez, voyons, dit le tenancier d'un ton implorant, même vous, vous croyez pas que je vais répondre à une question pareille ?

— C'est heureux que tu n'aies pas de poils roux sur les avant-bras, dis-je en fixant les yeux dessus. C'est le cas d'un de tes habitués ? Un gros ? Environ quarante ans ? Qu'on appelle parfois le Galant Rigolard ? Qui se prend pour un tombeur ?

— Pas à ma connaissance, répondit-il. (Il s'efforçait de répondre d'un air distrait, mais donnait plutôt l'impression d'être sur le point de pleurer.)

— Bon d'accord, dis-je, eh bien, on garde la question en réserve.

— Comment ça, en réserve ?

— On la met de côté. J'ai tout mon temps. Je peux toujours revenir.

— Attendez, écoutez-moi, sergent, on viole pas la loi ici. Ça, je fais attention.

— Je constate en effet que tu fais attention. Mais quant au couplet sur la loi, là, il y aurait peut-être des choses à revoir.

— J' veux bien vous dire tout ce que je peux, fit-il d'un ton suppliant. Mais donnez-moi une chance.

— Eh bien voici. Essayons cette question. Qui était son amie ?

— Son ami ?

— Sa petite amie. Il venait ici avec une petite amie.

— Ah oui, une petite amie ! reprit-il avec empressement, comme s'il était immensément soulagé. Oh elle ! Qui c'était, vous me demandez ? Bon sang, j'en sais rien. J' me souviens d'elle pourtant. Brune, maigre, des dents de lapin.

— Non, dis-je. A ce qu'il paraît, je sais qu'elle était grosse, bien roulée, avec de longs cheveux blonds, et qu'elle lui en faisait voir de toutes les couleurs.

— Oh, pardon. Ah oui, celle-là. Ouais, j' vois qui vous voulez dire, maintenant.

— Ah bon ? C'est heureux pour toi, parce que tu pourrais t'attirer quelques ennuis, si tu ne fais pas gaffe. Il pourrait peut-être me prendre l'envie de te coincer si tu me menais en bateau, rien que pour voir ce qui se passerait. Et tu sais ce qui se passerait, mon gros ? Tu sauterais, pouf ! Comme ça.

— D'accord, d'accord.

— Bon, alors, comment elle s'appelait ?

— Je sais pas. C'était pas Barbara quelque chose ?

— Voilà, dis-je doucement. C'est celle-là. Et maintenant, son nom de famille, c'était quoi ?

— J' suis pas sûr, j' crois que c'était Spark.

— Moi aussi, dis-je. Parfait, je vais te payer à boire si tu continues comme ça. Bon, très bien. Est-ce qu'elle copinait avec quelqu'un d'autre ici, en dehors de Staniland ? Un de tes clients ?

— Pas à ma connaissance, dit le tenancier d'une voix accablée, en pinçant les lèvres. Pas à ma connaissance.

— Ecoute, je vais te montrer comment ça marche, un cerveau de policier, dis-je ; c'est, comme qui dirait, une faveur à cause de ta coopération. Quand quelqu'un que j'interroge exagère un geste comme tu viens de le faire, eh bien je sais de façon certaine qu'il raconte des histoires. Alors, je crois que je vais te rappeler ce que je t'ai dit sur la coopération, d'accord ?

— Vous savez, personne s'approchait tellement d'eux, dit le tenancier d'un ton éperdu. Je vous assure. Personne ici les aimait l'un et l'autre, vous voyez ?

— C'est drôle, mais ça ne cadre pas avec les choses que je sais.

— Qu'est-ce que vous savez ?

— Rien qui te regarde. Alors tu t'en tiens à ça, n'est-ce pas ? repris-je. Tout le monde ici gardait ses distances et se foutait seulement de la gueule de Staniland. Tu es prêt à le jurer ?

— Voilà ! On pourrait pas nommer quelqu'un de particulier, quoi. Aucun individu spécialement. Non, ça, pas possible !

— Bizarre, bizarre. On n'imagine pas ainsi une soirée typique dans un repaire de voyous comme celui-ci.

— Ben, c'était comme ça.

— Et tu ne sais pas du tout pourquoi on se foutait de sa gueule. En dehors de son accent.

— C'est la vérité.

— Et pourtant il y a bien eu une ou peut-être plusieurs personnes qui le haïssaient pour lui avoir fait ça.

— Ouais, c'est pas joli.

— C'est le moins qu'on puisse dire. Tu te rends bien compte que c'est sur un meurtre que j'enquête ?

— Bien sûr ! dit le tenancier avec conviction, et j'espère

que vous attraperez les salopards qui ont fait ça. Ce pauvre vieux Charlie !

— On les aura.

Derrière moi le pub commençait à se remplir ; d'un pas nonchalant, des hommes entraient deux par deux, trois par trois, des chauffeurs de camion. Pour la plupart, l'équipe qui perçait le trou dans la rue.

Tout à coup le patron sursauta.

— Oh, partez, je vous en prie ! m'implora-t-il dans un murmure vociférant. Si ces deux-là, là-bas, soupçonnent seulement que je vous ai parlé, ils me feront la peau comme un rien.

— D'accord, dis-je. (Je n'étais pas pressé. Je finis ma bière chaude en prenant mon temps.) Mais je reviendrai, j'en ai bien peur.

— Quand ça ?

— Tu n'en sauras rien. Ça peut être n'importe quand.

— Ecoutez, dit le patron en ouvrant le tiroir-caisse d'un coup sec. Je me demande si je pourrais pas faire un don à la Caisse des Orphelins de la Police...

— Mais certainement. Tu envoies simplement le chèque à la Caisse, à New Scotland Yard. L'adresse est dans l'annuaire.

— C'est pas ce que je voulais dire, reprit-il d'une voix pleurnicharde. J' veux dire, oh, me mêlez pas à cette histoire, j' vous en prie.

— Va te faire foutre.

Je le regardai se glisser à l'autre bout du bar d'un air servile.

En partant, j'observai attentivement les hommes qui l'avaient tant inquiété. Le premier était tout petit, mais ça ne le rendait pas inoffensif. Il portait un jean sur mesures, une chemise de sport rouge et un cardigan de couleur fauve ; sa montre-bracelet en or était trop grande pour lui, tout comme l'assurance du bonhomme. Un gros portefeuille dépassait à moitié de sa poche revolver, mettant le premier imbécile venu au défi de tenter le coup. Il parlait à un autre homme aux dents protubérantes, vêtu d'un anorak jaune, d'un pantalon de jogging et chaussé de tennis. Ni l'un ni l'autre n'avait de poils roux, et ils n'étaient pas gros. Mais c'étaient des malfrats. Je n'arrivais pas à me souvenir de leurs noms, à brûle-pourpoint, mais ils étaient toute une bande et affectionnaient particulièrement les boîtes — un bon pacson sans faute le trente du mois pour protéger la boîte, ou alors c'était la casse. Ils me virent les regarder ; je m'en fichais. Ils se dirigeaient, l'air dégagé, vers le bar quand je sortis.

Dehors, la première édition du seul journal du soir restant venait de sortir dans les rues. J'en achetai un. Quelqu'un du nom de Lord Grunt venait d'être nommé Ministre des Affaires Etrangères et avait fait un long discours aux Communes qui critiquait tout le monde sauf lui. C'était une façon de gagner soixante mille livres par an.

Il n'y avait rien sur Staniland dans le journal. Staniland n'intéressait pas les journaux.

7

Assis dans mon bureau de l'Usine, j'étais en train de lire Staniland. Les malfaiteurs disent l' « Usine » parce qu'elle a la plus sale réputation de bousculer les clients dans les salles d'interrogatoire ; les gens qui croient toujours que nos policiers britanniques sont merveilleux devraient passer une nuit à l'Usine, à se faire tabasser ou interroger par une équipe de trois gars, la lampe en pleine figure. Nous aussi, nous disons l'Usine, bien qu'il s'agisse du grand commissariat moderne, en béton, qui s'occupe du West End, au nord jusqu'à Tottenham Court Road, au sud jusqu'à Hyde Park Corner, au nord-ouest jusqu'à Marble Arch, et à l'est jusqu'à Trafalgar Square.

Je cessai de lire un instant et je repensai à la cassette qui m'avait poussé à aller à l'Azincourt. Je l'avais repassée encore plusieurs fois, chez moi. A l'extérieur, dans le couloir, la femme de ménage faisait marcher son transistor et flanquait de la flotte partout ; ça faisait autant de bruit que tous ces gens de gauche et à la mode qui protestent à propos de ceci ou de cela.

Le tenancier avait menti... Non que ça me surprît. Il mentait parce qu'il avait peur ; ça ne me surprenait pas non plus. Il fallait un homme aux nerfs plus solides pour tenir cet endroit, et aussi quelqu'un qui ne soit pas un vrai poivrot. De quelle façon, exactement, Staniland avait-il été tabassé dehors, derrière les cabinets ? Je me le demandais ;

sans doute bien plus méchamment que le patron ne l'avait laissé entendre. Le tenancier avait certainement été menacé et prié de la boucler, selon toute vraisemblance, par les deux petites frappes qui étaient passées devant moi et s'étaient glissées vers lui, au bar ce matin-là.

Il faudrait que je retourne là-bas un jour ou l'autre ; je me demandai vaguement ce que je porterais pour l'entrevue.

Je remis devant moi les papiers de Staniland. Il écrivait : « Il arrive un moment où le fil du ballon se rompt et où celui-ci monte sans à-coup et éclate à l'altitude où toute forme devient impossible. Cependant, être un animal dont la pensée dépasse perpétuellement les bornes de son existence cela nous pose un terrible problème. Tous les jours on accumule des connaissances dans une course frénétique contre la mort, que cette dernière doit finalement gagner. On veut tout découvrir dans le laps de temps qui nous est imparti ; et pourtant, à la fin, on se demande pourquoi on a pris toute cette peine : tout va être perdu. J'essaie continuellement d'expliquer cela à tous ceux qui veulent écouter. »

Il n'y avait plus rien dans cette partie-là, aussi passai-je à la suivante. Elle se trouvait au milieu d'un épouvantable embrouillamini : les pages arrachées, froissées et tachées, griffonnées dans la marge, des renvois et des remarques au verso. Il semblait ne s'être jamais servi d'une machine à écrire. A certains endroits l'écriture était bien formée et espacée ; à d'autres, elle était précipitée, tremblée, presque illisible.

Ce passage était une lettre. L'écriture n'était pas celle de Staniland, mais elle lui ressemblait ; cependant elle était plus appliquée, raide. Il n'y avait pas d'adresse en haut, ni de date. En voici le contenu : « Cher Charles, j'ai repensé à notre conversation téléphonique de l'autre soir et j'ai décidé à regret qu'il était totalement inutile que tu viennes ici et que tu t'attendes à trouver de la sympathie de notre part, à présent. Tu as choisi à un certain moment d'aller à l'étranger et d'y vivre des années, sans jamais écrire, sans entretenir aucune relation ; et maintenant que tu as des revers de fortune, tu te mets à téléphoner ou à venir nous raconter tous tes malheurs. Cela ne peut pas marcher, Charles. Betty et moi avons suffisamment de problèmes, de notre côté. Je sais que tu veux de l'argent, bien que tu ne le dises pas franchement, mais je l'ai vu dans tes yeux la dernière fois que tu étais ici et je l'ai entendu dans ta voix — je ne suis pas ton frère pour rien. Malheureusement ça ne sert à rien. Même si je te donnais de l'argent, tu ne ferais que le gaspiller à boire, ou pour une de ces horribles femmes dont tu te toques. Non. Il faut simplement que tu comprennes qu'il y a un code dans la vie et ce n'est pas la soif stupide de connaissance et d'aventures qui te dédommagera de l'avoir négligé. Ou tu suis ce code, ou tu ne le fais pas. Et tu ne l'as pas fait. Ça ne me plaît aucunement de te le dire aussi brutalement, mais tu ne me laisses pas le choix. »

C'était signé : « Avec tous mes regrets, crois-moi, et bien sûr toute mon affection, ton frère G. »

Sous la signature se trouvait un post-scriptum : « Tu peux passer la nuit quand tu veux, bien entendu, je sais que Betty sera enchantée de te préparer le lit d'appoint. Mais c'est vraiment tout. Je suis désolé que tu en sois arrivé là, mon vieux, et franchement j'aimerais pouvoir faire quelque chose. Mais j'ai moi-même des difficultés dans mes affaires ; en fait, il y a des moments où je ne sais presque plus à quel saint me vouer. »

Avec un frère comme ça, pas étonnant, me dis-je, que Staniland ait levé le coude. En relisant la lettre, j'eus l'impression que s'y glissait une vague note d'envie, comme si G. tentait de punir Staniland de je ne sais quelle expérience que le frère, à son grand dépit, n'avait jamais connue.

Je retournai la lettre. Au verso Staniland avait écrit ce seul mot : « Conneries ».

Tandis que je rassemblais ses papiers pour les ranger

dans mon bureau avant d'aller déjeuner, un feuillet de ses écrits, isolé, plus petit que les autres, tomba par terre. Je lus : « Je comprends tout maintenant, Barbara. C'est moi qui ai été complètement idiot ; je n'aurais jamais dû me mettre à débusquer les mensonges chez les gens. J'ai découvert trop tard que si l'on met les gens à nu jusqu'à la vérité, on ne leur laisse aucune chance de survivre. Les mensonges et les faux-fuyants sont nécessaires ; ils nous permettent d'esquiver. »

Une réclame découpée dans une revue économique du genre intello était agrafée au feuillet. Elle était sans aucune originalité, montrait un homme avec un complet strict portant une serviette de cadre, apparemment sur le point de poser le pied sur une montre-bracelet, au premier plan. La pub disait : « L'homme est aussi merveilleusement fabriqué que les meilleures montres suisses — un Chef-d'œuvre que même le temps ne saurait détruire ! »

Dessous, Staniland avait écrit : « Foutaises ».

Sur le feuillet derrière la publicité, le texte continuait : « Chaque fois que je t'écris ou que je te parle, Barbara, c'est comme si mon sang s'échappait. Mes mots ne quittent ma bouche que pour toi, comme du sang s'écoulant tout autour d'un poignard. Une fois que j'ai parlé, je sens mon cerveau devenir gris et faible. Je t'en prie, reviens-moi, reviens vivre avec moi. Ce ne sera pas pour toi la perpétuité. Je sens que je m'oriente vers quelque chose de définitif, et même les plus obtus parmi nous seront capables de le comprendre. Oh Barbara, tu es la seule... »

Il n'y avait plus rien, sinon un cercle brun, marque probable d'un verre de whisky.

Avant de sortir je téléphonai au bureau de Bowman, mais ils n'avaient pas réussi à retrouver Barbara Spark, me dirent-ils. J'eus l'impression qu'ils n'avaient pas fait beaucoup d'efforts et qu'ils n'en avaient pas l'intention, et je compris qu'il faudrait m'en occuper moi-même.

8

Ce soir-là, vers six heures, je partis interroger le frère de Staniland. Il n'avait pas été difficile de trouver son adresse car, à la différence de Barbara Spark, il était dans l'annuaire. Grampian D. Staniland. J'aurais pu lui téléphoner, mais je décidai de n'en rien faire et de passer simplement le voir. Il possédait une jolie petite propriété classée dans une rangée de maisons victoriennes derrière Essex Street Market, et par cette belle soirée d'avril, je m'approchai de la porte d'entrée rouge-violet avec son heurtoir brillant. La rue respirait les gaz d'échappement et la tranquillité, mis à part un groupe de jeunes Noirs qui ricanaient en regardant les passants et buvaient du coca-cola appuyés contre une grille ; ils me considérèrent d'un regard sans expression lorsque je m'avançai et frappai à la porte. Il n'y eut pas de réponse au début, aussi frappai-je encore, et j'allumai une cigarette. Juste à ce moment la porte s'ouvrit à grand bruit, et fut bien vite retenue par une chaîne. Je ne voyais qu'une main sur la porte ; ça semblait être une main de femme.

— Je suis chez M. Grampian Staniland ?

— Oui, dit la femme, toujours invisible. Je suis Mme Staniland. Qui êtes-vous ?

— Police.

Les contours vagues de son visage apparurent, me scrutant. Je montrai ma carte et dis :

— Pourrais-je voir M. Staniland, s'il vous plaît ?

— Je ne sais pas. Je suppose.

— J'ai bien peur d'être obligé de le voir.

— Oh, eh bien, il vaudrait mieux, alors.

Elle défit la chaîne.

— Voilà, dit-elle enfin en ouvrant à moitié la porte. Vous pouvez entrer.

Passant devant elle, je me faufilai dans un hall d'entrée étroit et parvins à éviter deux tables chargées de bibelots. Tout le vestibule était décoré d'objets — des tableaux dans des cadres dorés, trois pendules, un hibou, ou je ne sais quoi, sous une cloche de verre, et un grand nombre d'épées entrecroisées sur le mur, accrochées au moyen de ficelles. J'évitai de flanquer un coup de coude à travers un tableau qui représentait un officier à l'air courroucé et portant un colback, mais heurtai une armure qui se recroquevilla sur elle-même avec un bruit de fer rouillé.

— Qu'est-ce que c'est, tout ça ? dis-je. Un magasin d'antiquités ?

— C'est la collection particulière de mon mari, dit-elle, glaciale.

— Je ne voudrais pas avoir à payer de droits de succession là-dessus.

Elle n'apprécia pas. Elle passa devant moi et pénétra dans le salon avec prudence. Mon regard fit le tour de la pièce. Elle contenait plus de canapés que toutes les petites pièces que j'aie jamais vues : quatre. Logiquement il n'y avait de place pour rien d'autre ; et pourtant il y avait encore des tableaux, des paysages dont les taillis étaient peints comme des choux de Bruxelles trop cuits, et d'autres dans la veine militaire. Et puis aussi, huit petits guéridons ouvragés écrasés sous le poids de lourdes lampes à abat-jour, des figurines, des cendriers en argent et des ronds de table de perles faits pour poser des trucs dessus, des verres par exemple. Des rideaux de velours sombre masquaient à moitié les fenêtres et étaient retenus par des cordons de soie. Il faisait bien trop chaud là-dedans.

Il me fut alors possible d'examiner Mme Staniland. Elle n'était pas séduisante. Elle ne prenait pas soin de sa peau, qui s'en vengeait par une multitude de rides. En outre elle n'avait pas de fesses, et elle était plate comme une limande partout ailleurs. Son ensemble de tweed couleur jus de viande n'arrangeait pas les choses, et elle ne faisait rien, elle non plus, pour les arranger. Elle avait un beau collier de perles, mais elles mettaient tout simplement en valeur son absence de buste. Maintenant qu'elle s'était remise du choc causé par le mot « police », elle parlait d'une voix aigre de grande bourgeoise, en partie affectée. Elle s'efforçait de sourire, mais ça n'allait pas loin.

— De quoi s'agit-il ?

— Je préférerais en parler à M. Staniland, si cela ne vous fait rien.

— Je vois. Je vais aller le chercher. Veuillez attendre ici, je vous prie. (Elle se dirigea vers la porte, en faisant voler ses jupes dans un mouvement sévère.)

— Un instant, dis-je. Pardonnez-moi de vous demander d'où vient tout ce bric-à-brac ?

Elle me considéra comme si j'avais été quelque chose qui n'aurait pas dû se trouver sur le tapis. Un Chiraz, remarquai-je malgré moi.

— La plus grande partie vient de la famille de mon mari. Il en a hérité.

— Il leur a sans doute fallu un château pour abriter tout ça.

— Ils en avaient un.

Ma foi, là, elle me coinçait.

— Je peux vous assurer qu'on ne l'a pas volé, ajouta-t-elle d'un ton acerbe, si c'est là que vous voulez en venir.

— Absolument pas, dis-je. C'est simplement que ça tranche plutôt avec le mode de vie de votre beau-frère, c'est tout.

— Oh mon Dieu, gémit-elle, vous n'êtes pas venu à son sujet, non ? Vous savez, continua-t-elle, j'avais une intuition. Eh bien, qu'est-ce qu'il a fait cette fois-ci ?

— Si vous voulez bien aller me chercher M. Staniland, répondis-je, vous allez l'apprendre.

— Il collationne des incunables, en haut.

— Demandez-lui de descendre, s'il vous plaît. (Elle commença à s'éloigner à contrecœur.)

— Je ne faucherai rien, fis-je.

Elle claqua la porte derrière elle. Pendant son absence, j'examinai encore la pièce. Sept autres pendules, l'une d'elles avec un petit balancier qui sautait de bas en haut, répandaient leur tic-tac dans toute la pièce ; une autre eut un hoquet lorsqu'elle arriva à la demie, mais ne put carillonner. J'aurais bien aimé qu'on augmente nos salaires pour que je puisse m'acheter des vêtements convenables ; auquel cas, me semblait-il, j'aurais eu l'air un peu moins déplacé ici.

Quelque part en haut j'entendis deux voix se donner la réplique en un vigoureux contrepoint ; ce bruit fut suivi au bout d'un moment de celui de quatre pieds dégringolant l'escalier d'un pas énergique. Puis la porte s'ouvrit d'un coup et Grampian fit son entrée en se frottant les mains, vêtu lui aussi d'un costume de tweed bien coupé, qui valait deux cent cinquante livres à Saville Row.

— Bonsoir, tonna-t-il d'un air jovial. Ma femme me dit que vous venez au sujet de mon frère Charles. Eh bien ? Qu'est-ce qu'il a fait cette fois-ci ?

— Ma foi, il est mort, dis-je.

Ça mit fin à la jovialité. Il y eut soudain un moment de silence dans la petite pièce mal aérée.

— Il est mort ? reprit Grampian. Mais grands dieux, de quoi donc ?

— De coups répétés portés avec une masse de carrier. Il a été tabassé à mort.

— Mais par qui ?

— C'est ce que j'essaie de découvrir.

Au bout d'un moment Grampian dit :

— Je doute fort que nous puissions vous aider. Il y avait très peu de liens entre Charles et nous, vous savez.

— Vraiment ? Enfin, il faut que je remonte toutes les pistes.

— Bien sûr, bien sûr.

— De toute façon, dit Mme Staniland d'une voix mal assurée, il a bien été assassiné, n'est-ce pas ?

— Oh oui, répondis-je, nous en sommes certains.

— Peut-être pourriez-vous être plus explicite, dit-elle.

— Il l'est, dit Grampian.

— Eh bien, ce n'était pas un accident, dis-je. Il n'est pas tombé, il ne s'est pas fait renverser par une voiture qui passait. On ne l'a pas non plus tué à l'endroit où il a été découvert. On l'a trouvé à un bout de Londres, et il habitait à l'autre bout.

— Peut-être avait-il à faire là où on l'a trouvé.

— Très peu probable. D'ailleurs il n'y avait presque pas de sang sous le corps. (Je sortis la photo que j'avais montrée au patron de l' « Azincourt ».) Plutôt horrible, n'est-ce pas ?

Grampian jeta un rapide coup d'œil dessus, eut un renvoi, porta la main à la bouche et dit en pâlissant :

— Rangez-moi ça, s'il vous plaît.

— Quelles étaient exactement vos relations avec votre frère ?

— Eh bien, euh, dit Grampian en se frottant les mains, peu fréquentes et espacées.

— Plus elles étaient espacées, mieux c'était, en fait, dit Mme Staniland.

— Je vois. Pour quelle raison ?

— L'argent, répondirent-ils en même temps.

— Il vous en demandait souvent ?

— Eh bien, il l'aurait fait plus souvent si nous l'avions laissé faire, dit Mme Staniland, acerbe.

— Je suppose néanmoins, dis-je en faisant un geste circulaire, que, lorsque vous avez hérité de tout ce, euh, bric-à-brac, une certaine partie a dû en revenir à votre frère ?

— C'est une affaire privée, j'en ai bien peur.

— Rien n'est privé pour moi, dis-je sèchement.

Le silence retomba.

— Je me demande si nous ne devrions pas appeler notre avoué, Grampian, dit soudain Mme Staniland, si cet interrogatoire doit devenir délicat.

— A votre place, je ne le dérangerais pas à ce stade, dis-je, je ne vous ai pas encore mordus.

— Non, tout à fait exact, dit Grampian. (A sa femme :) Vraiment je n'en vois pas l'utilité, Betty.

— C'est que ça ne me plaît pas de répondre à des questions comme celles-ci sans être conseillée, fit-elle sèchement. C'est tout.

— Ma foi, aucun avoué sur la terre ne peut m'empêcher de vous poser ces questions, dis-je.

— Bien sûr que non, dit Grampian. Ce seraient simplement cinquante livres de fichues par la fenêtre, Betty. Tu dois bien le voir. Quoi qu'il en soit, me dit-il, nous ne pouvons en aucun cas être impliqués dans la mort de mon pauvre frère, vous vous en doutez bien.

— Parfait, dis-je. Eh bien, reprenons le fil. Lorsque vous avez hérité, votre frère a hérité.

— De plus que moi, d'ailleurs. C'était l'aîné.

— Donc, il a eu beaucoup d'argent, à un certain moment.

— Oh, il n'était pas du tout dans la gêne, pas du tout. Même après le paiement des droits de succession. Des biens, surtout. Mais il avait aussi quelques belles choses.

— Vous êtes dans le commerce des antiquités, demandai-je, n'est-ce pas ?

— Oh, je ne dirais pas « commerce » à proprement parler. Je m'intéresse aux objets, j'en achète et j'en vends à l'occasion, j'investis un peu dans certains peintres, dans des manuscrits.

— Qu'est-il advenu des biens de votre frère ? Où sont-ils passés ? Il n'avait pas un sou quand il est mort, autant que nous puissions juger.

— Eh bien, tout ça est, euh... très compliqué, dit

Grampian. (Il s'éclaircit la gorge à deux reprises.) Mais en réalité c'est moi qui les ai, voyez-vous.

— Ça ne vous dérangerait pas de m'expliquer, je vous prie, dis-je. (Je compris soudain pourquoi la maison de Grampian était tellement pleine.)

— Ma foi, l'ennui avec ce vieux Charles, dit Grampian, c'est qu'il était toujours en vadrouille. Il n'a jamais acheté de maison. Il détestait se fixer. Il ne se préoccupait guère de l'argent, il n'avait jamais d'argent. Alors, eh bien, je lui ai proposé...

— Vous lui avez offert de l'argent pour l'ensemble.

— C'est cela, marmonna-t-il, et j'ai eu un sacré mal à me procurer la somme, comme ça, à toute allure, d'ailleurs. Avec les taux d'intérêts astronomiques et...

— Il y a combien de temps ?

— Oh, je ne sais pas, ça doit faire cinq ans à peu près, je suppose.

— Et quelle était la somme en question ?

Il s'impatienta, soupira.

— Oh, plutôt difficile à se rappeler maintenant, après tout ce temps, tonna-t-il, en soufflant à travers ses lèvres violacées.

— Essayez, dis-je sèchement.

Il inspira.

— Eh bien... disons dans les trente mille livres.

Je me rendis aussitôt compte que Staniland s'était joliment fait avoir, d'après ce que j'avais vu dans cette maison. Mais rouler quelqu'un de cette manière, ce n'est malheureusement pas un délit qui tombe sous le coup de la loi, surtout quand il s'agit de deux frères.

— Qu'est-il advenu de l'argent ?

— Comment pourrais-je le savoir ?

— Ce que nous savons en tout cas, interrompit Mme Staniland, c'est qu'il a filé.

— Mais vous ne savez pas comment.

— Voilà.

— Et alors il s'est mis à essayer de vous emprunter de l'argent ?

— Oui, après son retour de France.

— Et il y a combien de temps de ça ?

— Oh, environ deux ans. Après que sa femme et sa fille l'ont quitté.

— De toute façon, ni l'un ni l'autre, vous ne lui avez prêté de l'argent ?

— Grampian lui avait dit dès le départ qu'il n'y avait rien à faire, lança Mme Staniland.

— Nous aussi, nous avons notre barque à mener, dit Grampian, et joindre les deux bouts, ce n'est pas facile de nos jours, sergent.

Cela, je le savais.

— Et puis, le voir arriver pour nous casser les pieds ! (La voix indignée de Mme Staniland se perdit.)

— Mais il ne s'est pas montré désagréable ? Il ne vous a pas menacés, ou je ne sais quoi ?

— Oh non, dit Grampian. Simplement, il téléphonait parfois, il est venu une fois ou deux...

— Toujours ivre, intervint Mme Staniland.

— Et il vous demandait de lui prêter de l'argent ?

— Bah, il tournait autour du pot.

— Ça paraît assez normal, dis-je, pour un frère qui se trouve dans une mauvaise passe.

— Ç'a toujours été le cas avec lui, dit Mme Staniland, qui renâcla comme un cheval.

— L'avez-vous jamais aidé ?

— Enfin, j'ai tâché de le conseiller, naturellement, dit Grampian.

— En quel sens ?

— Ceci entre-t-il dans le cadre de votre enquête, sergent ? demanda Mme Staniland.

— Mais certainement, répondis-je, nous sommes en train de parler d'un meurtre, quoi que vous en pensiez.

— Je n'aime pas du tout vos manières, dit Mme Staniland, je les trouve vraiment détestables.

— La vérité se moque bien des manières de salon, Madame, dis-je.

— Si je peux vous aider à sortir de cette petite impasse, dit Grampian en s'éclaircissant la gorge, nous parlions de ces conseils. Je disais à Charles : vas-y mollo sur la bouteille, laisse un peu tomber les atroces greluches que tu fréquentes, voilà, ce genre de chose. S'il avait eu quelques shillings de côté, j'aurais pu lui donner quelques tuyaux à la Bourse, bien sûr, mais vu la situation...

— Si au moins il n'avait pas toujours été aussi soûl, dit Mme Staniland.

— Allons, allons, Betty, soupira Grampian, de mortuis... etc. Ce pauvre vieux Charlie.

Je vis alors à quel point ils avaient tous deux détesté Staniland ; mais comme tous les égoïstes, ils ne pouvaient se permettre de l'admettre ; ça aurait terni aux yeux des tiers la vision qu'ils avaient d'eux-mêmes.

— En parlant de défunts, à propos, dis-je, il y aura les obsèques bien entendu, après l'enquête.

— Oh, naturellement.

— Et les frais.

— Oui, mais justement, c'est là le problème, dit Grampian, en faisant claquer ses doigts roses.

— Je ne vois pas comment nous pourrions faire face, dit Mme Staniland d'une voix ferme. Financièrement.

— Oui, il faudra que nous voyions, dit Grampian d'un ton qui laissait entendre que c'était déjà tout vu. A propos, a-t-il été prouvé qu'il était ivre la plupart du temps et pas seulement quand il venait nous voir ?

— Plus ou moins.

— Oui, eh bien voilà ce contre quoi je le mettais en garde, bien sûr.

— Bien entendu. Mais, en lui parlant, vous avez sûrement dû vous rendre compte qu'il avait d'autres problèmes ?

— D'autres problèmes ? dit Grampian. Que voulez-vous dire ? Des problèmes mentaux ? Vous ne voulez pas réellement dire qu'il était fou, hein ? N'est-ce pas ? Vraiment, c'est très intéressant !

— Non, répondis-je, je ne veux pas dire qu'il était fou. Bien au contraire. Je veux simplement dire que les preuves sont là : il a été plus ou moins dépassé par les événements.

— Nous pourrions tous nous plaindre de ça, dit Mme Staniland d'une voix aigre.

— Mais quelles preuves, de toute façon ? dit Grampian.

Je n'étais pas encore parvenu à la fin de ce qu'avait écrit Staniland, aussi dis-je simplement :

— Un grand nombre, et ce n'est pas fini.

— Ce n'est jamais fini avec quelqu'un comme mon beau-frère, dit amèrement Mme Staniland.

— Ni l'un ni l'autre vous ne pouvez me dire ce qu'il faisait en France.

— Je n'en sais rien, dit Grampian. Il survivait, voilà tout, je suppose. Il allait à la dérive.

Il survivait, voilà tout. Soudain cet interrogatoire des proches parents de Staniland, par cette longue et morne soirée londonienne, commença à me taper sur les nerfs. J'eus une vision de Staniland lui-même, quelque part dans le sud de la France, faisant son apparition dans son bistrot local, avachi sur le zinc à six heures, tel un ange assoiffé.

— C'est comme ça qu'il était, dit Mme Staniland.

— Il vivait de cet argent que vous lui avez donné en échange de ce qu'il... euh... vous avait vendu ?

— Je suppose.

— D'accord, dis-je, et sa femme, maintenant ?

— Margo, vous voulez dire ? fit sèchement Mme Staniland. Margo n'était qu'une traînée.

— Néanmoins, je crois qu'elle a eu une fille avec votre beau-frère.

— Charlotte, vous voulez dire ? Un petit monstre qui cassait tout, dit Mme Staniland. La seule fois qu'elle est venue ici avec sa mère elle a cassé un de mes plus beaux vases de Delft.

— Ah, ma foi, ça arrive, avec les enfants, dis-je. (En un

éclair je vis mon propre enfant, son visage rebondi de boîte à chocolats, endormi, tout rougeaud, sur l'oreiller blanc immaculé. Il devait avoir douze ans, à présent.)

— Ça arrive si on ne les surveille pas, dit Mme Staniland, et si on ne leur donne pas une correction de temps à autre. Dieu merci, je n'en ai pas.

— Comment saviez-vous que la femme de votre beau-frère était une traînée, à propos ? demandai-je. Rien qu'en la regardant ?

Il y eut un silence gêné, au cours duquel tous deux s'observèrent à couvert ; le soleil jaune apparaissait et disparaissait, en de lents et jaunes éclairs, comme des crises de nerfs, par-delà les lourds rideaux. Le balancier de la petite pendule que j'avais remarquée tressautait comme un fou de bas en haut, tel un appeau destiné à détourner mon attention.

— Ma foi, ça remonte à assez loin, dit Grampian en s'éclaircissant la gorge. A avant.

— Avant quoi ?

— Eh bien...

Cette fois-ci le silence fut vraiment accablant. C'était comme l'accalmie précédant le premier éclair.

— Allons, fis-je.

— Eh bien, j'ai rencontré Margo dans une boîte, dit Grampian.

Mme Staniland explosa :

— C'était une putain, rien qu'une putain ! Elle faisait la tournée des boîtes !

Grampian prit une sale couleur, semblable à celle d'un dessert pour enfant, rouge violacé. La couleur allait avec un costume de tweed, mais c'était un peu inquiétant sur un visage.

— Un pauvre vieux bouc, voilà ce qu'il est, voilà tout, dit Mme Staniland d'une voix rauque, en se détournant.

— Allons, allons, Betty, chérie !

Elle ne prononça plus un mot, mais porta un poignet à sa bouche et se mit ainsi à crier après lui. Il m'adressa des coups d'œil désespérés, comme pour dire : « On est tous des hommes dans ce cas-là, mon vieux ! »

Je ne fis aucune attention à eux. Je m'appuyai contre une table couverte de bric-à-brac et le laissai tenter de la calmer. Il réussit à l'installer sur un canapé, se précipita dans la cuisine et revint avec un linge humide qu'il lui flanqua sur le visage. Elle cria encore plus fort, arracha le torchon et le jeta par terre. Grampian le ramassa et le remit sur son visage, et cette fois-ci l'empêcha de se relever. La table Chippendale sur laquelle j'avais posé mon postérieur émit un craquement sonore. Il entendit parfaitement :

— Pas cette table, je vous prie, lança-t-il poliment, en couvrant le vacarme, elle a pas mal de valeur.

Je me redressai, en les regardant sans vraiment les voir, et en pensant à Staniland. Mme Staniland me jetait de temps en temps un coup d'œil de derrière son torchon mouillé. Dès qu'elle comprit que ça ne prenait pas avec moi, elle reprit ses esprits étonnamment vite et s'assit correctement comme si rien ne s'était passé, ou presque.

— Il me faut vous présenter mes excuses, dit Grampian.

— Des excuses ! cria-t-elle. Vieux saligaud.

— Allons, allons, Betty ! Ma femme a les nerfs très fragiles, me dit-il en aparté.

Chaque fois qu'on crève une baudruche à l'air satisfait, on s'aperçoit qu'elle n'évolue que grâce à l'air vicié qu'elle contient.

— Allons, allons, mon œil ! fit-elle d'un ton brusque. Notre mariage a failli tomber à l'eau quand j'ai découvert qu'il avait eu une liaison avec elle. Il s'en est fallu d'un doigt.

Grampian aurait pu tout aussi bien se trouver à Edimbourg, vu le peu d'attention qu'elle lui portait. Il alla se poster près de la porte, l'air penaud, tordant le torchon dans ses mains roses.

— Votre beau-frère avait-il connaissance de tout ça ? m'enquis-je.

— Bah, dit Mme Staniland, quelle importance ? Je ne

crois pas. Mais je vais vous dire ceci, sergent : savez-vous comment j'ai découvert ça ? (Elle montra rageusement son mari d'un doigt pointu.) Il parlait dans son sommeil.

— Voyons, Betty ! dit Grampian. Ecoute, vraiment...

— Mais oui ! hurla-t-elle. Tu marmonnais qu'elle ne portait qu'un manteau de fourrure et des escarpins dorés quand elle venait te voir, tu ne te rappelles pas ? Et qu'elle ouvrait son manteau au-dessus de ta figure ? Et tu n'aimais pas ça ? Et tu n'as pas dépensé mille livres de mon argent pour elle, sale pourceau ? (Elle se tourna vers moi et dit calmement :) Nous faisons chambre à part maintenant, bien sûr.

— C'était sur l'instigation de votre frère ? demandai-je à Grampian.

— Non, elle faisait ça de son propre chef, dit-il. Je suis sûr qu'elle lui donnait l'argent que je lui passais. (Il se tordit les doigts jusqu'à en faire craquer les articulations.) Elle l'aimait.

— De l'amour ? hurla Mme Staniland. Elle ?

— Remarquez, elle l'a rejoint en France avec l'enfant, en tout cas, dis-je. Mais ce qui m'importe, c'est si l'un de vous peut me dire, par hasard, où elle est maintenant.

— Non, elle est du genre à vadrouiller, fit-elle d'un air sévère.

— Bon, d'accord, dis-je. Eh bien je crois que c'est tout. Pour le moment.

— Comment ça ? dit Mme Staniland en redressant le buste, « pour le moment » ?

— Eh bien, j'ai d'autres personnes à interroger, et on ne sait jamais... Bien d'autres éléments vont voir le jour dès qu'on va vraiment commencer à fouiller.

— Rien qui puisse jeter le discrédit sur nous, j'espère ? dit Grampian, inquiet. Je ne crois pas que ma femme et moi pourrions le supporter si... je veux dire... nous vous avons dit des choses entre ces quatre murs que...

— Va-t-on en parler dans les journaux ? demanda Mme Staniland. Voilà ce que je veux savoir.

— Je ne peux vraiment pas vous le dire, fis-je froidement, je ne sais pas.

— Mon Dieu, pour le coup, je hurlerai vraiment, dit Mme Staniland.

— Allons, allons, Betty !

J'écrasai la cigarette que j'avais fumée dans un des onze cendriers d'argent.

— Bon, je vais m'en aller, dis-je. Si l'un de vous s'absente, voudriez-vous m'en avertir à West End Central, je vous prie ? Le numéro est dans l'annuaire.

— Euh, bien entendu, dit Grampian.

Ils me suivirent des yeux sans dire un mot tandis que je me glissai hors de la pièce. J'atteignis la porte d'entrée et entendis Mme Staniland parler dans mon dos :

— Ce bon Dieu de Charles ! Qu'il aille au diable !

Voilà bien une façon de causer des morts.

— Quant à Margo, continua-t-elle, j'espère qu'elle ira en prison, la petite garce !

— Tu ne crois pas que tu devrais prendre deux de tes pilules ? dit Grampian.

— Si tu n'étais pas complètement impuissant, Grampian, je n'aurais pas besoin de pilules.

Je claquai la porte derrière moi pour faire comprendre que j'étais parti, et une fois dehors, j'inspirai à fond, puis vidai complètement mes poumons.

9

En fouillant dans les affaires de Staniland je trouvai une carte postale écrite d'une main de femme. La carte représentait une vue un peu passée de Rimini. Le timbre, britannique, portait le cachet SW 3. Elle disait : « Avertis-moi, Charles, quand tu éprouveras vraiment des regrets. Alors peut-être pourrons-nous parler. »

Des regrets ? Cet homme était une plaie ambulante, la souffrance incarnée. La remarque de cette inconnue était absurde : demander à Staniland d'éprouver des regrets ou des remords de ce qu'il était, ça équivalait à dire à un homme atteint d'un cancer parvenu à sa fin qu'il a l'air malade.

La carte continuait : « Il ne s'agira bien sûr, Charles, que de parler. Comme tu dois t'en rendre compte toi-même, il ne saurait être nullement question d'un retour au passé. » La signature de la carte était un gribouillis maladroit qui me fit penser à une vierge sur le retour ôtant une vilaine patte de bonhomme de sa culotte.

Staniland avait porté cette annotation pleine de bon sens : « Quelles foutaises. Un quelconque retour au passé serait aussi improbable qu'inintéressant. L. n'avait pas de passé — elle a essayé de se servir du mien, à la place. C'était une vieille bique contente d'elle, du même âge que moi à peu près, qui s'est présentée à moi sur la plage, là-bas. Presque toutes ses idées tournaient autour de l'argent, ce pour quoi je lui ai tordu le nez un soir, après le dîner. »

Ce que je retirai ensuite de la pile, ce fut la carte d'une société de véhicules de location avec chauffeur du nom de « Planet Cars », qui avait son adresse dans un quartier peu reluisant du West End, derrière Euston Road. On y lisait : « Voitures de Grande Classe, Distance sans problème, Théâtres, Mariages, Toutes Cérémonies. Egalement : Camionnettes, Camions jusqu'à Cinq Tonnes et Semi-Remorques, Chauffeurs serviables. »

Il y avait trois numéros de téléphone au bas de la carte et je ne vis aucune raison de ne pas essayer l'un d'eux.

10

— Il avait une femme, vous savez.
— Oui, je l'avais appris.
— Et un gosse.
— Exact.

Je me reposais aujourd'hui, invité à me détendre avec le patron de « Planet Cars ». Le bureau était au second étage d'un immeuble miteux derrière Charlotte Street, pris en sandwich entre un restaurant pakistanais qui s'appelait « Allahlabad », cuisine européenne et indienne, et une épicerie fine spécialisée dans les mangues en conserve, les piments rouges et les biscuits à la cuiller. La fenêtre en saillie où nous étions assis donnait juste au-dessus d'une vespasienne, verrouillée en permanence à cause des pédales ou des jeunes qui voulaient faire une pipe ou se piquer là-dedans. Derrière cet urinoir-redoute se trouvait un pub appelé le « Quadrant », et auquel l'Usine s'intéressait sans relâche.

Autour de nous dans la pièce, assises à des bureaux, se trouvaient trois filles étonnamment blanches, dont deux arboraient une expression d'adoration tandis que la troisième tenait la comptabilité d'une main et faisait ses ongles de l'autre, en écarlate des deux côtés. Il y avait aussi un comptable irlandais, le premier que j'aie jamais vu, qui faisait les comptes des chauffeurs à l'aide d'un terminal d'ordinateur. Toute la pièce était parsemée de téléphones d'un vert bilieux qui ne sonnaient pas souvent — et lorsque l'un d'eux faisait la tentative, la communication était immédiatement coupée par les adoratrices et transmise au bureau des régulateurs du trafic surmenés, à l'étage du dessous. Des bribes de voix nous en parvenaient. Le régulateur de service de jour se plaignait auprès de ses subordonnés des déficiences des amateurs à la con, tandis que par la fenêtre je voyais le seul coursier sur patins à roulettes que possédait la société. Il portait sur le dos l'inscription « Planet 209 » en noir et jaune et, s'éloignant du coffre d'une copie de SS 100, il fit un large double huit avec maestria, avant de s'arrêter sans difficulté devant le bureau. Je le regardai se diriger vers l'escalier, sa sacoche de documents rebondissant sur ses fesses musclées, ses cheveux blonds lui battant les hanches. « Un autre jeu de seringues aujourd'hui, Dave », l'entendis-je crier à quelqu'un, « vingt livres, la vache ! »

— On aime recevoir la police, me disait le patron de Planet, oh ça oui, on n'a rien à craindre de la police. (C'était un homme de taille fort modeste, à qui le tailleur aurait fait payer le prix d'un grand complet gris, après avoir pris ses mesures pour un petit complet brun. De toute évidence il ne se souciait guère de ces choses, s'intéressant davantage à la bouteille qu'il ôtait du tiroir de son bureau.) Allez, sergent, juste un petit coup, dit-il du ton de la confidence, Chivas Regal, ha ! ha ! Chivas Illégal, les gars l'appellent ici.

— Bah, s'il a vraiment dégringolé de l'arrière d'un camion, dis-je, autant qu'il continue à descendre dans votre gosier. C'est la troisième loi de Newton. Mais pas pour moi, merci, je suis de service.

— Newton, dit-il pensif, Newton, j'ai travaillé autrefois comme chauffeur pour ces salauds. Une petite boîte près de Finsbury Park, là-bas, Seven Sisters Lane, vous prenez à gauche près du métro, vous connaissez le coin.

Je connaissais. Quoique j'aie refusé, il versa quand

même du nectar dans mon verre, si bien que je le pris en main.

— Allez, à la vôtre, dit-il, et il but. (Il me regarda plus attentivement.) C'est marrant, mais vous ne m'avez pas l'air du premier poulet venu. On dirait que vous êtes pas idiot. Appelez-moi Tony, ajouta-t-il, c'est aussi bien. Je m'appelle Tony Creamley. Si jamais la police vous vire, pourquoi vous viendriez pas chez moi pour trouver du boulot, vous devez savoir conduire un panier à salade, ha ! ha !

— Doucement, dis-je, ce genre de vanne me fatigue assez vite.

— Ouais, ouais, fit-il, bien sûr, d'accord. C'était pas méchant, sergent.

— Il n'y a pas de mal.

— Tant mieux, répondit-il.

Le téléphone à côté de lui sonna et il y répondit, écartant une adoratrice et fixant d'un regard absent un clochard au-dehors, qui essayait d'uriner sur le trottoir sans être vu. Il se lassa rapidement de la voix que j'entendais jacasser à son oreille et dit :

— Non, il faut que vous adressiez à Creamley Cars, mon petit, c'est le 501-33-44, ici c'est Planet, vous comprenez ? (Il écouta encore trois minutes, les yeux fermés, et reprit :) Ecoutez, pas de baratin... si vous n'êtes pas d'accord sur votre compte chez Creamley, mettez-vous en rapport avec leur gérant, c'est pour ça qu'il est payé. Je suis bien placé pour le savoir, mon gars le paie de temps en temps, ha ! ha ! Allez, traînez pas, filez. » (Il raccrocha violemment, se tourna vers moi et dit :) Y a des gens qui sont nés pour râler, hein ? Nés pour râler. Creamley Cars, voyez-vous, ajouta-t-il fièrement, c'est à mon fils. C'est la propre équipe de Clive. Il a trois Rollers dans son écurie, trois Mercedes et quatre BMW 4 portes flambant neuves. Un joli petit truc qu'il a loué à Cannon Street. (Il soupira.) Malin, mon Clive, intelligent comme pas deux, et se tournant les pouces comme une tapineuse un lundi matin...

Tout ce qui l'intéresse, c'est de filer en Grèce se taper une espèce de Shirley Temple du cru. Oui, il a un bon petit bizness, ça rapporte plus que n'importe quelle gagneuse et ça répond pas... un truc impeccable, ça lui est tombé tout rôti dans le bec, c'est moi qui l'ai établi, j' suis bien placé pour le savoir. Il fait la City, vous voyez, nous on fait le West End, ici à Planet. Remarquez, une fois, il a essayé de marcher sur mes plates-bandes, Clive, ouais. « Au moins », que je lui fais en prenant un air grave, « laisse à ton vieux père le domaine où Planet a débuté ». Non... il se prend pour un dur. (Il secoua la tête ; elle tremblota comme une huître au bout de la fourchette d'un pochard.) Remarquez, Clive, il sait ce qui est bon pour lui, il sait où est son intérêt. Hein, Eileen ? dit-il en regardant l'une des adoratrices.

— Oh oui, monsieur Creamley, lança-t-elle, rayonnante d'admiration.

— Voilà comment ça marche à Planet, vous voyez ? dit M. Creamley avec satisfaction. Tous une famille heureuse, vous pigez ?

— Je pense bien ! fis-je.

— Je joue plus des coudes, dit-il en rentrant les lèvres, c'est plus la peine, vous comprenez ? Pas aujourd'hui. J' les rachète, j' leur tire pas dans les pattes, c'est ma devise. Voilà pourquoi y a plus d'autre société que Planet par ici. Rien d'autre, par ici. Remarquez...

— Remarquez, dis-je, vous parlez à un flic.

— Bon Dieu, c'est vrai, dit-il en se frappant le front, c'est marrant, mais vous faites pas flic, j' sais pas pourquoi ; vous devez être vachement bon comme flic, ou alors complètement nul, putain ! En tout cas, ce type pour qui vous venez, je le reconnais sur votre photo, c'était le 24 de Planet. (Il prit une bonne lampée de son scotch et regarda, l'air de se souvenir, la photo posée entre nous.) Je le reconnais très bien, reprit-il, mais nom de Dieu, ils l'ont pas loupé. (Il poussa un soupir et hocha la tête plusieurs fois, pensif.)

— Mon temps, c'est celui des contribuables, fis-je observer, c'est-à-dire que je suis toujours pressé. Je ne sais pas qui vous paie vos journées.

— Oh, c'est les clients, répondit-il, j'ai tout mon temps, j' l'ai gagné avant de poser le pied par terre.

— T'es un chef, Tony, dis-je. Revenons au 24.

— Oh, bien sûr, dit-il, pointant son index vers un minispot. Pas un chauffeur terrible, le 24, toujours en retard pour sa location et ses courses. Et puis il savait pas se présenter à un client non plus. Et pour la bagnole ! J'ai pas cessé de lui demander, je m' suis mis à genoux, bon sang, mais il voulait même pas porter une casquette à visière ni un plastron pour un mariage. J' lui disais : « Ecoute, 24, tu sais c' que c'est, faut dire, j' vous lèche le cul, m'sieur, le doigt à la casquette, un peu de baratin, b'jour, m'dame, belle journée, j' vais vous porter vos sacs, et puis tendre la main par-dessous pour un petit pourliche. » Mais non, rien à faire avec le 24. On a eu pas mal de réclamations justifiées à son sujet, au bureau. D'abord, j' me rappelle, il avait cette grosse vieille bagnole, une Renault 16 avec une immatriculation française, alors il avait quelques courses pour l'aéroport — il fonçait à Heathrow à 80 à l'heure, il flanquait une trouille bleue au client. Remarquez, le gus attrapait son avion, généralement avec un peu trop d'avance à son goût. Les clients, ils avaient le souffle coupé quand il les quittait, le 24. Mais il les baratinait pas comme faut faire lorsqu'on veut un bon pourboire. J' veux dire, c'est des cons d'hommes d'affaires et compagnie ; ils veulent seulement qu'on leur donne l'impression, pendant le trajet, qu'ils sont des gens à part, ça coûte rien au chauffeur, bordel, d' manier la brosse à reluire. Au contraire, quand le chauffeur met dans le mille, eh ben le client il pense : cette boîte, Planet, elle a de la classe. Mais non, le 24, il parlait qu'aux clients qui voulaient pas parler, et même alors c'était sur la France et dans ce genre-là. Ça oui, on a perdu quelques bons clients à cause du 24 ; les gens téléphonaient pour se plaindre à moi personnellement, et pas qu'un peu.

— C'est un drôle d'olibrius, hein ?

— Je sais pas c' que veut dire ce mot, dit franchement M. Creamley, mais quoi qu'il en soit, y a eu un jour à la fin où il a fallu qu'on se débarrasse de lui. C'était un après-midi chargé, un vendredi. Y a cette bonne femme qu'entre en trombe dans le bureau des régulateurs à la recherche du 24. « Où est-il ? » dit-elle à Smitty. Elle le menace, quoi. C'est qu'un jeune type. Brownie et le chef de mes régulateurs, une nana moche avec la voix d'une fille du Harper's Bazaar, étaient partis boire un coup. « Où est qui ? » dit Smitty. « Eh bien vous l'appelez le 24 ici », dit-elle, « mais pour moi c'est plutôt mon mari. » Elle était dans un état épouvantable, elle pleurait, elle avait la figure défaite. Dommage..., elle était chouette, en plus ; j' l'aurais laissé prendre le 18 avec la 220 D, pas le 33 avec la Roller c'est vrai, tout ça à crédit ! « Il est parti avec une pute », hurle la nana « moi et sa petite gosse, on l'a pas vu depuis une semaine, j'ai pas eu d'argent de lui et je sais plus quoi faire. » « Ecoutez », dit Smitty, « j'ai du boulot, j'ai quatre téléphones qui sont en train de sonner ici au cas où vous les entendriez pas, m'dame, et le reste de l'équipe a foutu le camp. » Il faisait qu'obéir aux consignes de la boîte, voyez-vous. Beaucoup de nos chauffeurs n'utilisent pas leur vrai nom — y a que des espèces qui circulent ici chez Planet, et la dernière chose que veut un chauffeur, c'est de se casser le cul et en plus d' se faire avoir par le fisc. Et puis y a de drôles de zigotos qui débarquent ici pour voir les chauffeurs, des ex-petites amies ; des créanciers, des huissiers, et le reste de la même eau, et y en a qui racontent des histoires pas piquées des hannetons. Bref, finalement Smitty m'envoie chercher — et j'avais écouté sur l'interphone, de toute façon. J'avais pas vraiment envie d' me coltiner cette mégère ; j'avais tapé le carton toute la nuit à Whipps Cross. J'avais la tête comme une vessie de hareng écrasée entre deux briques et la gueule comme la gare de

St-Pancras. Alors à la fin, j'ai envoyé chercher deux des chauffeurs de camionnettes (y a un bon service de camionnettes chez Planet), le 171 et le 185, ils sont de Mile End et plutôt costauds, et je leur ai dit de lui calmer les idées. Mais avant, elle a gueulé qu'elle le retrouverait, qu'elle était sa femme et tout ça, et qu'est-ce qu'il allait fiche pour faire vivre la gosse, etc.

— Vous l'avez revu ?

— Le 24 ? Vous pensez ! Un chauffeur, le 49 sans doute, lui a dit de faire gaffe et puis voilà. C'est une histoire qu'on a tous déjà connue, ici à Planet. Vous seriez surpris du nombre de chauffeurs qui ont leurs petits problèmes. Et, soupira-t-il, est-ce qu'on n'en a pas tous dans la vie ?

— Bien sûr, dis-je. C'est tout ?

— C'est tout. (Il eut un renvoi difficile, tout en massant son ventre maigre et nerveux.) Trop d'œufs, c'est très constipant, sergent, vous trouvez pas ? Mais j'en raffole.

— Vous devriez sortir et bouger davantage.

— Ah merde ! dit-il. Je suis pas fana de la marche à pied quand j' peux rouler en bagnole, ça non, à quoi ça sert ? J'ai jamais beaucoup aimé les plats à base de viande, pas depuis l'armée. Et depuis que j'ai fait un tour à l'hosto y a un an pour mes hémorroïdes, dès que je marche un peu, j' trouve que ça me donne des douleurs où je pense.

— On a tous un ennui quelque part, dis-je. Moi, c'est cette affaire.

— Ouais, ma foi, j' suis désolé pour le 24, dit M. Creamley, vrai de vrai. Il était pas si mal. J' le faisais venir chez moi à Epping pour qu'il apprenne à ma plus jeune fille à parler correctement. Elle pouvait pas le voir en peinture. J' finissais par le faire sortir, j' lui donnais un scotch, j' lui filais 10 balles et j' lui disais de foutre le camp. « T'auras jamais une bicoque comme ça, 24 », que j' lui faisais, en lui montrant la maison, « pas avec cette piscine et tout et tout, et puis ce bout de terrain avec. » En plus ils l'aimaient bien ici, les gars, même s'il jactait un peu beaucoup.

— Cette femme qui est venue, dis-je, vous ne connaissez pas son nom, je suppose ?

— Ben si, c'est marrant que vous demandiez ça, dit-il, elle l'a laissé, je crois. Delia, ma chérie, lança-t-il à une adoratrice, trouve-moi l'adresse de cette femme dans le dossier du 24, tu veux bien ?

Peu après, Delia s'approcha, un bout de papier à la main et resta plantée entre nous sans se décider.

— Allons, voyons, chérie, dit M. Creamley, en clignant de l'œil d'impatience, donne ça au monsieur, il va pas te mordre.

Il examina le papier avec moi.

— Bon Dieu, y a même une adresse, dit-il. Ça alors !

Je me levai.

— Merci beaucoup, dis-je.

— A votre disposition. Toujours content de voir la police. Une autre goutte d'Illégal ?

— Pas aujourd'hui, dis-je. Je préférerais prendre un taxi en vitesse. Vous pouvez me croire, les contribuables paient toujours comptant.

— Ça, j' le sais, dit M. Creamley d'un air souffreteux.

Je le laissai se masser le ventre d'une main luisante.

11

— C'est fort ennuyeux qu'il soit mort comme ça, dit le directeur de l'agence bancaire de Staniland. Il avait un emprunt de onze cents livres, voyez-vous, sans compter les intérêts qu'il devait.

— Un emprunt sans garantie ?

— Eh bien, pas exactement... Il y a quelques actions. Mais les actions ne sont guère florissantes en ce moment, comme vous le savez sans doute.

— Non, je n'ai pas d'actions, dis-je. Je n'en sais rien.

— La banque risque d'en être de sa poche de plusieurs centaines de livres dans cette affaire, dit le directeur, plusieurs centaines.

— Nous sommes en train de parler d'un meurtre.

— Je sais. Mais c'est quand même très contrariant.

Il était petit et rose, et, à première vue, il faisait trop jeune pour être directeur d'agence. Il avait une expression accablée et un sourire qui se voulait aimable. Il le fit apparaître avec l'aisance d'un prestidigitateur chevronné :

— La Direction Générale a donné le feu vert pour l'emprunt. Mais j'y étais opposé.

— Ah bon ? Pourquoi ?

— Pas un individu très stable, ce monsieur Staniland.

— Vous a-t-il dit pour quelle raison il voulait l'argent ?

— Non. Ou plutôt, il m'a raconté je ne sais quelle

histoire, mais je n'y ai pas cru. Je ne pense pas qu'il y croyait lui-même.

— A-t-il emprunté l'argent en une seule fois ?

— Non, il a emprunté cinq cents ; puis trois mois plus tard, encore cinq cents. Je lui ai fait remarquer à quel point les remboursements seraient lourds avec les taux d'intérêts actuels, mais il a répondu qu'il allait gagner de l'argent et que ça ne l'inquiétait donc pas. (Il toussa.) Moi, ça m'inquiétait.

Il ouvrit le dossier de Staniland et je l'examinai pardessus son épaule.

— La plupart des chèques tirés sont à son ordre, vous voyez. Il a retiré tout le montant du prêt jusqu'à ce dernier débit de trois cents il y a une semaine. On a laissé passer, bien que, du coup, il ait été à découvert, mais c'est à ce moment-là que je lui ai écrit...

— Oui, j'ai vu la lettre, dis-je. Elle était dans ses affaires. (Je sortis mon calepin.) J'aimerais seulement prendre les références de ces chèques. Je suppose que vous pouvez me dire quelles banques les ont compensés. Vous connaissez les codes.

— Nous ne sommes pas vraiment autorisés à faire cela, vous savez.

— Non, je sais bien. Mais cet homme a été réellement assassiné, monsieur Bateson, et je suis bien décidé à retrouver les coupables. Je comprends que vous ne teniez pas à avoir d'ennuis avec votre Direction Générale, mais agir vite, c'est crucial.

— Oui, oui, dit le directeur. Oh, très bien alors.

12

La chambre de Staniland était une des plus dégoûtantes que j'aie jamais vue. J'aurais dû m'y rendre plus tôt, et j'y serais allé si les gars de Bowman n'y étaient passés. Romilly Place donnait dans Old Kent Road du côté de Lewisham, près de la tour de l'horloge ; les logements étaient des bâtiments de trois étages aussi immondes les uns que les autres. C'était un quartier dangereux, par-dessus le marché, surtout pour quelqu'un comme Staniland — ce que nous appelons une zone mélangée, un tiers de « cailloux rasés » et deux tiers de Noirs sans emploi. C'était un cul-de-sac. Par ce doux soir de printemps, on entendait les cris des gosses et des adolescents qui couraient autour des voitures accidentées qui encombraient le trottoir. Il y avait environ vingt maisons, dont la plupart avaient des fenêtres brisées et des portes d'entrée fracturées. Un idiot du conseil municipal avait eu l'idée de placer au coin de la rue une cabine téléphonique ; elle ne contenait maintenant plus de téléphone, ni de vitres ni de porte — une ou deux feuilles d'annuaire voletaient lamentablement dans la brise. La maison près de laquelle je m'étais garé avait été dévastée par le feu. La façade était étayée par des poutres et les fenêtres disparues étaient remplacées par de la tôle ondulée ; la cheminée avait basculé vers l'intérieur, formant un angle incroyable avec la carcasse noircie. Un jeune me vit la regarder et s'approcha. Il avait environ dix-sept ans, mais son visage était très vieux, comme celui d'un prisonnier de camp de concentration. Il y avait quelques maigres cheveux ras sur son crâne d'un vert blanchâtre, où une puce n'aurait pu trouver asile.

— Y a six mecs qui ont grillé là-dedans, m'informa-t-il. Mais ils étaient tous noirs, ajouta-t-il.

— Je cherche le numéro sept, dis-je.

— C'est celui qu'est derrière vous. Mais tout le monde a foutu le camp. On dit qu'un des mecs qui logeaient là s'est fait buter vers Acton.

J'aurais pu lui demander comment il savait ça, mais je n'aurais rien pu en tirer si je l'avais fait. Il aurait reniflé le policier, et je n'étais pas dans un quartier où la police reçoit beaucoup de coopération. Aussi dis-je :

— Ah oui ? Bah, je regarde, c'est tout.

— Pourquoi ?

— Pour trouver une chambre.

— Quoi, là-dedans ? Vous devez être cinglé. La bicoque grouillait de flicards pas plus tard qu'hier. Vous êtes motorisé ? C'est la Ford, là-bas ? L'Escort ?

— C'est ça.

— Ça roule, ces Escort. Vous avez un lecteur dedans ? Et des bandes chouettes ? Des Sex Pistols ? Du Sid Vicious ? Johnny Rotten ? Vous voudriez pas nous emmener faire un tour, moi et mes potes ?

— Qu'est-ce que j'ai à y gagner ?

— Eh ben, j' pourrais vous faire rentrer au 7, facile, vous voyez, si vous vouliez squatter.

— Ouais, c'est ce que je voulais, fis-je. Pour quatre personnes. Ça paraît pas mal et pas cher, comme qui dirait.

D'autres jeunes s'étaient attroupés pendant notre conversation. Je laissai au « caillou rasé » le soin de choisir son équipe pour la balade, puis je leur fis faire plusieurs fois le tour de l'horloge de Lewisham à pleins gaz.

— Où vous l'avez eue, cette chiotte ? dit le « caillou rasé » avec envie après la balade, en tournant autour. Elle est chouette. Vous l'avez chouravée ?

— Qu'est-ce que tu en as à foutre ?

— D'ac, d'ac, papa. Pas la peine de t'exciter.

Un des jeunes qui étaient là prit la parole :

— J' pourrais te faire entrer dans la baraque si tu veux. (Il n'avait pas été de la balade autour de l'horloge ; il était asiatique, et pourtant, à son accent, je savais qu'il était du sud de Londres.) Tu veux te piquer, papa ? murmura-t-il. De la marie-jeanne ? Une reniflette ? Une piquouse ?

— Pourquoi pas ? fis-je. Mais pas maintenant. Plus tard peut-être. Quand il fera nuit.

— Pourquoi quand il fera nuit ? demanda l'Asiatique.

— Simplement parce que je préfère faire ça quand il fait nuit. Pourquoi ? C'est interdit par la loi, ou quoi ?

Ils se mirent à rire. Puis le « caillou rasé » reprit :

— D'où t'es, d'ailleurs, papa ? T'es pas d'ici.

— Je ne pose jamais de questions comme ça. En fait, je ne pose presque jamais de questions.

— Ouais, bonne habitude, dit quelqu'un.

— J' crois qu'il manigance quelque chose, dit l'Asiatique. Pas vrai, papa ?

— Même si c'était vrai, répondis-je, je n'irais pas en parler à des types comme vous.

— Regarde un peu ça, dit brusquement l'Asiatique.

Un couteau était apparu dans sa main en un éclair : puis toujours en un éclair, il alla se planter — tac ! — dans la charpente qui soutenait la maison brûlée. Je déteste les couteaux ; je les ai toujours détestés. Je les déteste davantage que les pistolets. L'Asiatique me regarda pour voir s'il provoquait une réaction chez moi. Mais je dis :

— Je vais au pub.

— Quel pub ? demanda le « caillou ».

— Il faut que tu poses toujours des questions, dis-je. Tu ne peux pas t'arrêter, hein ?

— D'accord, papa. (Il me narguait.) T'excite pas.

J'en avais marre qu'on m'appelle « papa ».

— Et ne m'appelle pas papa. Je ne suis pas assez vieux pour être ton père.

— Tu me parais vieux, à moi.

— N'importe qui te paraîtrait vieux.

— T'essaies de t'attaquer à moi ? dit-il d'un air incrédule. Toi ? A moi ? Tu dois être barjot, papa.

— Ah, laisse tomber, Scar, dit l'Asiatique. (Je voyais bien qu'il essayait d'opérer sa vente.)

— Quel pub déjà ? dit l'un d'entre eux.

— L' « Azincourt ».

— Alors là, t'es givré, reprit le « caillou rasé » du nom de Scar. Y a qu'un détraqué pour entrer là-dedans le soir.

— Oui, ben moi, j'y vais, dis-je.

— T'as rendez-vous avec quelqu'un ?

— C'est ça, dis-je. Malcom Muggeridge. C'est un vieux copain.

Je me tournai vers la voiture.

— C'est bon, papa, dit le « caillou ». Pas la peine que tu montes en bagnole, file-nous juste les clés. Pas d'histoires, je veux pas te faire de bobo, mais c'est une chouette bagnole.

— Si tu veux les clés, dis-je, il va falloir que tu viennes les chercher.

— Oh, ça va, Scar, y en a marre, dit l'Asiatique.

— Ferme ta gueule de basané, dit-il. (Et à moi :) Tu les donnes, papa, ou je viens les chercher ?

— J'ai l'impression que tu vas venir les chercher, dis-je, petit dingue au crâne rasé !

Il y avait un bon nombre de têtes aux fenêtres à présent, et le silence s'était fait soudain dans la rue. La dernière fenêtre était encore en train de s'ouvrir, lorsqu'il attaqua brusquement, la main gauche tendue en avant ; il tenait une chaîne de vélo dans la droite et il la faisait tournoyer. Il y avait quelque chose d'anormal dans ses yeux au moment où il attaqua. Je bloquai la chaîne de mon avant-bras gauche ; elle transperça net mon anorak et atteignit l'os. Je lui flanquai un violent coup de chaussure sur le dessus du pied gauche. Tu ne vas pas plus loin, pensai-je, et je lui assenai un coup de tête sur le nez. Je saisis la chaîne à l'instant où il la lâcha, et, sentant les maillons qu'il avait affilés, la jetai par-dessus un toit. Je lui flanquai un coup sur l'autre pied, lui décochai un crochet sous le menton qui l'envoya dinguer devant la porte d'entrée d'une maison. Il passa la porte. Un instant plus tard, il ressortit à quatre pattes sur le seuil et commença à se tâter partout, faisant des efforts pour ne pas pleurer sous le coup de la douleur aux pieds.

— Un autre candidat ? fis-je.

Personne ne pipa.

— Je déteste ce genre de truc, dis-je en retournant vers la voiture, surtout quand j'ai des tas de choses en tête. Ça me tape vraiment sur le système.

— Il est à moitié dingue, Scar, dit l'Asiatique. Faut pas trop t'inquiéter pour lui.

— Je ne m'inquiète pas, dis-je. (Le « caillou rasé » essayait de ne pas hurler à présent, tout en s'efforçant d'ôter ses grosses chaussures de ses pieds gonflés.)

— On n'aurait pas dit qu'il avait ça dans le ventre, papa, fit remarquer quelqu'un.

— C'est toujours pareil, dit l'Asiatique. (A moi :) je vais t' dire, peut-être que je pourrais te trouver une nana, si les basanées ça te dérange pas.

— Une autre fois, fis-je en montant dans la voiture. Mais laisse-moi te dire ceci : tu as l'étoffe d'un homme d'affaires, c'est mon impression.

— Bah, faut bien gagner sa croûte, dit-il en passant la tête par la portière. Et l'autre proposition, alors ? Le joint ? La piquouse ? Tu sais.

— Tu pourrais me retrouver devant l' « Azincourt » vers l'heure de fermeture, si tu veux. (Je commençai à faire marche arrière.)

— Tu vas pas faire long feu à l' « Azincourt », salaud ! hurla le « caillou ». Je vais t' faire ta fête là-bas !

— Oh, ferme-la, dit quelqu'un. T'es qu'un dingue.

Il n'avait toujours ôté qu'une seule chaussure, et ses pieds puaient.

13

Staniland écrivait : « Barbara est venue au monde enragée comme une guêpe, et mourra enragée. Quand elle fait l'amour, c'est à proprement parler une agression ; elle se sert du sexe pour écraser un homme — c'est la revanche qu'elle prend sur l'existence. Elle me contraint à m'affirmer, après quoi elle me rabaisse en refusant de faire l'amour, et me rend esclave. Chaque fois que je réussis à lui faire l'amour, elle me plante là ; elle sait que c'est le pire châtiment qu'elle puisse m'infliger. Parfois elle varie le traitement. Hier soir à l' « Azincourt », par exemple, elle s'est laissée lever par le Galant Rigolard ; elle l'a ramené à Romilly Place. Tout le monde hurlait de rire en me regardant quand ils sont sortis tous les deux. Elle a dit que je pouvais revenir aussi assister au spectacle si ça me chantait ; l'idée m'a écœuré à tel point que je suis sorti et que j'ai vomi pour de bon. J'ai erré toute la nuit dans Londres. Il soufflait un vent du nord ; les lumières des réverbères avaient un vif éclat sous le coup de gel soudain. Le choc de ce qu'elle avait fait m'a dégrisé ; ce qui ne m'a pas empêché de taper des poings contre un mur et de les écorcher. Deux flics qui faisaient leur ronde m'ont poussé contre une palissade qui bordait un terrain vague quelque part vers Rotherhithe, mais j'avais de l'argent sur moi et j'ai pu prouver que je n'étais pas un vagabond. Ainsi ils m'ont laissé partir quand je leur eus parlé un moment. Ils n'ont pas dit un mot ; leur visage est resté sans la moindre expression sous leur casque. Je ne me rappelle plus ce que j'ai dit.

« Je me rends compte que je ne peux pas satisfaire Barbara. Je ne pense pas que quelqu'un y parvienne. C'est une étrange forme d'amour, d'avoir à transformer en être humain la femme que l'on aime. Elle dit qu'elle hait mon amour, qu'il est servile, qu'elle n'a qu'une envie, c'est de le piétiner. Environ une semaine après ce que je viens de raconter, nous étions dans notre chambre, rideaux tirés, et je passais mes mains sur son corps. Elle s'est écartée, d'un air ennuyé, et a fait observer : « Je n'ai jamais eu d'orgasme de ma vie, même en me branlant. Je ne sais vraiment pas pourquoi je me donne le mal de faire l'amour. »

« Mais moi, je sais. Elle fait ça par haine. Plus tard dans l'après-midi, j'ai réussi à la baiser à travers son slip. Elle a commencé par me repousser, comme d'habitude ; puis soudain elle a simplement haussé les épaules et m'a laissé faire. « Il faudra que tu m'en achètes un autre » : seul commentaire lorsque j'eus fini. « Comment fais-tu pour que je me sente toujours plus mal après qu'avant ? » lui ai-je demandé. Elle s'est rallongée sur notre matelas et a allumé une cigarette. « Ecoute, Charlie », a-t-elle dit, « je parle sérieusement : pourquoi tu n'essaie pas de te trouver quelqu'un d'autre ? » « Je ne veux personne que toi », ai-je dit. « Bon Dieu, tu fais ressortir chez moi tout ce qu'il y a de plus mauvais », a-t-elle répondu. « Tu me donnes vraiment du plaisir à te haïr. » Je me suis retourné sur le matelas, lui ai tourné le dos et me suis mis à pleurer. Elle n'y a prêté aucune attention, mais s'est dirigée vers la cuisinière et s'est fait une tasse de thé en sifflant *Vincent.*

« J'ai passé tout l'après-midi malheureux et furieux. « Je sais que tu vas me demander de l'argent à un moment ou à un autre », lui ai-je dit. « Tu ne sers pas à grand-chose d'autre », a-t-elle répondu.

« Ce soir-là j'ai été violent avec elle. La tension était

montée en moi toute la journée, mais ça a commencé quand elle a dit :

— J'en ai marre. Je me lève. Je sors.

— Tu sors ? Où ça ?

— Je sors, c'est tout.

— Tu vas à l' « Azincourt » ?

— Je ne sais pas. De toute facon je n'aurai pas besoin de t'avoir pendu à mes basques. Tu ferais chialer un singe. Donne-moi de l'argent, c'est tout, dix livres ça ira.

— Je n'ai pas beaucoup d'argent. Je n'ai pas eu l'occasion de toucher de chèque.

— Je vais en gagner.

— J'aimerais bien que tu ne dises pas de choses pareilles. Je voudrais que tu ne parles même pas d'aller avec d'autres hommes. Ecoute, je vais venir avec toi.

— J'ai dit non.

« Tout d'un coup mes mains se sont retrouvées dans ses cheveux. Je ne m'en souviens même pas, mais j'ai ramassé une de ses chaussures et je l'ai frappée à la tête. Je n'avais encore jamais fait ça de ma vie. Elle n'a pas crié, ni quoi que ce soit ; elle s'est simplement rallongée sur le matelas en détournant de moi ses yeux, avec du sang qui lui coulait sur le visage.

— Voilà, a-t-elle seulement dit, voilà, voilà...

« J'ai compris que j'avais perdu avec elle le peu de terrain que j'eusse jamais gagné.

— Maintenant tu n'iras nulle part, ai-je crié.

— Tu te trompes, a-t-elle dit.

« Elle a porté à sa tête le coin sanglant du drap, s'est levée, est allée vers l'évier, en traînant le drap derrière elle, et s'est mise à se nettoyer. Elle était nue, et son sexe m'a paru énorme comme elle se penchait au-dessus de l'évier me tournant le dos. Ses seins aussi étaient épouvantables à voir ; ils le sont toujours quand elle ne porte pas de soutien-gorge.

— J'ai envie de toi encore, me suis-je entendu gémir malgré moi. Je ne suis pas vraiment impuissant.

— Tu es pire qu'impuissant, a-t-elle dit dans la glace au-dessus de l'évier, tu es emmerdant, Charlie. J'en ai marre de toi ; qui se préoccupe de toutes ces foutaises d'intellectuel dans lesquelles tu donnes.

— Je suis désolé de t'avoir frappée. Vraiment.

— Tu ne m'as pas fait mal, a-t-elle dit, mais à toi, si. (Elle a commencé à s'habiller.) Tu passes ta vie à t'excuser. Tu ne devrais pas. Il ne faut jamais s'excuser. Ne jamais expliquer.

— Où vas-tu ?

— Dans une boîte. Peut-être une boîte africaine. J'ai envie d'Africains, ils sont sans problèmes.

— Elles sont dangereuses, ces boîtes.

— Je sais comment elles sont, a-t-elle dit, je les fais depuis que j'ai quinze ans. Et puis, la violence et le plaisir... On n'a pas l'un sans l'autre. Tu devrais le savoir. (Elle a ajouté :) Tu peux rester ici si tu veux ; je ne ramènerai personne dans ce trou à rats de merde. De toute façon je ne serai pas de retour avant demain, je ne sais pas quand... peut-être pas avant après-demain ou après-après-demain.

— Bon, prends tes dix livres, lui ai-je dit.

— Fous-les-toi au cul, les dix livres, a-t-elle répondu en sortant.

« Elle a claqué la porte. C'était une porte qu'il fallait claquer pour bien la fermer, mais, moi, j'ai eu le sentiment d'un départ définitif. Ça me faisait toujours le même effet quand elle la claquait. Ses hauts talons résonnant dans l'escalier ont rendu une note définitive, eux aussi. »

14

Il était neuf heures lorsque j'arrivai à l'Azincourt, et le pub était plein. L'homme à tête de serpent était là, en train de parler à un type à l'air doux qui portait des lunettes, mais je ne vis personne ressemblant au Galant Rigolard. Le tenancier n'était pas là non plus. Quand je demandai de ses nouvelles au barman, il répondit qu'il avait dû être hospitalisé parce que sa blessure à la face s'était infectée.

Je commandai une pinte de lager — elle arriva encore chaude — et m'installai dos au bar. Dans un coin non loin de là, était assise une magnifique brochette de quatre membres du National Front. Deux d'entre eux étaient des mods et le troisième un rocker (normalement, ennemis mortels). Ce dernier portait un blouson de cuir piqué de clous polis et une croix maltaise pendue à une chaîne d'argent autour du cou. Pour compléter le tout, la figure de Satan jaillissait d'un air jovial hors de son col, et lui léchait l'oreille gauche : j'imaginais les séances patientes de tatouage dans une cellule à Wandsworth. Le quatrième individu avait une allure studieuse, environ trente ans. Il portait des lunettes à verres non cerclés, un joli shetland et d'assez longs cheveux blonds soigneusement peignés en arrière, comme les jeunes intellectuels bien élevés des années soixante. Il buvait une limonade, et celui qui présidait la réunion, de toute évidence, c'était lui.

— Himmler, Heydrich et Goering étaient responsables

des exterminations, disait le studieux. Pas le Führer. Le Führer s'occupait de diriger la guerre. Le Führer ne savait absolument rien d'eux.

— Mais tu viens de dire que c'était Dieu, objecta l'un des mods. S'il était comme Dieu, Dieu, lui, il sait toujours ce qui se passe. J'en sais quelque chose, on a fait un peu de religion à l'école.

— Question suivante ? demanda le studieux sans prêter attention à lui.

— Eh ben, qu'est-ce qui va nous rester en réalité, s'enquit l'autre mod, quand la révolution nationale-socialiste sera terminée, au fond, hein ?

— Les Britanniques, c'est tout, dit le studieux d'un air sinistre. Les Britanniques, purs et blancs.

— Ouais, dit le rocker, eh ben, à propos, pourquoi on commence pas ? Je m'emmerde ici. Pourquoi on va pas faire un tour dans leur boîte là-bas en face, voir si on peut trouver un négro.

Je lui tapai sur l'épaule au moment où il se levait.

— Une seconde, fiston, dis-je. Je viens avec vous, c'est-y-pas gentil de ma part ?

— Personne ne..., commença le studieux.

— Boucle-la, dis-je. En 1944 un soldat allemand a pris en photo une petite fille de cinq ans avec sa mère et ses sœurs. Une balade en famille quoi, comme dirait l'autre. En plus ils avaient déniché un coin charmant : c'était une promenade sur la route qui mène au camp de la mort de Treblinka. Leur billet leur avait été payé intégralement par cet aimable, ce charmant Hitler ; à bord d'un camion à bestiaux, elles étaient restées debout dans leur merde et celle des autres, mon pote, tout ça dans le noir. C'était pas une sortie agréable ? Mais le clou, mes petits chéris, c'est qu'à la fin de la journée on leur a dit qu'ils allaient juste prendre un bain, mais c'étaient des blagues, vous voyez, parce qu'ils ont tous été gazés. La petite fille de cinq ans et tous les autres.

Il y eut un court instant de silence. Puis le mod bavard tenta un bâillement naturel et dit :

— Bah, on n'a pas de mouflets.

Et le studieux ricana :

— Tu aurais dû être orateur, mon vieux.

— Ma foi, ce n'est pas le cas, dis-je, je suis flic, et en parlant de mort, j'enquête sur une mort pas jolie. (Je sortis la photo de Staniland et la flanquai sur leur table. Mais avant que quiconque ne pût ouvrir la bouche, une voix derrière moi dit :)

— Je suis Harvey Fenton. Je pourrais jeter un coup d'œil là-dessus ? (Je pivotai sur ma chaise et vis un grand bonhomme corpulent d'environ quarante ans, poils roux sur les avant-bras et cheveux roux.) J'ai bien entendu ? Vous êtes flicard ? me dit-il.

Je lui mis ma carte sous les yeux.

— Ouais, d'accord, reprit-il. Mais c'est devenu bien triste, si quatre gars peuvent plus causer tranquilles dans un bistrot sans que vous veniez y fourrer votre nez.

— Oh, je ne sais pas, dis-je. Ils ont eu de la chance que je ne les laisse pas dégoiser plus longtemps. J'aurais peut-être pu les faire coffrer pour conspiration.

— Ça devient l'Afrique du Sud et compagnie par ici, dit Fenton.

— C'est toujours mieux que l'Allemagne nazie, dis-je. (M'adressant aux quatre :) Vous autres, vous pouvez foutre le camp et trouver une autre table. Et encore mieux, un autre pub. Asseyez-vous, dis-je à Fenton, je veux vous parler. (D'une chiquenaude je lui envoyai la photo sur la table.) Jetez un coup d'œil là-dessus, voulez-vous, et ne me dites pas que vous ne savez pas qui c'est, parce que vous le savez.

Il examina l'horrible cliché.

— Je le connais de vue, dit-il, oui. Il venait ici. Un emmerdeur. Il s'appelait Stan quelque chose. Qu'est-ce qui lui est arrivé ? On dirait qu'il a été renversé par un camion.

— Non, il a été tabassé à mort avec un marteau, dis-je.

On lui a flanqué des coups de couteau aussi, et des coups de pied.

— Ah oui ? Il a dû se mettre quelqu'un à dos, ça en a tout l'air, dit Fenton en se curant le nez. De toute façon, pourquoi vous croyez que je peux vous aider ?

— Oh, disons que vous correspondez à un signalement.

Il me regarda bien en face.

— Ne commencez pas à être désagréable, dit-il. (Il baissa les yeux et examina ce qu'il avait récolté sur le gras de son pouce.)

— Ma foi, je pose seulement des questions, pour le moment, dis-je, mais nous savons qu'il s'agit d'un meurtre. Celui qui croyait qu'on allait prendre ça pour le coup d'un chauffard, ou bien c'était un demeuré, ou alors il ne manquait pas d'aplomb, le salaud. On ne l'a pas trouvé là où il a été tué ; il n'y avait pas assez de sang sous le corps.

— Starsky et Hutch, ils ont pas une chance à côté de vous, dit Fenton en ricanant.

— Une autre remarque comme celle-là, dis-je, et tu vas te faire un ennemi dont tu n'as pas vraiment besoin. T'as été dans le bâtiment, n'est-ce pas ?

— Comment savez-vous ça ?

— Parce que j'ai une bonne mémoire, répondis-je. Et maintenant que je connais ton nom, j'en sais beaucoup plus sur toi. Tu as des copains chez les ferrailleurs et les transporteurs, et dans les boîtes aussi. Eh bien, je me demande maintenant si quelqu'un, oh, pas vraiment à des milliers de kilomètres de ce troquet, n'aurait pas pu tuer Staniland à coups de marteau, l'emmener à Acton en camion et le larguer dans les taillis. Qu'est-ce que tu en penses ?

— Je pense que poser des questions, c'est dangereux, dit Fenton. Voilà ce que je pense.

— C'est ce que je me dis chaque fois que j'écris ma lettre de démission, dis-je. Mais je la déchire toujours. Est-ce que tu t'es envoyé la nana de Staniland, à propos ? On dit que tu es le genre de type à faire ça.

— Non, fit-il. (Il poussa un soupir haineux.)

— Ça ne m'étonne pas tellement, dis-je. Pour moi, t'es qu'une vieille tapette, au fond.

Fenton serra les poings sur la table jusqu'à en faire blanchir les articulations de ses doigts.

— Nom de Dieu, dit-il. Heureusement pour vous que vous êtes flic, parce que sinon, vous auriez pu vous retrouver avec une tête grosse comme ça.

— Arrête ton charre, coco, dis-je ; avec ton casier, t'en prendrais pour sept ans si t'écrasais une mouche.

— On s'est pas déjà rencontrés, n'est-ce pas ?

— Pas la peine. Avec le casier que tu as... Tous les poulets le connaissent par cœur.

Ça le laissa pensif, puis il lança au barman :

— Hé Joe, remets-nous ça. C'est moi qui paie. (Le barman était occupé à servir, mais il s'interrompit pour apporter la tournée de Fenton illico presto.) Parfait, dit Fenton. Très bien, très bien. (Il leva son verre.) A la bonne vôtre !

Je poussai de côté la pinte qu'il m'avait apportée.

— Voyons un peu ce que tu avais contre Staniland, dis-je.

— Rien ! C'était un casse-pieds, c'est tout.

— Tu te foutais simplement de sa gueule. T'es sûr que tu n'as pas sauté sa nana ?

— Pourquoi je me serais donné ce mal ? J'ai mes nénettes, de mon côté. D'ailleurs, si je l'avais sautée, quelle différence ça aurait fait ?

— Les choses auraient pu s'envenimer, répondis-je. J'essaie vraiment de voir si tu n'es pas impliqué dans cette histoire. Tu ne lui as pas flanqué une tannée, une fois ? Là, derrière les waters ?

— Non.

— Il y a des petits détails, entendus par-ci par-là, qui me font croire que tu mens.

— Des petits détails par-ci par-là, c'est que dalle, dit-il, surtout en justice.

— Tu es bien placé pour le savoir, fis-je. Tu as pas mal d'expérience dans ce domaine.

— Je peux rien vous dire du tout.

— Moi je vais te dire. Ça te chanterait de faire un tour à l'Usine avec moi maintenant et de raconter à l'Inspecteur Principal Bowman tout ce que tu ne veux pas me dire ? Il t'écouterait avec beaucoup de compréhension, Bowman, tu peux me croire... Il adore littéralement les individus de ton genre.

— Pour être franc, dit-il, je suis pas fana de West End Central. Ils aiment vous prendre vos mesures d'un peu trop près, à croire que c'est Saville Row.

— Oui, eh bien, dans ce cas tu ferais mieux de te fouler un peu plus pour répondre à certaines questions. En voici une : sais-tu où est le patron de ce pub ? Un gros bonhomme. Il s'est fait abîmer le portrait.

— Il paraît qu'il est parti, dit Fenton. D'après ce qu'on dit, il reviendra pas.

— Sa blessure à la bouche s'est infectée ?

— Bah, c'est une façon de voir la chose. D'après ce que j'ai entendu, quelqu'un lui a dit qu'il bavassait trop et qu'il ferait bien de la boucler. Mais il a pas trouvé la clé, dommage.

— Tout ça me paraît bon pour les gars de Lewisham, dis-je. Coups et blessures, probablement...

— Bon, écoutez, dit-il. Vous en avez vraiment après moi, hein ? (Il prit une bonne lampée de son double Bell's. Il était plutôt calme ; toi, pensai-je, tu es dangereux, mon salaud.) Vous allez pas me cravater à cause de la gueule de ce con, non ?

— Ben, je n'en sais rien. Mais si tu te retrouves avec un mandat sur le dos, ça sera peut-être parce que tu ne veux pas coopérer avec moi sur l'affaire Staniland.

— Mais j'arrête pas de vous le dire, il nous brisait les burettes, c'est tout.

— Donc, tu ne lui as jamais cassé la figure ? Tu n'as

jamais sauté sa nana. Tu restais là à le foutre en boîte de loin, mais tu ne l'as jamais touché. Vous étiez copains.

— C'est ça.

— Peut-être que le patron d'ici pourrait craquer et dire l'inverse, s'il ne se sentait pas trop menacé.

— Ça m'étonnerait, dit Fenton. Vu comme il picolait, j'ai l'impression qu'il n'est pas loin d'avoir une crise de nerfs d'un moment à l'autre. Pas un témoin très sérieux... Le procureur général n'en tirerait pas grand-chose.

— Plus tu parles, dis-je, plus tu racontes de boniments. C'est marrrant chez toi. Maintenant, je suis convaincu que Staniland est mort à deux pas d'ici. Et pourtant on l'a trouvé à l'autre bout de la ville, à Acton.

— Je connais pas du tout l'ouest de Londres, dit Fenton. (Il bâilla.)

— Eh bien, si toi tu ne connais pas, il y a le guide AZ. Ce n'est pas un problème.

— Ecoutez, beugla Fenton. Je commence à en avoir marre de tout ça. Vous essayez de me faire porter le bada, c'est ça ?

— J'essaie de découvrir qui l'a tué, et j'ai comme une idée que je ne suis pas en trop mauvaise voie.

— Pourquoi me tomber dessus ? Tout ce que je peux vous dire, c'est qu'il y a des gars ici — d'accord je me compte dedans — qui ont demandé à ce type très poliment s'il voyait pas d'inconvénient à aller fréquenter un autre établissement. Il a dit non, ça lui plaisait ici, et il a continué à venir ici, beurré, quelquefois avec sa poule, en cassant les oreilles à tout le monde. Et c'est tout ce que je sais.

— On ne t'appelle jamais le Galant Rigolard ? demandai-je.

— Le quoi ? Non, jamais.

— C'est marrant, je vois très bien pourquoi ça pourrait arriver, de temps à autre. (J'allumai une Piccadilly filtre. Elle avait un goût dégueulasse ; je les fume uniquement parce que j'espère que ça pourra m'aider à arrêter.) Bon, d'accord. On pourrait continuer comme ça toute la nuit, mais pas question. Je reviendrai te voir quand j'aurai les preuves en main.

— Si vous y arrivez. J'arrête pas de vous dire que tout ça n'a rien à voir avec moi.

— Ma foi, si je suis à court de candidats à qui faire porter le chapeau, Harvey, qui sait ? tu pourrais tout aussi bien faire l'affaire. En fin de compte je n'aurais pas besoin de preuves en béton, avec ton casier... Il est aussi chargé que ton bras est couvert de poils roux.

Il ne dit rien, il me regarda, simplement. Il avait pris une expression inquiète, rien d'étonnant à cela. J'ajoutai :

— Toi et tes petits copains, vous torturez, au fait ?

— Nom de Dieu, non ! cria-t-il. Vous nous prenez pour quoi ? Des bêtes ?

— Tout juste, répondis-je. Tout compte fait il y a eu Williamson, tu te rappelles, le super-mouchard ; tu lui as brisé les deux jambes avec une barre de fer et tu l'as largué sur la M 20. T'en as eu pour dix ans de préventive, je me souviens, mais on t'a mis en liberté conditionnelle, je ne sais plus pourquoi.

— Ecoutez, c'était différent, dit Fenton vivement. Cette fois-là, je reconnais, j'étais tout à fait responsable... Ce gonze m'avait balancé dans le coup de la banque de Whitgift Street.

— Quoi qu'il en soit, je crois que tu es mêlé à cette affaire Staniland, dis-je.

— Vous aurez du mal à le prouver.

— Tu es à court d'argent, Harvey ? demandai-je.

C'est une question qui embarrasse les gens comme Harvey. S'il répondait non, je pourrais me mettre à chercher comment il s'en était procuré. S'il répondait oui, je pourrais essayer de trouver comment il se débrouillait. Il finit par dire :

— Qui n'est pas à court ?

— Quelques centaines de livres, ça tombe toujours bien, non ?

— Staniland était dans la dèche.

— Non. En tout cas pas avant ces derniers temps.

— Comment le savez-vous ?

— Tout ce que je veux bien te dire, c'est que Staniland écrivait beaucoup, tu le savais ?

— Non. Je savais rien de lui, je vous dis.

— Et quand je dis beaucoup, c'est beaucoup. Et il a enregistré des cassettes également. Et tu devines qui a tout ça ? Eh oui..., c'est moi, là-bas, à l'Usine.

Il devint blanc.

— Vous avez trouvé mon nom là-dessus ?

— Il y a une description qui pourrait te correspondre. Les poils roux sur les bras. (Je les regardai de façon appuyée.)

— Ça va pas vous mener loin, dit Fenton. Des milliers de types ont des poils roux sur les bras.

— Pas dans ce pub.

— De toute façon, dit Fenton, un soûlot entre deux âges, avec une case en moins, qui rabâche sur une cassette, tout ça ça vaut pas tripette.

— Ça n'empêche, dis-je, ne file pas prendre le soleil au Maroc sans m'avertir. (Je griffonnai le numéro de l'Usine et le lui passai.) Parfait, ouste. Tu es innocent pour le moment, jusqu'à ce que je prouve le contraire. (Nous nous levâmes.) J'ai bien apprécié notre petite conversation.

— De mon côté, dit-il en s'éloignant, je crois pas.

Lorsque je sortis dans la rue, je vis quelqu'un debout près de ma voiture.

— Tiens, dis-je, mais c'est l'homme d'affaires.

— Ça t'intéresse toujours, notre marché ? demanda l'Asiatique.

— Bien sûr, répondis-je. Allons à Romilly Place.

Lorsque nous y parvînmes, il descendit de la voiture et sauta par-dessus le mur de la rue. « Attends là », chuchota-t-il du haut du mur. Je descendis, mais je n'entendis rien avant que la porte d'entrée du numéro sept ne s'ouvre en grinçant.

— Ça va, entre, souffla-t-il. (Il referma la porte sur nous puis tira le verrou.) La lumière a été coupée.

— Pas d'importance, dis-je. J'ai une torche. (Je dirigeai le faisceau lumineux sur l'escalier dégoûtant.)

— J'ai le fourbi, dit-il.

— Une autre fois. J'ai changé d'avis. (Je lui donnai un billet de vingt livres.)

Il l'examina à la lumière de la torche.

— Tu me donnes de l'argent pour que je me casse, c'est ça ?

— Tu devrais être content.

— Tu sais un truc ? dit-il. J'ai l'impression que t'es perdreau. (Devant mon mutisme il ajouta :) Tu vas m'agrafer ?

— Tu as de la chance que j'aie d'autres choses en tête, dis-je. Mais tu devrais faire attention quand tu refiles de la schnouff à des inconnus, sinon, tu ne vas pas traîner dans les rues très longtemps.

— Je pourrais peut-être te rentrer dedans, chuchota-t-il d'un air pensif.

— Faut pas que ton intelligence mirobolante te monte à la tête. Les poulets, ils sont collés les uns aux autres comme de la merde à une couverture, tu n'as aucune chance, tu devrais savoir ça à ton âge.

— Mais quand même, recevoir de l'argent d'un perdreau, ça alors ! En principe, c'est le contraire, on les achète.

— Laissons là les principes, dis-je. Tu prends simplement le billet et tu fous le camp. Il est comme les autres, il se dépense.

— D'ac, dit-il. A la prochaine.

Dès qu'il fut parti, j'inspectai les chambres du rez-de-chaussée. Il y en avait trois. Le propriétaire semblait bien avoir établi ses quartiers en bas. Certains signes indiquaient que lui et la personne avec qui il vivait étaient partis à la va-vite. Du papier déchiré, des livres déchiquetés jonchaient le sol ; il y avait un châlit dénudé dont un pied était soutenu par une brique. Une large tache d'urine au centre du matelas s'étalait sur le tissu, tel le cadre ovale encrassé d'un vieux tableau ; une pile de comics d'horreur s'était renversée dans un coin. La chambre en face était semblable, à ceci près que le papier mural se décollait par lambeaux et que l'odeur était encore plus fétide : le seau qui servait de pot de chambre n'avait pas été vidé. « Bon Dieu », murmurai-je. « Qui voudrait être flic ? » La pièce du fond avait été transformée en salle de bains-W.C. ; comme j'ouvrais la porte, un rat remonta lestement le mur en agitant sa grosse queue. Je fus surpris qu'aucun squatter ne se soit encore installé, peut-être la nouvelle n'avait-elle pas eu le temps de circuler.

Je montai rapidement l'escalier, en prenant soin de marcher le long du mur pour l'empêcher de craquer — il pouvait toujours y avoir des invités. Nul besoin de m'inquiéter. Une odeur d'ordures m'accompagna dans l'escalier et je parvins au palier. J'arrivai à la seconde porte, j'entrai et je balayai la pièce du faisceau de ma torche. J'eus la certitude d'être chez Staniland ; n'importe quel flic sait quand la police est passée quelque part, ils retournent tout deux fois. Cependant je fis un nouvel examen. Les hommes de Bowman étaient toujours pressés ; ils avaient trop de travail sur les bras.

J'allai à la fenêtre pour l'ouvrir et aérer un peu, mais elle était enclouée ; je restai debout, au beau milieu de la pièce au linoléum nu, et tentai d'imaginer ce que ça avait dû être, la vie commune, ici, de Staniland et de Barbara... quand elle était à la maison. A la maison ! La petite cuisinière était dans le coin, près de la fenêtre, tout comme il l'avait décrite ; là aussi, l'évier et le miroir ébréché au-dessus, où elle s'était maquillée d'un air nonchalant quand il l'avait frappée avec la chaussure. Il y avait le matelas par terre sur lequel il avait gémi de passion pour elle, et sur lequel elle s'était allongée, en feuilletant les pages de *Playgirl,* tandis que, soûl, il essayait de lui écarter les cuisses de force. Je ne crois pas aux fantômes, mais la mort imprégnait cette pièce, et je me cognais contre elle dans la pénombre ; le défunt semblait gémir à mes oreilles pour me dire de le venger. La pièce était dans un état effrayant, en plus. Le temps était sec en ce moment, sinon j'aurais parié qu'il pleuvait à l'intérieur. Vu l'humidité, de grands morceaux de plâtre s'étaient détachés du plafond, faisant apparaître les lattes ; le plomb de la couverture, pour peu qu'il y en ait eu, avait été arraché, de même que la moitié des tuiles sans doute.

Il y avait une armoire dans le coin près du matelas ; lorsque j'essayai de l'ouvrir, je m'aperçus qu'elle était encore fermée à clé. Je flanquai un coup de pied dedans pour l'ouvrir. Il y avait quelques vêtements à l'intérieur, de femme pour la plupart ; des chemises et des sous-vêtements sales se trouvaient par terre. Je ne découvris dans les poches qu'une pièce de deux pence ; au-dessus de la tringle à habits, dans l'armoire, toutefois, était fixée une étagère sur laquelle reposaient au fond six cassettes. Je les pris.

Je fouillai encore une fois les lieux de fond en comble, mais ne trouvai rien d'autre.

J'émis le souhait que la municipalité démolisse un jour Romilly Place en entier, lorsqu'ils cesseraient tous de politicailler en gueulant les uns après les autres et feraient le boulot pour lequel les contribuables les avaient élus.

15

— Vous vous appelez Spark ? Arthur Spark ?

— Oui, c'est moi, dit l'homme avec indifférence, sans lever les yeux de son assiette.

— Je veux vous parler.

— A propos de quoi ? Je vous connais ni d'Eve ni d'Adam.

Je lui montrai ma carte, mais discrètement, pour que personne aux autres tables ne la voie. Du coup, il posa son couteau et sa fourchette.

— Oh bon Dieu. Ouais, entendu, mais est-ce que ça vous dérange si je continue à becqueter ? Je travaille dans l'équipe de deux heures.

— Non, mangez.

— D'accord, de quoi s'agit-il ? Je fais que conduire un camion pour vivre, j'ai rien fait.

— Personne ne dit le contraire. Mais vous avez été marié à une femme dont le nom de jeune fille était Barbara Ethel Smith ?

— Et alors ?

— Vous êtes divorcé ?

— Ouais, ça doit approcher des cinq ans maintenant.

— Des gosses ?

— Quoi ? Avec elle ? (Il eut un rire amer.) Vous voulez rigoler. Tout le temps qu'on a été ensemble, elle prenait la pilule.

— Quand l'avez-vous vue pour la dernière fois ?

Il se buta.

— J' sais pas. J' me rappelle pas.

— Ecoutez, dis-je. Vous n'êtes pas dans la panade, alors pourquoi me faire des cachotteries ?

Il réfléchit.

— Si elle a des ennuis, je veux rien dire qui la fasse encore couler plus vite.

— Personne ne dit qu'elle a des ennuis. Tout ce que j'essaie de faire, c'est de la dénicher et de lui poser quelques questions. Ça n'a pas été commode de vous retrouver.

— Sur quoi vous voulez l'interroger ?

Je me penchai davantage vers lui au-dessus de la table. Nous étions dans un restaurant de routiers à l'écart de York Road, non loin du Trou dans le mur, près de Waterloo Station. A l'intérieur, le vif éclat d'une belle journée à l'heure du déjeuner. Les tables de formica étaient assiégées par des chauffeurs de camions qui mangeaient viande, purée et deux légumes, le tout arrosé du contenu d'une théière. Spark mordit dans une tranche de pain de mie couverte de margarine.

— Alors ? dit-il.

— Elle s'était mise avec un type qu'on a retrouvé mort dans des taillis vers l'ouest de la ville vendredi dernier. Bel et bien mort.

— Meurtre ?

— Précisément.

— J' verrais pas Babsie faire ça, dit Spark. Elle perdait jamais son sang-froid. Elle avait vachement trop de sang-froid, si vous voulez mon avis. Du sang-froid ? Putain, c'était un glaçon, mon vieux !

— N'empêche qu'elle était avec ce bonhomme ; vous voyez pourquoi je veux lui parler, non ? (Je lui montrai la photo de Staniland. Lorsqu'il se fut remis, il réfléchit encore un peu.)

— Ma foi, je sais pas où elle habite, chef, si c'est ce que

vous voulez dire. Mais j'ai appris qu'elle faisait les boîtes sur cette rive. Old Kent Road, l'Elephant, vous voyez.

— Où avez-vous entendu dire ça ?

— Y a des copains à moi qui l'ont vue là, qui nous connaissaient quand on était ensemble. Je me suis remarié, j'ai deux petits mouflets, alors j'ai pas d'argent à dépenser dans ces endroits-là, sans parler des castagnes. J' sais me défendre sans problème, mais alors quand ils sortent les rapières et les rasibes et qu'on se retrouve avec la moitié de la trombine en moins...

— Une boîte en particulier ?

Il soupira.

— Vous autres, vous arrêtez jamais, hein ?

— C'est comme ça qu'on gagne l'argent des contribuables.

— Vous avez essayé un pub qui s'appelle l' « Azincourt », du côté de Greenwich ?

— Oui.

— Ils sont pas très coopératifs là-dedans, hein ?

— Ils l'auraient été si j'avais insisté davantage. Mais je ne tiens pas à jouer les gros bras, c'est le plus sûr moyen pour qu'ils la bouclent.

Cela me le concilia davantage.

— Avant, elle allait au Hard Rock Club, vers les docks de Surrey, finit-il par dire, mais ça remonte à un bout de temps. Enfin, vous pourriez l'essayer. C'est pas de tout repos là-dedans, mais on fournit la gonzesse au bonhomme, quoi, vous voyez ? Remarquez, comme je dis, je la vois jamais. La bourgeoise, elle supporterait pas, et c'est normal, pas vrai ? (Il regarda la pendule.) Bon Dieu, j'ai plus qu'un quart d'heure, et puis faut que j'y aille. Faut pas plaisanter avec le turbin à l'heure actuelle — pas avec trois millions de gars au chômage ou à peu près.

— Ça ne va pas prendre longtemps. Est-ce que votre ex-femme faisait les boîtes lorsque vous étiez marié avec elle ?

Il hocha la tête.

— Elle fait ça depuis qu'elle est gosse. Mais ça me

turlupinait pas trop... Ce qui me rendait fou, c'était qu'elle ramenait des types à la maison, avec un foutu culot, pendant que j'étais au travail. Autant qu'elle voulait, carrément sous le nez des voisins. Bon sang, un jour je l'ai même prise sur le fait. Je lui ai flanqué une tournée, mais ça n'a servi à rien, et puis j' suis pas pour battre les femmes. A propos de boîtes, ajouta-t-il, on s'est connus dans une boîte. Elle était vachement gironde à dix-huit ans, Babsie, je vous assure..., elle avait vraiment de la classe. On a commencé à sortir ensemble, mais j'ai jamais réussi à la piger complètement. Elle était paumée... elle avait ni père ni mère. Elle était unique dans son genre. Elle avait pas de case en moins, je dis pas le contraire, mais on arrivait jamais à la comprendre. Par exemple, si vous lui demandiez où était le dîner, elle vous fixait des yeux comme si elle vous avait pas vraiment entendu, v'là son genre de trucs. Ça me déroutait.

— Continuez.

— Eh ben, bref, un jour je lui ai demandé si elle voulait. Voulait m'épouser, j' veux dire. Crénom, elle s'est mise en pétard. Tu peux te le foutre au chose ton mariage, qu'elle a fait, je veux pas de gosses et d'emprunt-logement et de toutes ces foutaises. Mais on va baiser un bon coup — excusez — si tu veux. J' sais pas pourquoi tu m'as pas demandé avant, qu'elle fait. Alors là, j'étais baba. J'aime bien tirer un coup comme un autre, mais mazette, là, ça m'a coupé mes effets... J'aurais rien pu faire pour goder cette fois-là, même si ç'avait été Claudia Cardinale. Pourtant, en fin de compte, on s'est mariés pour de bon, et ç'a été un sacré massacre, comme je dis. Je faisais les bus à cette époque, le 137, qui part de Clapham, là-bas. C'est devenu pour moi un cauchemar, ce boulot ; dès que j'ai su qu'elle allait avec d'autres types, j'étais pas loin de rater des arrêts, en me demandant ce qu'elle pouvait bien fabriquer à la maison, etc. Il a fallu que je déclare forfait à la fin. Je me suis dit ; il faut que ça s'arrête, Arthur, sinon, tu vas devenir maboul. Alors un soir j'ai abordé carrément la question avec elle, c'était un dimanche, et vous savez ce qu'elle a dit ? D'accord, d'accord, qu'elle a fait, t'emballe pas, je sais pas pourquoi tu t'es accroché si longtemps. Ouais, eh ben, que je lui ai dit, t'es vraiment qu'une ordure, Babsie, tu crois pas ? Oh ferme-la, qu'elle fait, et là-dessus elle bourre une seule valise de vêtements et me dit : tu peux garder tout le bazar qui reste, salut, à bientôt. Ç'a été atroce les premières semaines où elle a été partie ; et puis tout d'un coup je me suis réveillé un matin en me sentant mieux, je sais pas pourquoi. Alors je me suis levé (j'étais resté pas mal de temps au pieu à broyer du noir), j' me suis débarbouillé et rasé, j' suis allé au dépôt local des Transporteurs Nationaux et j'ai trouvé ce boulot. Je préférais foncer sur la Ml avec la radio que de tournicoter dans le centre de Londres à bord d'un bus toute la journée. Remarquez, je dis pas que les Transports Londoniens étaient pas de bons employeurs, ils s'occupent de leur personnel et tout et tout, mais y a trop de bagarres dans les bus maintenant, surtout tard le soir. Bref, en fin de compte, j'ai jamais repensé au passé ; j'ai rencontré ma femme et nous avons deux chouettes mômes et une maison du côté de Plumstead. J'entends parler de Babsie de temps à autre, comme j'ai dit — mais je l'ai jamais revue, jamais depuis ce jour-là, et voilà tout ce que je peux vous dire.

16

— Je suis désolé de vous déranger comme ça, monsieur Viner, et je vous remercie de m'avoir invité à déjeuner. Ce n'était pas la peine.

— Oh, ça ne me dérange pas, et c'est très rare de déjeuner avec un policier. Asseyons-nous pour manger. Ça ne va pas être fameux, j'en ai bien peur.

— Notre cantine n'a rien d'extraordinaire non plus, répondis-je.

Nous étions à la cafétéria de la BBC à Wood Green. Les tables avoisinantes étaient occupées par des hommes éternellement jeunes. Les uns étaient producteurs, alors que d'autres ressemblaient exactement à des producteurs. Il y avait également de jolies filles assises tout autour, qui, elles aussi, donnaient l'impression de s'intégrer dans le système d'une façon ou d'une autre. En tout cas, tout le monde paraissait très sûr de soi, fort de son talent. Viner revint avec nos plateaux-repas et attaqua, dubitatif, son plat principal : du corned-beef et des cornichons. Lorsque j'abordai le sujet de Staniland, il dit :

— J'ai toujours eu un faible pour Charles. Il n'a pas d'ennuis, j'espère ?

— Il n'en a plus, car malheureusement il a été battu à mort vendredi dernier.

— Oh, mon Dieu, dit-il en posant son couteau et sa fourchette. Pourquoi ?

— C'est ce qu'il me faut découvrir. Et par qui.

— Mais pourquoi venir me trouver? Je n'ai pas vu Charles depuis deux ans.

— Je suis venu vous voir parce qu'il a enregistré une cassette sur vous. Nous avons trouvé un bon nombre de ses écrits et ces cassettes. Je passe en revue tous les noms qui s'y trouvent ; ce sont les seules données que j'aie. Je veux simplement parler à tous ceux qui le connaissaient ; j'essaie de glaner tous les renseignements possibles à son sujet.

— Oui, dit Viner, oui, bien sûr. Je comprends.

Il avait seulement la trentaine, mais il me plaisait. Il semblait avoir quelque chose dans le ciboulot.

— D'après Staniland, dis-je, la BBC l'a engagé comme scénariste. Pourquoi à quarante-huit ans ? Ça paraît un peu vieux.

— Il leur avait soumis une pièce qu'il avait écrite pour la télévision, dit Viner. Ils ne l'ont pas acceptée, bien entendu, elle était bien trop bonne.

— Excusez-moi, je ne comprends pas.

— Vous comprendriez si vous travailliez ici, dit Viner. Sa pièce avait l'effet qu'ont toutes les œuvres de qualité..., elle tapait trop fort. Elle se passait dans le sud de Londres, qui le fascinait. Elle parlait des prostituées, des Noirs, des boîtes, de la drogue et elle démolissait les intellos à la mode. Elle s'appelait *Une Sale Histoire,* titre qu'il avait emprunté à Dostoïevsky. On m'a demandé de la lire et j'ai été le seul à leur dire : écoutez, il faut que vous la fassiez. Bien sûr ils n'ont pas voulu. Toutefois ils ont suffisamment apprécié ses dialogues pour le prendre à l'essai comme scénariste-assistant, et il a fini par travailler avec moi pour des feuilletons. Je l'aimais beaucoup. Il pouvait être vachement drôle... et quel talent il avait ! Pour écrire ? A revendre ! Il pouvait prendre une scène de dix pages, la réduire à quinze lignes de dialogue, et tout le sens vous sautait aux yeux. (Il hésita.) Enfin, quand il était en forme.

— Ah bon ?

— Eh bien, il buvait. Et il buvait vraiment, s'entend. Boire au bureau, pour la BBC, ça veut dire consommer une bière blonde de temps en temps. Charles, lui, c'était une bouteille de scotch par jour. Ou deux. Remarquez, il ne piquait jamais du nez. Ses yeux se tournaient en dedans, c'est tout. Je me rappelle qu'il a vomi dans son mouchoir une fois, mais il ne tenait jamais de propos incohérents, même pas. La bouteille était sur son bureau, bien en évidence, et si un gros bonnet passait par là et n'appréciait pas..., ma foi, Charles avait la langue acérée.

— Malgré tout, dis-je, il m'a paru assez vulnérable.

— Oui, oui, il avait la couenne plus sensible que la plupart d'entre nous. Les deux choses qui le flanquaient vraiment par terre, c'étaient l'ennui et aussi ses relations avec les femmes.

— Il n'a pas eu beaucoup de chance avec elles.

— Oh, je ne sais pas, dit Viner. Sa femme Margo était bien. Et séduisante également. Elle venait le chercher ici parfois.

— Le nom de Barbara Spark vous dit-il quelque chose ?

— Malheureusement non. Qui était-ce ?

— Une femme qu'il connaissait et avec qui j'aimerais bien avoir un mot. Mais peu importe, continuez.

— Eh bien, au bout d'un moment, Charles s'est mis à piaffer de plus en plus, ici. Je comprends très bien pourquoi, bien sûr... Il voulait écrire ses propres textes, le travail qu'il faisait pour nous lui révélait son propre talent. Mais il n'y a rien à faire ici. Au lieu de quoi... je ne sais pas si vous avez regardé tant soit peu un feuilleton atroce intitulé les *Gens de la Pelote d'épingles* ?

— Oui, j'ai jeté un coup d'œil là-dessus à la télé l'autre soir. Ça parlait d'un roi, je ne sais plus lequel.

— C'est ça, la vie privée d'Edouard le Confesseur. Charles et moi avons eu à en écrire le scénario, et ça passe en ce moment. Dieu sait pourquoi..., le taux d'écoute est infect. Bref, Charles m'a dit un jour : « Je ne peux vraiment plus supporter ces textes dégueulasses pour la

Pelote d'épingles qu'on est en train de faire ; c'est encore plus déprimant que cette comédie qu'on a attaquée, *Billy Pointe-Bille.* » « On ne peut rien y faire maintenant », j'ai répondu. « Oh, ne sois pas si défaitiste », a-t-il dit. « Tiens, passe-moi ce scénario. » « C'est trop tard pour réécrire tout ça », je lui ai crié, « ç'a été approuvé, tout le monde va avoir une attaque. » « Raison de plus pour le réécrire en entier », a-t-il répondu. Le lendemain il avait terminé un épisode. « Tiens, lis-le », a-t-il dit. Bon sang, je n'ai jamais autant ri de ma vie. Il avait totalement retourné le personnage de ce pauvre vieux Edouard le Confesseur, qui somme toute n'avait jamais été très porté sur la rigolade. Un bouleversement radical, et voilà qu'il avait transformé tout le truc en farce. « Tu es peut-être fou », ai-je dit après l'avoir fini, « mais tu gaspilles complètement ton talent ici... Tu devrais écrire des gags pour un grand comédien, tu ferais fortune. Mais ça ne marchera jamais », ai-je ajouté en lui lançant le tout, « ils vont te sabrer en haut lieu » « De toute façon c'est ce qu'ils vont faire un jour ou l'autre », a-t-il dit, « alors ils feraient bien de se décider. » Et sur ce il a porté ça là-haut et l'a flanqué dans le panier de je ne sais qui. Il faut dire que rien ne va très vite ici, comme vous le savez sans doute ; tout est décidé par des comités, tous terrifiés à l'idée de faire une erreur. Néanmoins ils l'ont appelé un peu plus tard, et il est redescendu, sabré comme de bien entendu, l'air très content. « Ça y est, c'est fait », a-t-il dit en riant et en se frottant les mains, « je suis viré, Dieu merci. Ça valait le coup en plus... Cet épouvantable producteur, avec ses idées gauchardes dans le vent, s'est mis à chialer quand je lui ai dit ce que je pensais du scénario retenu. » « Mais qu'est-ce que tu vas faire maintenant ? » je lui ai demandé. « Prendre une biture avec mon chèque de licenciement », a-t-il répondu. « Tu n'es pas occupé, alors appelle un taxi et allons au « Piano Crevé » à Ken Church Street. »

Viner soupira.

— Je ne me rappelle pas grand-chose des deux jours suivants.

— C'est la dernière fois que vous l'avez vu ?

— Oui, je l'ai aidé à monter, ou ce qui restait de lui, dans le 22 en bas de Greek Street. Il m'a manqué, ici. (Une pause.) En plus, il m'a dépanné une fois. J'avais des ennuis à la banque ; impossible de trouver de l'argent pour les impôts locaux. Charles m'a sorti d'affaire — trois cents livres. Il était comme ça, il faisait n'importe quoi pour quelqu'un quand il pouvait, même pour les gens qui se fichaient de lui ou ne pouvaient pas le voir en peinture. « Ne te tracasse pas pour me rembourser », m'a-t-il dit, « tu me rendras service un jour ou l'autre. » Ça ne s'est jamais trouvé, bien sûr. Voulez-vous le pudding avec la mélasse ou la glace ?

— Je vais prendre la glace.

— Très raisonnable, dit Viner, qui ajouta : j'espère que vous allez prendre ceux qui ont fait ça, bon Dieu !

— Je ne crois pas que j'aurais beaucoup de mal à les identifier, répondis-je, le hic, c'est d'arriver à le prouver. La justice n'aime pas beaucoup les bandes magnéto — un bon avocat peut totalement démolir des preuves de cet acabit. De plus, je suis seul sur l'histoire. Ce n'est pas comme si on recherchait l'éventreur du Yorkshire.

— Je n'arrive pas à comprendre comment il a pu se mettre quelqu'un à dos au point d'en arriver à se faire tabasser à mort ainsi, dit Viner. (Tout d'un coup il était presque en pleurs. Il se reprit.) Je suppose que c'est une espèce de détraqué qui est responsable ?

— Oui, probablement. Mais je ne tiens pas à ce qu'il s'en tire comme ça.

— Mis à part ses problèmes, par ailleurs, c'était un type charmant.

Il mit un morceau de sucre dans son café en poudre et le tourna. Ça provoqua de noirs remous ; on eût dit un cliché du naufrage du *Titanic*. Il but son café rapidement et regarda la pendule électrique murale. L'heure du déjeuner était terminée ; la cantine s'était vidée, le silence s'était fait. Au bout d'un moment, Viner chuchota : « Je dois m'en aller à présent. » Il me serra la main et, sans bruit, s'éloigna en silence.

17

Staniland écrivait : « La plupart des gens vivent les yeux fermés, mais moi, j'entends mourir les yeux ouverts. Nous essayons tous instinctivement de nous rendre la mort moins difficile, je crois. Personnellement j'ai deux moyens. Premièrement, je bois. Je bois pour atteindre une sorte d'état d'inconscience, et faire alors une chute d'une façon ou d'une autre ou recevoir un coup, dès que je ne suis plus capable de penser et de sentir. Voilà comment je pourrais mourir les yeux fermés. L'autre moyen, c'est d'expliquer par la logique ce que je vis. Mais, malgré toute la logique de la réflexion, bientôt on ne s'y retrouve plus. L'existence est absolument aveugle — ni pour vous ni contre vous. Cette neutralité contredit toute l'expérience humaine ; il n'y a ni amour ni haine, ni caresses, ni gifles, lorsqu'on est confronté à la vie de tous les jours. L'existence ressemble à une bourse des valeurs — vous pouvez faire l'imbécile autant que vous le souhaitez, et continuer jusqu'à être broyé. Prenons Duéjouls. Quelle épouvantable épreuve ç'a été. Acheter cette grande maison ruinée, totalement isolée, avec les derniers sous de l'argent de mon frère, et puis prier comme Micawber (1) pour qu'une aubaine s'offre à l'horizon et que je puisse rénover la baraque et en faire quelque chose. Je ne parvenais à rien avec ce que j'écrivais ; Margo

(1) Héros de Charles Dickens. N.D.T.

disait toujours que je n'y arriverais jamais. Elle disait tout net que j'étais trop vieux, trop démodé et trop alcoolique. On avait les plus effroyables disputes à ce sujet à Duéjouls dans la cuisine, pendant que la pluie filtrait à travers les madriers aussi régulièrement que le tic-tac d'une pendule. Mais ça allait lorsqu'elle et ma fille Charlotte étaient là. Elle me réconfortait toujours, disait toujours : « Tout va s'arranger, Papa », en revenant de l'école et en jetant ses livres sur le canapé, puis en montant dans sa chambre écouter John Travolta.

« Mais ensuite. Après leur départ. La solitude à la campagne déforme votre vision des choses.

« Rien ne s'est présenté. Aucune rentrée d'argent. J'étais à bout de ressources. J'en étais réduit à trouver l'argent du lendemain dans mes réserves pour le surlendemain. Pendant cinq ans j'ai été paysan et j'ai mis mon cerveau en veilleuse. Je coupais du bois sur les Causses avec une scie articulée pendant l'hiver. La neige était bleue là-haut dans l'air gris ; à huit cents mètres les nuages vous tombaient carrément sur le dos sous la chênaie. En été je prenais une « harpe » et j'allais d'un vignoble à l'autre dans la grande chaleur, partout là où je pouvais trouver du travail chez les paysans. Je me regarde dans la glace, ici, maintenant, à Londres, et je me demande avec stupéfaction comment j'ai pu faire ça. « Déchausser » : couper les mauvaises herbes au pied de chaque vigne. Deux mille vignes — toujours à flanc de coteau — une lampée de vin après la rangée suivante (quatre-vingts mètres la rangée), non, celle d'après, je peux tenir — je dois tenir. Je travaillais seul et chantais pour faire pièce à la solitude, avec ces bouffées de chaleur et ce vent qui balaie la vallée et vous cuit jusqu'à la taille dénudée. Ils ne me feront pas partir d'ici, je me disais sans cesse ; même si tout le reste s'effondre autour de toi, ce ne sera pas toi. Je savais que j'étais trop vieux pour ce travail ; les hommes jeunes qui travaillaient avec moi me disaient toujours que j'étais trop âgé. Mais je continuais — de sept heures du matin à sept heures du soir avec une heure d'arrêt à midi. Je devins aussi résistant que du whipcord, mais avec une cervelle comme du coton. Je ne faisais qu'évoquer vaguement le passé. Au lit le soir, épuisé, le réveil réglé pour six heures du matin, et le matin suivant, et le suivant. Un bain de temps à autre, et mes jambes endolories, détendues, en contact avec le drap propre et rugueux. Je n'avais pas besoin de penser — et pas de baise durant tout ce temps, pas même avec Margo : seulement la quiétude absolue la nuit, à part la rivière en bas, soufflant comme une vieille locomotive qui attend en gare. Je peux le faire, me disais-je, même si je suis trop vieux vraiment. Mes mains saignaient au début, et j'étais lent. Mais j'étais inflexible et je prenais de la peine, et, bon sang, j'avais besoin de cet argent pour que nous puissions manger tous les trois, et le SMIC n'était qu'à 78 francs par jour quand j'ai commencé.

« La maison avait seize pièces. Après le départ de Margo et de Charlotte, je me parlais tout haut dans la cuisine où j'avais apporté mon lit et mes affaires ; les quinze autres pièces étaient vides, en dehors des chauves-souris, maintenant que j'avais brûlé tous les vêtements. Je refaisais le toit pendant mes heures de liberté, si bien qu'il n'y avait plus de fuites.

« Je n'ai rien demandé à mon frère — du moins pas avant mon retour en Grande-Bretagne. Et même alors, je n'ai fait qu'une ou deux allusions. Travailler sur la terre là-bas à Duéjouls m'avait rendu fier, et quand j'ai compris que je ne tirerais rien ni de lui ni de ma belle-sœur, je me suis inscrit au chômage un moment à Battersea, sur l'autre rive, où j'avais trouvé à me loger. Tout ce qui me restait, c'étaient des actions d'une valeur d'environ mille livres que j'avais compté garder pour Charlotte, mais j'avais faim. J'ai resquillé ; je n'ai pas déclaré les actions à l'Aide Sociale. Et bon sang, pourquoi l'aurais-je fait ? J'avais presque cinquante ans, et je n'avais jamais encore rien réclamé à l'Etat de ma vie — ça avait été exactement l'inverse. Toutefois, l'entretien à l'Aide Sociale valait le coup. Le Noir derrière le comptoir m'a demandé si j'étais vraiment britannique. Je lui ai glissé mon passeport sans dire un mot, mais en pensant ; en tout cas, merde, je suis drôlement plus britannique que toi. Toutefois je n'ai rien dit au cas où il aurait écrit « Refusé » sur ma demande. Cela, je ne pouvais me le permettre, parce que j'étais fauché à ce moment-là, car j'avais dû donner de l'argent à Eric, mon beau-fils, et j'avais besoin d'argent pour le loyer et la nourriture. J'avais besoin de boire aussi, mais je n'étais plus en France avec le vin à deux francs le litre — ici c'était deux livres. C'est alors que j'ai écrit cette pièce pour la BBC et que j'ai trouvé ce boulot avec Viner. Dans la pièce intitulée *Une Sale Histoire,* titre que j'avais emprunté au Russe (gardez Tolstoï) je demandais ce que l'on est censé faire à Londres avec les dix livres par semaine qui vous restent de vos allocations une fois qu'on a payé le loyer. Il ne me restait rien en France. J'avais légué la maison à Charlotte chez un notaire local pour le cas où quelque chose m'arriverait. Quant à mon loyer à Battersea, il fallait que je le paie rubis sur l'ongle dès que j'avais touché mon chèque postal, sinon je me serais retrouvé à la porte avec toutes mes affaires à l'intérieur. C'est arrivé à des gens dans cette maison. Le propriétaire n'attendait que l'occasion... Quel saligaud ! Il a dû se faire une petite fortune comme ça, tout ce que ça lui coûtait c'était de changer la serrure.

« C'est après être sorti un soir et avoir pris une biture au lieu de payer le loyer que je suis allé travailler pour Planet. J'ai vu leur annonce dans le journal du soir, assis au « Princess Caroline » à Battersea Park Road. Chez Planet on ne posait pas de questions — sinon pour savoir si vous aviez un permis de conduire ordinaire, et c'était du liquide. S'ils ne posaient pas de questions, ils faisaient suer le burnous, les Creamley. Quarante livres par semaine pour la location de la vieille guimbarde qu'ils vous fournissaient, et encore quarante par semaine qui allaient à la boîte pour les affaires — vous payez vos réparations, l'essence, l'assurance, enfin tout, merde. Tout ce qui restait était pour vous. L'annonce vous promettait de pouvoir gagner cent cinquante par semaine — seulement ils oubliaient de préciser que c'était brut. N'importe comment, je ne pouvais pas ramasser plus de cent cinquante brut dans les bonnes semaines. Dès que la crise a commencé, il y avait deux voitures pour un demi-client. Les Creamley se fichaient pas mal qu'il y ait des chauffeurs qui fassent la queue dans tout l'escalier pour être embauchés — ils prenaient quarante livres à chacun d'eux, n'est-ce pas ? Qu'ils trouvent du travail ou non. Ceux à qui ça ne plaisait pas, ils pouvaient aller se faire foutre ; des chauffeurs au chômage, il y en avait encore bien davantage.

« Je pouvais récolter quarante par semaine quand j'avais beaucoup de chance, disons une semaine sur quatre, si je ne me faisais pas avoir pour mes courses. Les mauvaises semaines, j'essayais de taper Creamley : « Qu'est-ce qui se passe, 24 ? Tu es encore fauché ? Tiens, en voilà vingt, bois à ma santé. » Pour les chauffeurs qui avaient de l'argent de côté, ça pouvait marcher — ils avaient investi dans des Rollers et des Mercedes, et ils avaient toutes les courses pour les aéroports et les mariages, ils emmenaient aussi des hommes d'affaires pakistanais à leur usine dans le nord. Mais que pouviez-vous espérer avec une vieille Maxi démantibulée de location ? Non, avec une Maxi de 74, impossible d'avoir les courses juteuses, avec la garniture du siège arrière crevée.

« Vu ma situation j'étais toujours à deux doigts du désastre financier. Je me rappelle le soir — je savais que le logement des roues était rouillé — où la suspension arrière a cédé lorsque j'avais une course pour Dollis Hill avec trois serveurs turcs du « Shaklis » à bord. Ils ont été vraiment chics — ils ont dit qu'ils n'avaient plus que dix minutes à pied de toute façon pour être rendus. Ils insistaient même pour me payer la course. Mais je n'ai pas voulu accepter, parce qu'ils avaient été chics et que je ne les avais pas amenés devant chez eux. Bref, il était trois heures du matin quand ils sont partis, des journaux sur la tête, sous une rincée de merde, comme il ne semble y en avoir que dans le nord de Londres : franchement froide, franchement forte, qui mouille bien. Il a fallu que je téléphone à un garage ouvert toute la nuit pour me faire remorquer. Creamley m'a dit : « Bon Dieu, encore toi, 24. » Il a fallu que je paie un nouvel essieu arrière, deux semaines de salaire. C'était fiche de l'argent en l'air pour cette ruine. « Il faut que tu comprennes, 24 », m'a dit Creamley, « si je me mettais à payer les réparations de mes chauffeurs, où serait mon bénéfice, mon vieux ? » Et il fallait qu'il me fasse la leçon. « L'ennui avec toi, Charlie, c'est que tu travailles pas assez longtemps. Le bahut, ça rapporte que si on trime. » J'ai répondu : « Je trime, mais j'ai aussi une vie privée. » « Moi aussi », a-t-il dit, « seulement elle est bien à sa place. » « Et où ça ? » « Au lit, ou alors je tiens les comptes — simple bon sens, 24. »

« Certains des clients, quand on en avait, n'étaient pas marrants en plus. Pas comme mes Turcs. Après les femmes d'affaires juives, les pires, c'étaient les Africains et les Japonais. « Putain ! Vous connaissez pas votre chemin, mon vieux ? Vous êtes blanc, et vous connaissez pas votre propre ville ? » « Vous connaissez pas le raccourci pour Gamden Square, chauffeur ? » « J'aime pas cette vieille bagnole dégueulasse, elle sent mauvais. Arrêtez, chauffeur. Appelez-en une autre par radio. »

« Les chauffeurs durs à cuire leur disaient de foutre le camp et de faire la balade à pied.

« Sur la terrasse à Duéjouls, à vingt mètres au-dessus de la route. Chaleur torride, je suis assis dans un fauteuil d'osier. Un grand papillon, le plus grand que j'aie jamais vu, se pose devant moi. Il est noir, or et pourpre, il doit presque faire dix centimètres de long. Ses ailes battent dans le vent mugissant du sud, qui va amener la pluie dans deux jours. Le papillon a du mal à rester accroché aux pierres baignées de soleil ; puis, dans un tourbillon, il est emporté au-dessus du toit. Son vol est inconscient, et néanmoins précis, comme le plaisir du chant. Un lézard surgit de sous la vigne qui m'abrite du soleil. Primitif, mais pourtant représentant un but exact en soi-même. Sa langue darde par intermittence ; il regarde fixement de côté, immobile, prêt à bondir pour manger ou pour fuir. Il halète de tension sous sa peau semblable à du schiste. Il court vers moi sans peur ; son existence est ailleurs, aussi longtemps que je ne bouge pas. Mais ma cigarette me fait tousser et sa tête se dresse, les yeux et la langue tressaillent en un papillotage indistinct — il est parti. »

« Je suis là, à Lewisham, mais je repense à l'époque où je travaillais à l'hôtel à Duéjouls. C'est le début du mois de janvier, il est six heures et demie du matin, et quand j'ai pris ma mobylette pour aller travailler, le thermomètre indiquait moins douze. Derrière l'hôtel, qui est fermé pour l'hiver, nous sommes quatre, réunis pour tuer un cochon. Il y a une faible lueur dans la porcherie, et huit cochons mal à l'aise.

— Pas celle-là, dit Jean, le patron, elle est en chaleur. N'importe lequel des autres, oui, celui-là, parfait, le mâle.

Nous l'entourons et le saisissons. Je passe la corde avec le nœud coulant autour de ses pattes de derrière et serre. Le porc pousse des cris stridents ; il a compris.

— Ça te donne l'impression d'être un criminel, hein ? dit Loulou, l'un des hommes.

« Il est trapu, brun, jeune, le nez cassé. Je travaille pour lui parfois, et il me rappelle une gravure que j'ai vue une fois, de Napoléon après l'incident à Toulon au début de sa carrière. Je suis d'accord avec lui. J'ai moi aussi l'impression d'être un bourreau. Ça tient à l'atmosphère dans la porcherie — la pénombre, l'unique ampoule faible, le froid intense, le silence. La seule chose qui manque, c'est le coup de cognac à donner à la victime avant de l'abattre.

— Faut le mettre sur la paille, dit Jean, en serrant l'autre corde autour des pattes de devant de l'animal.

« Nous devons nous y mettre tous ; le cochon pèse cent quatre-vingt-dix kilos. Loulou et moi tenons les pattes de derrière que j'ai prises dans mon lasso ; les autres le tiennent par les pattes de devant ; il se tortille comme un fou sur la paille. Quelqu'un lui tire les oreilles, pour ramener la tête en arrière et exposer la gorge au couteau. Enfermés dans la porcherie d'à côté, derrière un petit mur de brique, les autres porcs tournent en rond en grognant de peur, contaminés par l'approche de la mort parmi eux. Quant au nôtre, il gronde et il crie. Si seulement il était stupide ! Mais rien ne l'est.

— Vite, maintenant, dit Jean au tueur.

« Je sens la mort mêlée à l'odeur de la crotte de cochon. C'est une odeur piquante, âcre, mais pas propre. Le tueur avec son tablier de cuir approche lentement. C'est un paysan de soixante-cinq ans, rhumatisant, qui affûte un long couteau sur un « fusil ».

— Vas-y, maintenant ! dit Jean brusquement.

« Le couteau pénètre d'un seul coup, la pointe la première, profondément, dans le côté droit de la gorge près de la clavicule ; le sang jaillit aussitôt et tombe en sifflant dans la casserole que la femme du tueur applique contre la blessure. Ils veulent recueillir tout le sang pour faire du boudin noir — avec un peu d'ail et des herbes mélangées, une « sanquette », délicieux. Au début le cochon crie plus fort que jamais. Le sang gicle, d'un écarlate profond parcouru de bulles ; il fume dans l'air froid et lourd. Maintenant le porc me chie sur les jambes dans son agonie, et pisse sur la botte de paille. Loulou à côté de moi reçoit un coup de patte sur le coude et crie : « Putaine de merde ! » Le sang gicle par intermittence à présent dans la casserole d'étain ; la lutte de l'animal faiblit. Pourtant il lui faut dix minutes pour mourir, et même alors...

— Tu peux lâcher maintenant.

« Je fais le tour pour observer les yeux du porc couché sur le flanc. Son gros corps exsangue a viré au blanc. Dans la mort, les mâchoires sont à demi ouvertes et il expose ses dents jaunes ; les yeux, tournés vers le haut, regardent derrière moi et ont une expression de féroce dégoût.

— Il est toujours vivant.

— Non, non, il est mort, Charles.

« La femme du tueur avait déjà commencé de couper dans le groin ; ils en avaient un autre à faire avant le déjeuner.

— Mais j'étais sûr qu'il n'était pas mort.

— C'est juste ses nerfs, a dit le tueur. Bon, mettons-le sur la grande échelle et sortons-le. Doucement, maintenant.

— Est-ce qu'on ne pourrait pas les électrocuter ? ai-je demandé, une fois que nous fûmes dehors. (Le soleil se levait enfin, brillant d'un éclat aveuglant à travers les branches nues dans le jardin de l'hôtel.)

— Bien sûr que non, a dit le tueur. Il faut faire sortir tout le sang. Tant que le cœur bat, il sert de pompe, c'est comme ça que sort tout le sang, tu vois ? Voilà comment l'animal travaille pour toi.

« J'ai dit doucement à Loulou :

— C'était atroce. (Je ne me sentais ni faible ni écœuré, j'avais seulement le froid en moi.)

— Oui, a répondu Loulou, ben oui, mais à quoi bon ? Si tu ne tues pas ce cochon de merde, tu ne peux pas le manger.

« Là-dessus nous avons sorti la carcasse en plein air et avons rasé les soies avec des rasoirs de coiffeur et de l'eau chaude. Puis Jean et les autres ont attaqué la charcuterie et j'ai descendu les tranches de viande, les bajoues, les côtes, les côtelettes, les abats et tout le reste à la cuisine où les femmes attendaient. Jean est parti saler les jambons et en extirper les nerfs et les muscles et moi je suis resté pour aider à la cuisine où brûlait un grand feu chauffant des marmites d'eau bouillante. J'ai écouté bavarder les femmes, qui échangeaient des commérages de village tout en travaillant.

« Avant de partir, le tueur me donna une claque dans le dos.

— C'est ton premier cochon ? a-t-il demandé. Eh bien, tu auras du porc frais pour ton déjeuner aujourd'hui, je connais Jean, remets-toi.

« Tuer ce cochon n'a pas fait de moi un végétarien. Je me suis simplement assis d'un air absorbé devant ma côtelette de porc à midi, me disant que c'était merveilleux, sans en laisser une miette, rognant jusqu'à l'os avec mon Laguiole, et suçant la moelle au bout de l'os avec une expression pénétrée. Et pourtant je me demandais toujours quel effet cela devait faire de mettre dix minutes à mourir.

— Tu t'es bien défendu, tu sais, Jean a dit comme nous repartions pour les vignobles à une heure et demie pour émonder.

— Pas aussi bien que le cochon, ai-je répondu.

— On en fera un autre lundi prochain, a dit Jean, jovial. Il y en a encore sept. »

« L'hiver à Duéjouls, seul. Je suis debout à la fenêtre, le dos à la chambre vide ; j'ai vendu les meubles que Margo n'a pas emportés. Je regarde la pluie attaquer d'un bout à l'autre la montagne en face, arrachant les feuilles des peupliers près de la rivière. Demain je finis la vendange chez les Champagnac, avec ces grappes noires au splendide glaçage de givre qui bleuit les doigts. Hier je me suis coupé la main avec le couteau, ne sentant ni la main ni le couteau. J'ai versé du vin sur l'entaille, c'est mieux que de l'iode. Il ne sera pas facile de charger les comportes sur la remorque. La remorque sera de la glace compacte. Le vin sera ignoble. De l'eau. Les Champagnac sont les seules personnes qui repoussent la vendange jusqu'à mi-novembre.

« Mais ce froid passera. Les cloportes ressortiront des murs avec la pluie d'été, les escargots évolueront lentement sur les jeunes herbes du chemin. Il y aura des matinées douces et humides, assombries par les nuages, et je sortirai muni de mon sac en plastique et d'un bâton pour m'offrir gratis un déjeuner d'escargots, des petits-gris. Je les mettrai au jeûne pendant neuf jours avec un brin de thym, puis je les nettoierai jusqu'à ce qu'ils crachent avec du vinaigre et du sel, puis je les extraierai de leur coquille dans de l'eau bouillante, je couperai toutes les saloperies, puis je ferai un beurre froid à l'ail avec du persil et je les mangerai dans les assiettes que Margo a achetées au marché. Je les mangerai à la lueur de la bougie et je ferai comme s'il s'agissait d'une réception à dîner. Je n'allumerai pas la radio ; elle ne parle que de guerre.

« J'écoute France Musique les rares fois où ils cessent de passer du Mozart ou du Haydn ou je ne sais quel concerto pour cuiller à thé en Thé mineur. »

« Je ferme les yeux et c'est l'été et Margo est de retour, assise dehors sur la terrasse avec moi. Elle se bronze, portant le chapeau de paille couvert de coquelicots qu'elle a acheté aux Nouvelles Galeries.

« S'est-il passé quelque chose ? Avant Barbara, s'est-il passé quoi que ce soit ? Impossible — tout est impossible. Le Temps joue de ces tours... Mais pourquoi à moi ? »

Il y eut un blanc sur la bande. Puis Staniland continua dans une autre veine : « Que vais-je faire au sujet d'Eric, mon beau-fils ? Je ne peux pas continuer à donner de l'argent à Eric, je n'en ai plus. Je lui ai donné ces cinq cents livres que j'ai empruntées sur mes actions, et puis encore trois cents autres. Il faut bien que je pense à Charlotte. A Margo aussi. Margo a la maison de Duéjouls à vie, j'y ai veillé. Si elle vend, elle doit obligatoirement partager l'argent avec Charlotte. Après tout, Charlotte, c'est ma chair et mon sang — pas comme Eric. Margo n'aurait pas dû faire cette scène chez Planet ; elle croyait que j'avais tout bonnement foutu le camp et que je l'avais laissée dans la merde. Mais non. J'avais pris toutes les dispositions possibles. Je suis fauché, et je n'arrive pas à percer avec ce que j'écris. Ce n'est pas ma faute si les gens ne veulent pas qu'on leur dise les choses en face. Je ne peux pas faire de miracles. »

Une pause. « Eric me prend pour une dupe, une poire.

C'est peut-être vrai. Mais il est si impitoyable. Je sais qu'il ne peut trouver de travail ; mais il voit que le monde va de travers, et il profite de la situation pour rester au lit toute la journée. Il est drogué, en plus. D'accord. Mais je ne suis plus responsable de lui. Il a vingt-quatre ans, c'est la responsabilité de l'Etat à présent. Ce n'est plus la mienne... Ce n'est plus celle de sa mère non plus. Pauvre Margo... J'ai appris que, quand il ne me tanne pas pour avoir de l'argent, alors c'est son tour à elle. Mais elle n'est pas bien riche. J'entends dire qu'elle doit prendre chez elle des hommes pour joindre les deux bouts. »

L'appareil redevint silencieux. Je me dis que bien sûr je finirais par retrouver Margo, mais cela pouvait prendre longtemps. Soudain Staniland reprit sur la bande : « J'ai mauvaise conscience à son sujet, je suppose que je devrais passer à Callow Street un de ces jours, mais je crains qu'il n'y ait une scène comme chez Planet. J'aimerais pouvoir trouver quelqu'un qui veuille écouter, à la place d'un magnétophone. Barbara ? Rien à faire avec Barbara. Lorsque j'ai tenté de lui parler de Margo, elle m'a tout bonnement interrompu et a dit : écoute, ton ex-pouffiasse a décidé qu'elle voulait son indépendance, alors pourquoi ne lui fiches-tu pas la paix ? »

Evidemment, j'étais là, moi, pour écouter, bien que ce fût trop tard, certes. Je coupai le lecteur et regardai l'heure ; il était sept heures moins dix du soir, une belle soirée. Dans les débuts, j'avais travaillé au commissariat de Chelsea. Je fermai les yeux et étalai mentalement le plan de Chelsea. Callow Street était courte ; elle allait du nord au sud de Fulham à Elm Park Road. Mais il y avait là nombre d'appartements. En fait il n'y avait presque que des appartements. Mais je me demandai si je ne pouvais pas avoir un peu de chance, pour une fois, et trouver tout bonnement son nom sur l'une des portes d'entrée.

A ce moment-là, j'étais déjà dans la rue.

18

— Madame Staniland ? Margo Staniland ?

— Oui, c'est moi.

Elle avait sans doute été jolie femme, avec des cheveux roux et une poitrine douce, mais elle ne l'était plus ; ses traits semblaient s'être rembrunis, étaient devenus flous. Le demi-sourire avait été séduisant autrefois ; maintenant il était vague. Son œil droit injecté de sang. Elle avait un visage doux, à l'expression intelligente ; mais elle ne paraissait plus s'en servir.

— Je ne crois pas vous connaître.

— Je suis policier, répondis-je. Me serait-il possible d'entrer ? (Je pensai : sait-elle qu'il est mort ? Et s'en soucie-t-elle ?)

— J'allais juste sortir en fait, dit-elle. Mais bien sûr, si... (Elle fit un geste vers l'appartement sombre derrière elle.)

— Je ne serai pas très long.

— Je vous en prie, j'allais seulement retrouver une amie pour boire un verre. Là-bas, au « Rat d'Eau » près de World's End, vous connaissez ? Juste un verre pour passer le temps. (Elle me conduisit dans le salon, sombre même en cette soirée de début de printemps. La pièce était orientée à l'est. Elle s'assit sur le canapé et indiqua le fauteuil.)

— Eh bien ? Qu'est-ce que j'ai fait ?

— Rien.

— Alors ?

Devant mon silence, elle dit :

— C'est étrange, presque plus personne ne m'appelle Mme Staniland. Ça fait un bon moment que j'ai repris mon nom de jeune fille.

— Mais vous avez été mariée à Charles Locksley Alwin-Staniland ?

— Oui, c'est exact.

— Malheureusement, j'ai une mauvaise nouvelle à vous annoncer. Il va falloir essayer d'être courageuse.

— Il est mort, dit-elle tout net. Je le savais.

— Vous le saviez ?

— Eh bien, je l'ai rêvé. C'était un horrible rêve. (Elle se mit à se malaxer les doigts avec agitation, sans raison, puis elle se laissa aller sur le canapé, sans pleurer. Elle garda le silence un moment. Puis elle dit :)

— A-t-il été assassiné ?

— Malheureusement oui.

— Ça ne m'étonne pas. Tout ça était dans mon rêve. Il tendait la main vers moi comme il le faisait autrefois, puis tout d'un coup son visage a perdu ses contours. J'ai fait ce rêve dans la nuit de vendredi, et je m'en remettais tout juste.

— Il est mort vendredi. Ecoutez, je vais vous chercher quelque chose.

Elle secoua la tête.

— Non. Dites-moi seulement tout ce que vous savez.

Je le lui dis et ajoutai :

— Peut-être pourriez-vous m'aider à prendre les coupables, quels qu'ils soient. Etes-vous capable de parler de ça ?

— Oui. Je crois que je ne vais pas ressentir le choc tout de suite. Pas avant votre départ.

— Il avait des ennemis.

— C'est vrai, réellement ? dit-elle, hochant la tête. (Elle la releva brusquement et déclara en me regardant :) Eh bien moi, je l'aimais. (Elle se mit à parler trop vite :) L'ennui avec Charles c'est qu'il fonçait devant tout le monde. Il filait comme un météore. Je l'aimais de tout mon possible, mais il ne cessait de me distancer. Il regardait toujours vers l'avant. Toujours ! Comment vais-je annoncer la nouvelle à ma fille ? Charlotte disait toujours qu'il reviendrait ! Je n'aurais jamais dû le quitter, mais il ne m'a pas laissé le choix. Des disputes, toujours des disputes, de la psychanalyse, pas d'argent... (Elle éclata en sanglots ; ils produisaient un son horrible ; on aurait dit qu'on ratissait du gravier sur une route. Lorsqu'il y eut un mieux, elle saisit vivement son sac, fouilla dedans et sortit une photo froissée. Elle me la tendit.)

— Le voici tenant la main de Charlotte, autrefois à Duéjouls, où nous avons vécu, en France. Elle lui ressemble tellement, n'est-ce pas ?

— Calmez-vous, je vous en prie.

— C'est comme la tragédie du monde entier dans un petit verre, dit-elle. De grandes choses sont totalement réduites à néant et, parmi nous qui restons, aucun n'a le courage de continuer.

Je ne dis rien.

— Je veux parler de lui, dit-elle comme si je lui avais demandé de ne pas le faire, oh oui, j'en ai envie. Ça ne serait pas arrivé si je ne l'avais pas quitté. Une dispute stupide. Oh oui, je l'aimais. C'était un grand bonhomme. Il ne voulait pas laisser reconnaître son talent. Je le savais. Il s'était lancé dans une sorte d'... œuvre, dit-elle avec désespoir, j'aurais simplement dû le suivre et essayer de comprendre, au lieu de provoquer discussions et querelles. Mais j'étais en colère contre lui parce qu'il paraissait tellement se gaspiller, à travailler sur les terres. (Son visage s'était avachi, il était rouge et laid. Mais ses yeux étaient beaux, d'un gris sombre.) J'ai un peu d'argent, reprit-elle, j'aurais toujours pris soin de lui. Il avait beau faire n'importe quoi, aller n'importe où, ça n'a jamais eu vraiment d'importance pour moi, tant qu'il me revenait.

— Je crois qu'il a été plutôt bouleversé quand vous et

Charlotte êtes parties, fis-je. (C'était une chose stupide à dire à première vue, mais j'avais l'impression que ça la réconforterait, et ce fut le cas, un moment du moins.)

— Oui, j'étais la mieux pour lui, dit-elle en hochant la tête, aucune autre femme ne l'aurait jamais bien traité. C'est ce qu'il me disait. Il n'y avait rien dont nous ne puissions discuter. (Elle poursuivit :) Je me fichais pas mal du nombre de fois où il se soûlait, tant qu'il ne lui arrivait pas de mal. Je suis coupable, vous savez. Ce n'est qu'après notre départ, à Charlotte et à moi, que j'ai compris à quel point il avait besoin de nous. C'était l'homme le meilleur et le plus adorable que j'aie jamais eu. J'en ai eu beaucoup, mais c'est le seul qui m'ait émue. Le meilleur amant, l'homme le meilleur et le plus gentil... et que les gens n'aillent pas vous raconter autre chose, parce que beaucoup essaieront. Mais il était généreux. Trop généreux. Je ne suis jamais près de mes sous, mais lui, ce n'était vraiment pas pareil.

— Je ferai toute la lumière sur sa mort, madame Staniland, dis-je.

— Peut-être, peut-être, dit-elle avec découragement, mais cela ne me le ramènera pas. Je t'attendrai toujours, Charlie. Il ne reviendra jamais ! Jamais, jamais, jamais il ne reviendra. (Au bout d'un moment elle ajouta :) Je veux l'avoir quand vous aurez fini, je veux l'enterrer moi-même.

— Ne vous inquiétez pas, dis-je, je m'en occuperai.

— Je peux faire face, dit-elle vivement. J'ai de l'argent à la poste. Je peux m'occuper des dépenses. Tenez, je vais vous montrer mon livret de caisse d'épargne ; j'ai l'argent, je peux le prouver.

— Il n'en est nullement besoin.

Une autre pause ; la pièce devenait sombre ; elle reprit :

— Il faudra que quelqu'un annonce ça à Eric, mon fils, et je ne le vois pas beaucoup. Je ne crois pas que j'en aurais le courage. (Précipitamment.) Voudriez-vous le faire ?

— Mais certainement, répondis-je. Si vous voulez bien me donner l'adresse.

— C'est à Soho.

Je recopiai l'adresse qu'elle me donna.

— Ne soyez pas trop dur avec Eric, dit-elle. Beaucoup de gens le sont. (Elle bâilla soudain, épuisée.) Mais Charles n'était jamais dur avec lui.

— Votre fils d'un précédent mariage ?

Elle hocha la tête.

— Oui, la vie n'a pas été facile pour moi à cette époque-là, avec un bébé et pas de mari. Vous êtes policier. Vous me donnez votre parole que vous lui annoncerez ?

— Oui, oui, je le promets.

— Eh bien, merci beaucoup, fit-elle, la voix mourante. (Et lorsque je vis qu'elle s'était endormie d'épuisement, son visage couperosé enfoui dans le canapé, je me levai et m'en fus.)

Je ressortis dans Callow Street, baignée de la lumière dorée de la soirée. Dans Fulham Road, qui formait avec elle un T, la circulation était fort dense, le peu de vent qui soufflait du sud emportait les gaz d'échappement. Mon regard se posa sur ma voiture, je remarquai que quelqu'un m'avait embouti à l'avant en essayant de se garer, et je la laissai là pour gagner à pied un bar que je connaissais, non loin de Hollywood Road.

Il y avait seulement quatre soûlots lorsque j'entrai ; ainsi qu'une séduisante naine aux gros seins qui, une fois, avait fait tomber un Ministre. Je commandai un whisky et le bus seul, lentement, patiemment, à l'extrémité du bar, les yeux plongés dans mon verre. Je hochai la tête au-dessus du verre, et la serveuse, qui était habillée comme une parachutiste, s'approcha et me demanda si j'en voulais un autre.

Je répondis que oui. Ma montre indiquait neuf heures. Quand je me sentis mieux, je terminai mon second verre, payai, malgré les protestations, car ils s'imaginaient à tort que je pourrais peut-être leur rendre un service quelconque auprès de la police de Chelsea — et remontai l'escalier mité jusqu'à la rue.

Des jeunes gens qui se tenaient serrés entraient d'un pas nonchalant dans les restaurants et une jeune lune se dandinait au-dessus de la Tamise, escortée d'un nuage unique.

19

Je me garai sur une double ligne jaune dans Old Compton Street et me frayai un passage pour entrer dans le « Pub Allemand ». Dans un coin, se trouvaient un tas de jeunes gens de bonne famille, du genre à toucher des allocations de chômage et à retaper une maison ou faire de la plomberie au noir ; ils portaient des jeans Falmer tachés de peinture, des tennis et des débardeurs ; voilà pourquoi il y avait une rangée de motos dehors sur le trottoir. C'étaient des jeunes gens costauds au visage intelligent. Ils buvaient de la Lager. Les autres clients étaient des Grecs, des Italiens, des Asiatiques ou des Maltais. Certains étaient propriétaires d'épiceries fines du voisinage, ou bien commerçants, mais la plupart étaient les souteneurs des prostituées qui évoluaient autour des deux bars ; nous savions que c'était un haut lieu de racolage mais nous ne prenions jamais aucune mesure. C'était un pub où la police n'avait aucune chance — situé à l'endroit idéal, entre les appartements des filles, les sex-shops et un cinéma porno en face. Et puis il y avait trop d'ennuis avec le patron si on épinglait le mauvais numéro. Les brasseurs avaient de bons avocats en plus — les meilleurs. Alors nous laissions faire, et nous en cravations un ou deux de temps en temps, sans faire de battage.

Je commandai une Lager. Je dus crier, le juke-box hurlait « Just Like A Butterfly does » et « Woman in Love ».

Tout autour, des filles surtout, noires mais pas toutes, et des michetons surtout, mais pas uniquement. Pas très appétissant. Je bus un peu de bière, puis m'approchai des jeunes gens, le verre à la main.

— Bonsoir, dis-je aimablement. Y en a un ici qui a vu Eric ?

— Eric la Combine, vous voulez dire ? Non, il n'est pas là ce soir.

— Il est fauché, dit quelqu'un. Il est en train de turbiner.

— Même avec une turbine dans le ventre, il turbinerait pas, Eric.

— Dommage, j'ai quelque chose pour lui, dis-je.

— De l'argent ?

— Ça se pourrait.

— Eh bien, vous pourriez essayer sa piaule. Vous êtes un ami à lui ?

— Je suis vaguement son oncle.

— 18, Petworth Street, troisième étage. De ce côté-ci du marché de Berwick Street.

— Je connais, dis-je. Je croyais que cet immeuble était condamné.

— Ben oui, répondit le jeune homme auquel je parlais, mais on squatte là-dedans.

— Vous n'êtes pas huissier, dit son voisin, hein ?

— Certainement pas.

— Pas du conseil municipal non plus ?

— Absolument pas.

— Eh bien, si c'est vraiment de l'argent que vous lui apportez, il me doit dix livres.

— Et moi ! Il m'a tapé de quinze livres.

L'un des jeunes gens dit soudain :

— Bon Dieu, elle me botte, cette gonzesse noire, là-bas, celle avec les paillettes.

— Je te parie la tournée suivante que tu vas pas lui dire.

Celui à qui elle avait tapé dans l'œil rougit violemment sous ses cheveux blonds.

— Quoi ? dit-il. Rien à faire.

— Ecoute, dis-je. Pourquoi je ne te la présente pas ?

— Oh non. Vraiment. Elle me plaisait vaguement, c'est tout.

— On ne sait jamais. C'est le genre de rencontre qui peut donner quelque chose.

— Non, franchement.

Je la connaissais de vue. Elle prétendait s'appeler Gloria Lovely et je l'avais rencontrée quand j'étais à la Brigade des Mœurs. J'espérais qu'elle ne se souviendrait pas de ma tête, elle voyait tellement de visages dans son métier.

— Salut, Gloria.

Elle posa son brandy sur le zinc.

— Comment tu connais mon nom ? dit-elle, soupçonneuse.

— Par un ami. Tu connais Eric la Combine ?

Elle était un peu soûle. Elle ne paraissait pas en état de pouvoir faire face à plusieurs brandies, et elle était envapée, par-dessus le marché.

— Celui qui arrive pas à bander, tu veux dire ? Maigre ? Avec des dents pourries ?

— Ça m'a l'air d'être lui.

— Je le connais, dit-elle pensivement. Il me doit cinq livres. Il a dégobillé dans le lit le soir où j'ai été avec lui, et en plus il n'avait pas assez d'argent. Et j'ai dit que je lui filerais pas un coup de rasoir pour cette fois. (Elle soupira fortement.) Je sais pas pourquoi, je fais jamais de progrès.

— Il y a un des gars là-bas qui a vachement envie de te connaître.

— Ah ouais ? dit-elle en arquant les sourcils qu'elle s'était teints en orange pour aller avec ses cheveux. Quoi ? Un des puceaux, là-bas ?

— Il faut bien qu'ils commencent un jour.

— Ouais, mais pourquoi avec moi ? dit-elle amèrement. Ils sont tous fauchés.

— Oh, allez. C'est le calme plat ici. Il n'y a rien de mal à ça et ils te paieront au moins à boire.

— Je suppose que s'il le faut, il le faut. Mais si un vrai micheton se pointe, ils en seront pour leurs frais.

— Ils le savent. C'est dans le contrat standard.

— Il y en a combien ? Quoi, toute cette bande ? Qu'est-ce qu'ils vont faire ? Ils vont me partouser ? (Elle me regarda.) Je me demande si tu me plais pas mieux.

— Pas moi. Je suis marié, avec trois gosses.

— Vous l'êtes presque tous.

— Je ne pourrais pas payer de toute façon. J'ai un emprunt-logement.

Un éclair passa dans ses yeux.

— Tu serais pas poulet, des fois ?

— Ça non, bon Dieu ! Qu'est-ce qui a bien pu te donner cette idée ?

— Je sais pas. C'est juste que je les repère, d'ordinaire.

— Rien à craindre, dis-je. Je travaille dans un bureau de la British Rail. (Je la pris par le bras.) Allez, viens, Gloria. C'est un nom latin, tu savais ?

Elle vint à contrecœur.

— Je trouve toujours que ceux qui bandochent le mieux, c'est vous, les types plus âgés. (Elle ajouta :) Ça m'est un peu égal d'un côté comme de l'autre, je crois bien, tant qu'ils dégobillent pas.

Nous rejoignîmes les jeunes gens et je dis :

— Bon, eh bien voici Gloria ; qui lui offre à boire ?

— Qu'est-ce que vous prenez ? dit avec empressement le gars aux cheveux blonds.

— Un double brandy, dit-elle avec un haussement d'épaules léthargique. (Quand il s'éloigna vers le bar, elle me dit :) Il a un accent qui se remarque à cent lieues, hein ? (Au bout d'un moment elle ajouta :) Tu connais vraiment Eric la Combine ?

— Exact.

— Ça me regarde pas, mais t'as de drôles d'amis.

— Qu'est-ce qu'il a de drôle ?

— Une femme a intérêt à faire gaffe avec Eric, dit-elle. Il est complètement négatif. Terrain miné, zone dangereuse. Il aime faire des trucs bizarres aux filles. (Elle réfléchit intensément et reprit :) Tu sais ? Il est sonné, comme un magnéto quand t'envoies trop de jus dedans. Déboussolé, comme dirait l'autre.

20

Petworth Street n'est pas loin du pub, et je trouvai rapidement le numéro 18 ; c'était la porte qui claquait au vent dans le noir et près de laquelle des marchands des quatre saisons avaient déposé un tas d'ordures haut d'un mètre. La porte claquait parce qu'elle n'était pas fermée à clé, et elle n'était pas fermée à clé parce que les marchands utilisaient le passage au rez-de-chaussée pour ranger leurs petites voitures et leurs caisses vides. Je restai une minute au pied de l'escalier dans l'obscurité, puis sortis ma torche — que deviendrait-on sans torche dans le Londres d'aujourd'hui ? Je cherchai un bouton pour éclairer l'escalier de ciment qui se présentait devant moi ; il y en avait un, mais il ne fonctionnait pas. Derrière la porte d'entrée se trouvait une corbeille métallique pleine de courrier. Ça avait tout l'air d'être du courrier désagréable, du genre qui arrive dans des enveloppes kraft, et de toute évidence personne ne le lisait jamais, car il semblait être là depuis longtemps. Je l'examinai toutefois, mais il n'y avait rien pour Eric. Je montai prestement trois étages — deux portes à chaque étage, une à gauche, une à droite. Lorsque je parvins au troisième je vis deux portes enfoncées sur le palier : deux cabinets, dans l'un la chasse d'eau était cassée et il n'y avait pas de siège. Tout le bâtiment sentait mauvais. A l'extrémité du palier, une rampe verte le long d'une large ouverture non vitrée. Je me penchai au-dessus et plongeai mes regards dans le puits de l'immeuble ; au fond se trouvait une bicyclette démantibulée et de la literie pourrie. Les deux mêmes portes se faisaient face, au bout ; sous celle de gauche passait un rai de lumière et on entendait de la musique rock. Je m'approchai et cognai dessus. Un halètement se fit entendre à travers la mince cloison de la porte en bois, et lorsque je cognai encore, une voix nasillarde cria :

— Qui êtes-vous ?

— C'est moi, Eric.

— Je ne connais pas votre voix. Je ne vous connais pas.

— Peut-être que non. Mais tu attends la visite de quelqu'un comme moi.

— Je n'ouvrirai pas !

— C'est bien embêtant, fis-je. Ça signifie qu'il va falloir que je revienne avec de l'aide.

— Vous ne pouvez pas être du conseil municipal, pas à cette heure-ci. Dites, qu'est-ce que vous voulez ?

— Ouvre et tu verras. Allez. Il faudra bien tôt ou tard, et plus tu me donnes de tracas, plus tu vas t'en attirer.

Il pigea. J'entendis des pas traînants se diriger vers la porte, et une main tripota la serrure Yale. Quand la porte s'entrebâilla, j'entrai.

— Merci, dis-je. Que d'histoires.

Eric était grand, maigre, l'air malade. Il avait vingt-cinq ans et avait effectivement des dents gâtées. Il ne ressemblait pas beaucoup à sa mère, sauf que ses cheveux, ou ce qu'il y en avait, avaient une vague coloration rousse. Derrière lui, ça beuglait :

« J'aime rocker toute la journée !
J'aime rocker toute la nuit ! »

— Ferme-moi ça, dis-je. Je veux te parler.

Il éteignit la musique et dit :

— De quoi ?

— De ton beau-père, Charles Staniland.

— Ouais, eh bien ?

— Eh bien, il est mort.

— Je m'en branle, fit-il. Qui êtes-vous, espèce de con ?

— Je suis policier. Et fais gaffe à ce que tu dis. Si tu en laisses encore échapper une comme celle-là, je vais te faire la grosse tête.

— Voyons votre carte, dit-il d'une voix lasse.

Je la lui montrai et il dit :

— Oh, bon Dieu. Ecoutez, je suis à plat, mon vieux, je suis complètement vidé. (Sa voix était aussi frêle que sa personne ; elle chevrotait comme un violon désaccordé.) Je suis trop vieux pour la vie, je suis trop vieux pour la bamboche, mon pote... Personne ne dure éternellement.

— En effet, tu n'as pas l'air parti pour ça. (Il n'était pas encore bien lucide. Son indifférence à mon égard, et devant la mort de Staniland, indiquait qu'il revenait d'un trip ; mais je m'en moquais ; nous avions tout le temps.)

— Quel âge as-tu ?

— Vingt-quatre ans. Ça se voit, hein, papa ?

— Oui, on voit que tu as vécu, mais le film a plutôt l'air d'être passé à l'envers.

— Oh, bah, il faut vivre. Je suis à l'âge où un homme doit vivre, s'amuser. Il faut passer par là d'une manière ou d'une autre. C'est l'enfer, vraiment l'enfer, mais c'est comme ça que tout se déglingue, papa.

— Tu aurais besoin de te faire roder les soupapes, fiston. J'ai quarante et un ans, mais je pourrais te faire rebondir comme une balle en caoutchouc.

— N'importe qui peut utiliser l'insulte ou la violence, dit-il avec un frisson de dédain, surtout quand on est poulet.

— Absolument, dis-je d'un air absent. (Je regardai autour de moi dans la pièce. Il y avait une table sur laquelle se trouvaient les reliefs peu ragoûtants d'un repas, un hachis Parmentier pour une personne, et un bout de pain de mie, deux chaises et un lit avec des couvertures de l'armée en boule ; un magazine érotique était posé sur le coussin qui servait d'oreiller.)

J'examinai Eric de la tête aux pieds. Il portait une robe flottante marron, comme celle d'un moine ; en s'asseyant, il en disposa les replis autour de son bas-ventre, offrant aux regards une bonne longueur de jambes blanches et apparemment sans os, et puis, tout en bas, des sandales qui s'étaient peu à peu avachies, peut-être lors de séances d'auto-stop. Des plis de sa soutane, il sortit un portefeuille en plastique qui, à ce qu'il annonçait, avait contenu autrefois du tabac hollandais. Il était maintenu fermé par un élastique sous lequel un briquet servait de garrot ; tout en me fixant du regard, Eric entortilla l'élastique autour du briquet jusqu'à ce qu'il fût, semblait-il, prêt à se rompre — ce qui arriva et répandit par terre une saleté de couleur brune.

— Merde, dit-il en se penchant.

— C'est de la schnouff ? m'enquis-je en en ramassant.

C'en était. Il ricana d'une voix aiguë, irréelle, mais je n'allais pas cravater ce pauvre petit crevé ; je n'en avais pas le cœur, à moins que ça ne se révèle utile comme moyen de pression pour autre chose. Je voyais d'ailleurs qu'il avait fait de la taule, car c'était inscrit sur son bras gauche qui portait le tatouage : « Wandsworth je t'aime. » Mais j'enquêtais sur une tragédie bien plus grave que celle d'Eric. Eric s'en tirerait aussi longtemps qu'un type à problèmes pouvait s'en tirer. Il pouvait même s'installer quelque part à la campagne un certain temps pour s'amender, avec l'argent d'une fille dans le coup, assis sous un arbre à faire des cages avec des bouts de bois, tandis que sans une plainte elle binerait le jardin, le tout respirant la sueur, le martyre et la soupe dégraissée. Le dimanche après-midi le père et la mère, petite bourgeoisie, viendraient les contempler sans pouvoir rien faire, pendant qu'elle binerait et qu'il ricanerait, et puis ils repartiraient dans la voiture familiale, sans un coup d'œil, sans un mot, le regard fixe au-dessus de la boîte de vitesses. Puis un jour, pour Dieu sait quelle raison ou plus vraisemblablement sans la moindre raison, leurs rapports cesseraient brusquement, faisant un article de douze lignes, pour peu qu'il y ait eu quelques violences, en page trois de *News of the World*, accompagné d'une photo jaunie sur fond de broussailles et d'atelier de poterie.

— Je veux que tu me dises tout de tes rapports avec ton beau-père, fis-je.

— Il n'y a rien à dire.

— Oh, je ne suis pas d'accord. (Je le regardai essayer désespérément de ramasser sa poudre par terre. Il était trop nonchalant pour se mettre à genoux, mais tentait de la récupérer en se penchant sur sa chaise.) Revenons à la réalité. Ton beau-père a été assassiné. Assassiné, tu comprends ?

— Ouais, ouais, j'ai pigé.

— Alors, tu ferais bien de jeter un coup d'œil là-dessus. (Je sortis la photo de Staniland et la lui tendis.) D'autant que tu es un parent.

Il la regarda.

— Nom de Dieu, dit-il, la voix brisée. C'est vraiment lui ?

— C'était lui. Tu ne penses sans doute pas beaucoup à la mort, mais voilà à quoi ça peut ressembler.

— D'accord, d'accord. (Il paraissait s'être rétréci.)

— Tu ne sais rien de cette histoire ?

— Qui ? Moi ? Bon sang, non !

— Tu tombes des nues ?

— Bien sûr ! Bon Dieu !

— Pourquoi a-t-il fallu que quelqu'un meure pour te tirer d'affaire ?

— Ce n'est pas vrai ! C'est lui qui a dû probablement en arriver là. Il était déboussolé après la rupture avec ma mère Ma demi-sœur l'avait mis dans un tel état ! Je ne lui ai jamais causé de problème.

— Oh voyons, Eric. Tu peux trouver mieux. Je vais y

aller carrément maintenant, fis-je sèchement. Qu'as-tu fait de cet argent ?

— De cet argent ? De quel argent ? Je ne sais pas de quoi vous parlez !

— Mais si. Il te donnait de l'argent.

— Je n'ai pas à vous raconter ça.

— Mais si. Il faut tout me dire.

— Je ne m'en souviens pas.

— Eh bien, on va attendre le temps qu'il faudra pour que ça te revienne. Tu te drogues, n'est-ce pas ?

— Bon d'accord, vous avez vu la marie-jeanne par terre.

— Tu ne te paies pas que de la marie-jeanne, Eric. Qu'est-ce que c'est ? Cocaïne ? LSD ?

— Pourquoi ? Vous allez m'alpaguer, ou quoi ?

— Je ne vais pas me donner ce mal. Si je voulais, j'aurais tous les jours de quoi te cravater, bébé rose. Mais je pourrais te coincer avec ça en attendant de te coller autre chose sur le dos ; ça dépend de toi. Tu pourrais te retrouver en détention préventive à Brixton en moins de deux, et tu ne tiens pas à refaire de la taule, hein ? La dernière fois, c'était simplement pour vol, mais cette fois-ci ça pourrait être plus sérieux. Là, tu vas récolter plus, Eric, beaucoup plus.

— Ecoutez, si vous voulez me cravater, allez-y. Mais je ne sais rien sur la mort de mon beau-père.

— Tu t'en tiens à ça ?

— Oui.

— Si tu me dis la vérité, c'est une chose. Mais dans le cas contraire, Eric, t'es le roi des crétins... Il vaudrait beaucoup mieux pour ta tranquillité que tu me dises la vérité. Tu serais plus en sécurité en taule que dans les rues. As-tu une photo de toi, à propos ?

— Non.

— Mais si. Tu as un passeport, j'ai vérifié. (Je tendis la main.) Donne-moi le passeport, Eric, je veux la photo.

Il fouilla dans un tiroir plein à craquer et finit par le sortir.

Je l'ouvris et examinai la photo. Elle n'était pas très

ressemblante, mais elle ferait l'affaire. Je mis le passeport dans ma poche.

— Merci, dis-je. Je crois que tu mens, Eric. Je crois que le mensonge te vient naturellement à la bouche. Mais ce que je vais faire, c'est de montrer cette photo à certaines personnes, et si je découvre qu'on te connaît, que Dieu te vienne en aide, fiston, tu vois ?

Il déglutit.

— Je vadrouille beaucoup, dit-il. Enormément.

— Ma foi, tout dépend où, et avec qui. Tu vas souvent dans le sud de Londres ?

— Non.

— De temps à autre quand même ?

— Je vais partout de temps à autre. Je vadrouille beaucoup, je cesse pas de vous le répéter.

— D'accord. Laissons cela pour l'instant. Revenons à cet argent de ton beau-père. Tu as dépensé cet argent pour tes drogues, n'est-ce pas, Eric ? Quelquefois c'était de la marie-jeanne, mais plus souvent c'était peut-être un peu d'héroïne, quand tu avais besoin de planer un bon coup.

— Je n'ai jamais touché à la horse !

— Voyons, dis-je. Je n'ai pas besoin de chercher les traces pour savoir que tu te piques. Tes copains t'appellent Eric la Combine, n'est-ce pas ?

— Certains.

— Quels sont tes talents, je me le demande, à part manier la seringue ? Pas grand-chose, à mon avis. Ça m'étonnerait que tu donnes tellement dans la gonzesse, par exemple... J'ai entendu dire que tu n'étais pas un chaud lapin au page. Mais si tu es camé tout le temps, ça n'a rien de surprenant. Dépenser l'argent des autres, c'est ça ? Allez, parle. Je commence à ne plus t'avoir tellement à la bonne, Eric, ce qui, dans ton cas, n'est pas une bonne nouvelle.

— Ecoutez, dit-il, allez-y mollo, vous voulez bien ? Je reconnais que je n'ai pas les idées en face des trous. Le psychiatre dit que c'est parce que je n'ai jamais connu mon père.

— Mais tu ne t'es pas si mal débrouillé avec ton beau-père, en tout cas. Tu as aussi bien réussi avec lui que pas mal de gosses avec leur vrai père. Tu as fait des études convenables, je le constate. Tu as un de ces accents passe-partout qu'on attrape dans les boîtes chères à l'heure actuelle. Qui t'a payé ça ?

— Eh bien, lui.

— C'était quelle école, Eric ?

Il me donna le nom. C'était une de ces écoles pour bons à rien délinquants, allant des gens d'aisance relative jusqu'aux richards. En sortaient des ratés, des apprentis révolutionnaires, des drogués et des types aux idées dans le vent, à la douzaine ; j'avais eu affaire à ses produits en d'autres occasions.

— Ta mère a participé aux frais ? Oh, allons, Eric. C'est facile à vérifier. Je n'ai qu'à interroger l'école.

— Bon d'accord, il a tout payé.

— Il t'a pourri, n'est-ce pas ?

— Je crois qu'on pourrait dire ça.

— Tu devrais te faire soigner les dents, fis-je. On ne doit pas se laisser aller comme ça à ton âge.

— Bah, mon beau-père n'était pas un bel exemple, toujours soûl.

— Tu n'aimais pas beaucoup ton beau-père. Pas vraiment, hein ? Malgré ce qu'il avait fait pour toi.

— Il ne m'aimait pas non plus.

— Ma foi, il devait bien un peu, sinon il ne t'aurait pas donné ces cinq cents livres.

— Bon sang, comment avez-vous entendu parler de ça ?

— T'occupe ! Je sais simplement que tu les as eues. Je sais également que ce n'est pas tout ce que tu as eu. Tu as eu les deux chèques, l'un de cinq cents et l'autre de trois cents. Tu l'as pas mal ratiboisé, hein ?

— Non.

— Mais si.

— Eh bien, même si c'est vrai, je n'en savais rien.

— Comment lui as-tu soutiré l'argent, Eric ?

— Qu'est-ce que vous voulez dire, soutiré l'argent ? Je lui ai dit que j'en avais besoin, et il me l'a donné.

— Il était un peu poire, hein ?

— C'est vrai.

— Tu sais, Eric, je trouve la vie bien bizarre parfois, surtout quand je parle à des menteurs. Ce que tu lui as dit en réalité, c'est « Donne, ou sinon... » Bon Dieu, tu savais très bien qu'il ne pouvait pas le faire. Tu l'as forcé à aller à la banque et à se procurer la somme. Tu as fait de sa vie un enfer jusqu'à ce qu'il aille enfin à la banque.

— Non.

— Tu mens encore. Tu es un menteur incurable, Eric. Ce que je veux vraiment savoir c'est comment tu l'as forcé.

Il ne parla pas.

— Eh bien, je vais te dire ce que je pense. Je crois que tu t'es dit : il est alcoolique, c'est un jobard, il est faible et peureux. Je crois que tu as fait entrer en scène les gros méchants loups. Je pense que tu as emmené avec toi quelques autres rois de la combine et j'ai l'intention de savoir de qui il s'agissait.

— Je n'ai emmené personne !

— Je crois que si, et la raison pour laquelle je le pense, c'est que tu n'as rien dans le ventre. Tu ne pouvais même pas régler tes affaires avec un alcoolique de son âge sans aller chercher de l'aide. Mais tu sais comment on appelle ça en justice, Eric ? Un procureur, il qualifierait ça d'extorsion de fonds sous la menace, et ça va chercher dans les cinq à sept ans de violon, si on te coince. Tu n'aurais pas dû lui extorquer ces chèques, c'est là que tu as commis une erreur. Parce qu'il a bien fallu que tu les endosses et il sera très simple d'établir qu'il s'agissait de ton écriture, même si tu t'es servi d'un faux nom, et j'ai ces chèques.

— Je vous dis qu'il m'a donné l'argent de son plein gré.

— Aucun tribunal ne croira ça. On est en train de parler

d'un meurtre, Eric, et tu as un casier, et un mobile par-dessus le marché.

— Nom de Dieu, vous essayez de me coller ça sur le dos.

— Tu te l'es toi-même collé sur le dos. Et pendant qu'on est sur le sujet de l'argent, il y a encore trois cents autres livres qui manquent. Tu les as eues aussi ?

— Non. C'étaient huit cents en tout. C'est vrai !

— Je me le demande. Je parie que tu attaquais le beau-père chaque fois que tu étais à court de schnouff.

— Ce n'était pas ça, je vous dis.

— Moi, j'en ai bien l'impression. A mon sens, tu ne connaissais pas d'autre moyen de te procurer de l'argent que par ton beau-père. Tu n'as pas le courage de boulonner, de trouver un emploi, de travailler sur un chantier, ou je ne sais quoi. Non. Mais il lui faut quand même sa came, au petit chéri. Seulement la combine a fini par tomber à l'eau, hein ? Tu n'as pas pu le pressurer davantage ; ton beau-père n'avait plus d'argent. Je parie qu'au début tu devais jouer les gros malins, là-bas au pub, par exemple en brandissant à tout bout de champ les billets du beau-père. En fait c'est pour ça qu'on t'a surnommé la Combine, hein ? Ça ne m'étonnerait pas que tu aies inventé ce surnom toi-même. Mon Dieu, je défaille d'admiration devant toi, Eric ; je suis tout béat.

— Mais je vous répète...

— Seulement tu n'étais pas disposé à essayer la fameuse combine sur quelqu'un d'autre, n'est-ce pas ? Non, parce que le premier type à couilles t'aurait dit d'aller te faire foutre, et tu aurais fondu en larmes, tout comme tu vas le faire avec moi. Tu ressembles à un sinistre petit garçon, Eric ; chaque fois que le dégueulasse, l'horrible château de cartes s'écroule, tu te mets à chialer, et tu essaies de flanquer des coups de pied à un plus petit que toi. Je parie que tu te considères comme le rebut de notre société... C'est une bonne excuse pour se vautrer dans l'apitoiement sur soi-même. Mais tout ce que tu es, Eric, c'est un branleur. Ce que tu as fait avec tes acolytes, ç'a juste été de bousculer un peu ton beau-père, et puis c'est allé trop loin, n'est-ce pas ? N'est-ce pas ?

— Non !

Il se recrocquevilla sur sa chaise ; il offrait un spectacle ridicule, vêtu de cette robe stupide. Il me regarda fixement, les yeux chassieux sous ses larmes ; il ne pouvait s'empêcher de trembler et il avait l'air aussi affreux que s'il avait reçu une balle dans la figure.

— Il a donné ça si facilement les deux premières fois, reprit-il. Aucun problème.

— Et puis la troisième fois il y a eu un petit problème, et tu t'es énervé, alors tu l'as bousculé, et puis c'est allé trop loin, tout le monde s'y est mis et tu l'as tué.

— Non, ça ne s'est pas passé comme ça ! dit-il en sanglotant. Je ne l'ai pas tué, non, non. Je n'ai rien pu lui soutirer la troisième fois. Et j'étais seul avec lui et je ne l'ai pas touché... J'avais l'impression que je lui avais soutiré à peu près tout ce que je pouvais.

— Peut-être que la troisième fois il était dessoulé, dis-je sombrement. Donc tu as employé la manière forte la seconde fois, c'est ça ?

— Bah... il est vaguement tombé à la renverse, ouais.

— Tu veux dire, tu l'as vaguement bousculé, si bien qu'il est vaguement tombé à la renverse.

— Bon, d'accord, oui. Mais c'était vraiment facile, la première fois.

— Oui, et ç'a été facile la première fois parce que c'était le genre de bonhomme qui donnait tout à tout le monde s'il le pouvait. Ta mère me l'a dit.

— Ma mère, c'est qu'une traînée ! cria-t-il à travers ses larmes.

— Ma foi, vrai ou faux, tu es bien le dernier à pouvoir juger qui que ce soit. Je crois que tu as non seulement tué ton beau-père, Eric, mais regarde ce que tu lui as fait. Regarde encore cette photo.

— Ce n'est pas vrai.

— Jusqu'à quel point l'as-tu frappé, Eric ? Au début,

quand il t'a dit qu'il ne pouvait pas te donner l'argent, la seconde fois, là-bas ?

— Une gifle, c'est tout ! Je ne sais pas ! Deux gifles, c'est tout !

— Parce que tu étais prêt à n'importe quoi pour ta came, et que tu étais fauché, et que de toute façon, tu le haïssais et tu le méprisais.

— Oui d'accord, mais je ne l'ai pas tué !

— Ma foi, je ne suis pas sûr, Eric.

— Sûr de quoi ?

— Pas sûr que le mieux ne serait pas que je te cravate pour possession de drogues dures, et aussi pour coups et blessures, pour commencer, et que je t'emmène à l'Usine afin que tu puisses y répéter ce que tu viens de me dire.

— Quoi, là-bas ? gémit-il, le Commissariat Central du West End ? Merde, je ferais aussi bien de me zigouiller et d'en finir !

— Oh, ce n'est pas aussi terrible que ça, dis-je, même si, bien entendu, on te chatouille un peu et qu'on te flanque une ou deux petites tapes, au cas où tu ne coopérerais pas. Tandis que moi, je ne vais pas te toucher ; alors il te reste cette dernière chance de me dire ce qui s'est vraiment passé.

— Ecoutez, je ne l'ai pas tué, je vous l'ai dit vingt fois. Je le jure. Si seulement il ne s'était pas fichu de moi...

— Et que tu n'aies pas été schnouffé.

— Non, c'est parce qu'il s'est fichu de moi. Voilà pourquoi je l'ai giflé.

— Ma foi, j'ai entendu dire qu'il avait la langue acérée, et dans ton cas ça se justifiait largement. En plus, j'ai sorti ton casier, Eric ; on dirait que tu as eu des ennuis avec la police dès que tu as mis ta première culotte courte.

— Je suis dérangé, je vous dis. Ce qu'il me faut, c'est un psychiatre.

— Oh ça, Lord Longford t'en trouvera un en moins de deux, ne t'inquiète pas. Mais tu maintiens que tu n'étais pas suffisamment dérangé pour avoir tué ton beau-père, tu lui as juste flanqué quelques claques. Pas même en étant schnouffé, Eric ? Ou bien en manque ?

— Non, bon Dieu ! Je ne l'ai pas fait ! Je ne pouvais pas.

— C'est épouvantablement faiblard, Eric. Epouvantablement faiblard. Tu sais, tu peux morfler dans cette affaire, fiston.

— Je n'aurais jamais pu lui faire toutes ces blessures ! Vous ne voyez donc pas ? hurla-t-il. Je n'en aurais pas eu la force !

— Mais personne ne dit que tu étais seul, lui rappelai-je. (Je sortis mon calepin.) Commençons pas noter leurs noms.

— Je ne peux pas ! Ils me tueraient si je les balançais.

— Je crois que le mieux dans ce cas, Eric, ce serait que je te mette en cabane pour te protéger.

— Non ! Je deviendrais fou là-dedans ! J'ai failli la dernière fois !

Je rangeai le calepin, me levai et dis :

— Bon, d'accord. Je te garde au frigo, Eric. Or être au frigo, ça veut dire ce que ça dit. Tu ne bouges pas de chez toi. Si je reviens te voir un jour ou l'autre et que tu n'es pas là, tu peux faire ta prière. Si tu sors de ta piaule ou, plus vraisemblablement, si tu te fais expulser, tu m'appelles à ce numéro et tu me dis où je peux te trouver. (Je le lui notai.) C'est d'une simplicité enfantine. Tu comprends ?

— Ouais.

— Je suis très, très sérieux, Eric. Si tu essaies une fois de te tailler dans la nature, rien qu'une fois, tu files tout droit en cabane. (Je me dirigeai vers la porte, eus une idée et me retournai.) Un conseil, Eric. Je ne dirais à aucun de tes copains que je suis passé ; ils ont l'air de durs. Je ne dirais rien à personne de notre petite conversation. Voyons, tu ne crois pas que c'est un bon conseil ?

Il hocha la tête.

— Eh bien, tiens-en compte.

Mais je savais qu'il n'en ferait rien.

21

Il s'appelait le « Club 84 » parce que c'était le numéro qu'il portait dans Crispian Road, du côté sud du Pont de Londres. Des entrepôts à l'abandon ou en faillite longeaient la Tamise ; le quartier devait être rasé au bulldozer un jour ou l'autre pour être reconstruit, et alors il deviendrait chic. Mais je me demandais si ça se ferait vraiment jamais.

Le 84 était le cinquième club où je tentais ma chance depuis deux soirs. J'avais fait la rive sud en direction de l'est, en commençant par l'Elephant. J'étais revenu bredouille des quatre premiers, et je n'avais aucune raison de penser qu'il en irait autrement ici. Cependant, il fallait vérifier. L'endroit était arrangé en musée des horreurs. Le décor avait été fait au rabais. Des toiles d'araignées étaient éparpillées un peu partout, là où aucune araignée n'en aurait jamais eu l'idée, des démons et des monstres truffés d'ampoules de vingt-cinq watts émettaient une faible lueur, de longs os blancs pendaient du plafond, le reste à l'avenant. La seule chose qui ne fût pas artificielle, c'était l'humidité. Le public était mélangé là-dedans. Noir et Blanc comme le whisky. C'était un mélange détonnant, et je me demandai si les affreux de la direction savaient comment s'y prendre. J'avais idée que oui.

Je restai debout à l'entrée, observant tout cela. La piste

était bondée ; je respirais l'alcool fort, la sueur, le sexe, et une ou deux autres choses, l'herbe notamment.

Le costaud dans sa guérite m'adressa la parole :

— Je peux t'aider, Jack ?

— Je regarde, c'est tout.

— Ça, je sais, dit-il, et je vais retenter ma chance : je peux t'aider ?

— Peut-être. Je cherche une nana qui s'appelle Babsie.

— Je me fiche que tu te cherches une lame de rasoir dans le trou du cul, Jack, faut être membre du club ici.

— Dommage que le Syndicat d'Initiative t'entende pas jaspiner comme ça. Vous auriez pas mal de cars ici, à mon avis, parce que les manières de la bonne vieille Angleterre, les tiennes par exemple, ont pratiquement disparu du pays.

— Ecoute, dit-il d'un ton furieux quand le déclic se fut produit, tu veux que je sorte et que je te fasse sentir mes manières en plein sur la gueule ?

— Oui, pourquoi pas ? répondis-je. Si tu as un portrait de rechange chez toi.

Il sauta par-dessus son comptoir en un mouvement.

— Bon, encore une autre remarque de ce genre...

Je sortis un billet de cinq livres, mais lorsqu'il s'approcha pour le prendre, je le saisis par le petit doigt.

— Si tu le remues, je te le casse, dis-je. Et ça fait vraiment mal.

— Ecoute, t'es un sadique ou quoi ? Ou juste un cinglé qui cherche des ennuis ? En tout cas t'en trouveras pas mal ici.

— Non, j'en ai simplement marre, de tes airs. Je veux être membre temporaire, c'est tout, et sans tout ce baratin.

— Eh ben, pourquoi tu l'as pas dit ? Tu peux me redonner mon doigt, alors ?

— Tiens, voilà. (Je lui donnai également le billet. Il avait la bouche ouverte, prêt à en redemander comme Oliver Twist, mais je dis :)

— Ça couvrira les frais pour mon entrée et une bouteille.

— C'est ce que tu crois, bordel ! s'écria-t-il. Cinq livres ?

— Ma foi, si ça ne suffit pas, il faudra que je voie le patron pour votre licence de débit de boissons, et je ferais mieux de te dire tout de suite que je suis député travailliste.

— Bon sang, Jack, dit-il en reculant, je savais pas qu'on donnait dans le combat à mains nues à Westminster.

— Il y a pas mal de choses que tu ne sais pas. Par exemple, je ne m'appelle pas Jack.

Il me donna un ticket et je me frayai un chemin jusqu'au bar. Le barman avait peut-être vu ce qui s'était passé à la porte, parce qu'il me servit promptement.

— Qu'est-ce que vous prenez ? hurla-t-il, couvrant la voix de Joan Armatrading.

— Whisky.

Il décapsula une bouteille de Bell's, prit un verre, de la glace, posa brutalement le tout sur le comptoir ; puis, comme pris d'une inspiration, il fit glisser par là-dessus une bouteille avec une étiquette marquée « Eau de Malvern », et pourtant, à ce que je venais de voir, le contenu sortait tout droit du robinet.

— Vous êtes seul ?

— Exact.

— Vous êtes content comme ça ?

— Pour le moment.

— Sinon je pourrais trouver votre affaire pour un ou deux shillings.

— Je vous avertirai.

Je me versai un verre, puis, dos au bar, observai la folle guinche. Il y avait environ une centaine de couples qui se démenaient au son de la musique tonitruante. Près de moi je remarquai la présence d'un petit bonhomme bedonnant que sa ceinture contenait tout juste. Il pouvait avoir dans les quarante-cinq ans, mais paraissait plus âgé à cause des poches sous les yeux qu'on aurait pu lui coudre à Saville Row. Le blanc de ses yeux était rouge, comme le reste de sa personne, en dehors de son complet qui était noir, et il portait une cravate bleue avec un double nœud Windsor.

— Vous cherchez une gonzesse ? dit-il.
— J'en cherche toujours.
— Moi aussi. Je travaille ici, vous voyez ? Seulement, je suis libre ce soir.
— Alors vous les connaissez toutes. Mais il y en a seulement une qui me botte ; elle fait la tournée des boîtes du coin.
— C'est qui, alors ?
— Babsie.
— Oh elle. Ouais, elle est quelque part par ici, je l'ai vue ce soir. (Il me lança un regard qui me cataloguait d'une façon ou d'une autre.) Elle vous botte vraiment ?
— Je n'ai fait que regarder, jusqu'ici. Pourquoi ?
— Rien. (Il réfléchit intensément, fronçant les sourcils pour se concentrer. Il buvait une vodka-tonic, et était loin d'être à jeun.) Ecoutez, finit-il par dire, vous avez du pognon sur vous ?
— J'ai dans les vingt livres.
— D'accord... Supposez que j'y aille de mon écot, que je ramène ma nana et qu'on fasse une partie carrée. Ça vous chante ?
— Ça ne me paraît pas mal.
— D'accord, je vais voir tout de suite si je peux trouver Babsie.
Je lui filai un billet de cinq livres :
— Merci, mon vieux, vous me rendez service.
Il fourra le billet dans sa poche :
— Je passe à l'action. (Il eut quelque mal pour ça, mais finit par traverser la piste comme une flèche, fonçant sur plusieurs rockers tête baissée.) Au fait, hurla-t-il en se retournant vers moi, je m'appelle Tom.
— D'accord, Tom.
— Te prends pas les roustons dans ton caleçon !
Il fila en trombe, carambola une grosse fille en jean comme une bille de billard et, avec une embardée, passa par une porte de service, au fond.

J'attendis. Au bout d'un moment une voix de femme me dit à l'oreille :

— Tu ne bois pas ton scotch.

Je me tournai pour lui faire face.

— Non, c'est exact. Prends-en un. (Je tapai sur le comptoir pour avoir un autre verre, après quoi je le lui remplis.)

— Eh bien, à la tienne, dit-elle. Je suis Babsie. (Elle me regarda attentivement.) Mais je ne crois pas que je te connaisse.

— J'espère que ça va changer.

— Tiens donc, vraiment ? (Elle avait du magnétisme. Maintenant que je l'avais rencontrée, je compris ce que Staniland avait voulu dire. Si on était direct avec elle, quelque chose de brutal, d'onctueux en même temps, jaillissait comme l'éclair et vous agrippait à la manière d'un chat. Je me sentis disposé à me montrer direct.) Tu fais beaucoup les boîtes par ici ?

— Pas mal.

— C'est drôle que je n'aie pas l'impression de te connaître, alors. Je connais la plupart des habitués.

— Je ne suis pas un habitué.

— Où m'as-tu vue, alors ?

— Au Hard Rock.

— C'était il y a pas mal de temps, dans ce cas.

— Tu m'as tapé dans l'œil très vite, dis-je. Très vite.

— Si j'avais gagné une livre chaque fois qu'un homme m'a dit ça, je serais riche.

Je me rendis compte de ce que Staniland avait subi avec elle. C'était une grande blonde, avec de belles jambes, un derrière encore mieux et une devanture généreuse sans être grotesque. Ce n'était pas simplement son visage aux dents éclatantes et pointues, aux paupières lasses ; c'était la franche indifférence avec laquelle elle regardait les hommes, comme si elle se foutait pas mal de l'effet produit.

— Tu veux danser le rock ? demanda-t-elle.

— Pourquoi pas ?

Elle savait y faire. Nous dansions à plus d'un mètre de distance. A plusieurs reprises je la saisis par la taille et la fis pivoter au rythme de la musique ; elle pivotait avec aisance, sans jamais rater un temps, comme une lourde machine bien huilée. Mais à l'inverse d'une machine, chaque fois qu'elle me touchait, je recevais une décharge électrique ; je remarquai qu'elle était elle-même isolée contre ce phénomène. Le reste de la piste, les danseurs s'estompèrent. A un moment, un danseur en cuir noir s'approcha, le bras tendu, prêt à la saisir.

— Pas maintenant, Dave.

— Oh, allez, Babs. (Son regard me transperçait comme si je n'avais pas été là.)

— Fiche le camp, je t'ai dit.

Avec un intérêt détaché, je le vis se rétrécir.

— A plus tard, dit-il, d'un ton lourd de menace.

— Essaie quelqu'un d'autre, fit-elle. J'ai de quoi faire.

Derrière lui un de ses copains se mit à rire ; tout à coup je m'imaginai à la place de Staniland à l'Azincourt, se demandant comment réagir lorsque Fenton faisait la même chose.

— Dansons, me dit-elle. (Le rocker nous tourna le dos et se dirigea d'un pas lent vers le bar avec ses copains. On se remit à danser.)

— Tu danses bien, dit-elle.

Je ne répondis pas. Je pensai : eh bien voilà, je l'ai cherchée, et maintenant je l'ai trouvée. Je vis pourquoi Margo Staniland ou toute autre femme avait cessé d'exister pour lui dès que Barbara avait fait son apparition.

Nous finîmes par avoir assez dansé.

Tom et sa nana attendaient lorsque nous revînmes au bar. Tandis que nous étions tous les quatre en train de boire, il s'approcha de Barbara et lui chuchota à l'oreille.

— Rien à faire, dit-elle. (Il recula et réfléchit un instant. Il était vraiment soûl à présent. Puis il revint à la charge et lui chuchota encore à l'oreille, et la femme qui l'accompagnait n'apprécia pas. Elle avait des cheveux noirs teints, et une alliance enfoncée sur un doigt couvert de taches de rousseur. Alliance qu'on mettait à l'épreuve et qui démontrait la relativité de la visite chez monsieur le Maire.)

— Ecoute, va te faire foutre, Tom, dit Barbara. Je ne veux rien savoir.

Le ton était brutal, et je le vis se rétrécir lui aussi, comme si elle l'avait transpercé avec quelque chose de tranchant. Finalement la femme qui l'accompagnait le tira pour l'éloigner ; mais avant de partir il prit son verre vide et le brisa par terre.

— Tu viens, oui ? dit la femme en tirant, tu veux te faire tuer, con ?

— Salope ! cria-t-il à Barbara. Garce !

— Tu as vraiment la manière avec les hommes, n'est-ce pas ? dis-je quand ils furent partis.

— Comment ? fit-elle d'un ton glacial.

— Qu'est-ce qu'il te voulait ?

Elle bâilla.

— Oh lui ? Il aime les parties carrées, sinon il ne bandoche pas. Quelle idée !

Tom me fit comprendre ce que Staniland avait bien été forcé de comprendre : plus un homme suppliait Barbara, plus elle prenait plaisir à ne pas lui donner satisfaction.

— Bon, fis-je soudain. Il faut que je parte.

— Pourquoi ça ? Tu n'as pas encore fini ta bouteille. Il est tôt.

— C'était une soirée agréable. A bientôt. Tu finis la bouteille. (Je pris mes cigarettes sur le bar.)

— Attends, on ne finira la bouteille ni l'un ni l'autre, dit-elle. Ce qu'on va finir, toi et moi, c'est autre chose. Tu as un appart' ?

Je pensai à mon appartement lugubre d'Earlsfield :

— J'ai un appartement lugubre à Earlsfield.

— Ta vieille t'attend ?

— J'espère bien que non. Je ne suis pas marié.

— Bon Dieu, ça change tout. (Elle m'entraînait vers la sortie.)

— Ecoute, j'aimerais vraiment, lui dis-je, mais je ne marche pas.

— Et pourquoi ? Ne me dis pas que tu peux pas triquer, toi aussi.

— Non, non, ça fonctionne bien.

— Alors où est le problème ? Tu m'as dit que je ne te déplaisais pas.

— Eh bien justement, dis-je en secouant la tête. Je me demande si je tiens à m'engager.

— C'est plutôt minable, comme argument, merde.

— Eh bien, prends-moi pour un minable.

— Ça ne me dérangerait pas ; seulement je n'ai pas l'impression que tu en sois un.

— Moi non plus.

— Ecoute, fit-elle, allons chez moi. C'est plus près, New Cross.

— Tu es vachement pressée. Je ne suis pas habitué à faire des conquêtes aussi vite.

— Peut-être. Tu en as fais une, n'empêche.

Une silhouette à l'air simiesque, portant une veste rouge, s'approcha de nous. Il avait d'ailleurs un triangle de cheveux sur le front, qui descendait jusqu'à l'arête du nez.

— Y a des ennuis ici ? demanda-t-il.

— Oui, répondit-elle en me quittant des yeux, toi.

— Mollo, dit l'homme à la veste rouge. On n'aime pas les histoires ici.

— Très bien alors, fit-elle, dans ce cas, plus vite tu décampes, moins il y aura d'histoires.

Le portier arriva.

— Fais gaffe, murmura-t-il à son collègue. (Il me désigna d'un coup de tête.) Le type dit qu'il est membre du Parlement.

— C'est vrai ?

— C'est vrai, dis-je. Je fais partie des députés bagarreurs.

— Bon, ça va alors, dit l'homme à la veste rouge. Tant que vous ennuyez pas la dame.

— C'est toi qui me casses les pieds, Ernie, fit Barbara. (Quand il fut parti, elle me dit :) Il a essayé de me grimper une fois. L'ennui c'est que je n'aime pas les hommes avec des poils partout, même quand ils sont proprios de la boîte. Mais il espère toujours avoir sa petite partie de jambes en l'air quand même.

— Qui d'autre est proprio ? demandai-je. Harvey Fenton ?

Son regard me lacéra comme un poignard.

— Pourquoi ? Tu le connais ?

— J'en ai entendu parler.

— Alors tu en restes là, si tu sais voir ton intérêt.

— On parlait d'une partie de jambes en l'air.

— Oui, et c'est avec toi que j'en ai envie. Alors qu'est-ce qu'on fait ?

— On se l'offre.

— Je t'ai converti, on dirait ?

— Je n'avais pas besoin d'être converti.

— Tu es vraiment député travailliste ? s'enquit-elle comme nous sortions dans la rue.

— Non.

22

— Assieds-toi, dit Barbara lorsque nous fûmes entrés.

— Bien, dis-je en choisissant un fauteuil, nous voilà enfin seuls.

C'était un joli appartement, mais il avait quelque chose de neutre, d'impersonnel. Les meubles, la chaîne hi-fi étaient du genre qu'on achète à tempérament ; l'éclairage était direct et trop vif.

— Je te prépare un verre ? demanda-t-elle.

— Oui, merci. Pas beaucoup d'eau. Plein de glace. Elle revint de la cuisine avec un scotch pour chacun, et s'assit sur la chaise en face de moi.

— Eh bien ? dit-elle. On commence par où ?

— A parler, tu veux dire ?

— C'est ça.

— Je ne sais pas, fis-je, pourquoi tu ne lances pas une question ? Mais rien de trop explosif.

— D'accord. Qu'est-ce que tu fais dans la vie ?

— Explosif, dis-je.

— Pourquoi ? Tu ne gagnes pas d'argent ? Ou tu en gagnes trop ?

— Cent livres net par semaine. Ça te paraît trop ?

— Non. Réglo-réglo ?

— Très explosif, enfin ça pourrait l'être. Mais ça ne l'est pas dans mon cas. Je les gagne honnêtement.

— Je ne veux pas être indiscrète, vraiment, c'est seulement que, vu d'où je viens, l'argent est un sujet qui compte, pour moi.

— D'accord, fis-je, eh bien disons que je me débrouille.

— Alors je tombe amoureuse d'un homme à mystère.

— Il n'y a pas de mystère, ça n'a aucun intérêt, c'est tout. (Je ne voulais pas lui en dire trop tout de suite. Je voulais laisser les événements décider tout seuls d'une histoire, je voulais me ménager plusieurs issues.) En tout cas, tu tombes amoureuse vachement vite.

— Trop vite ?

— Le feu au cul, ce n'est pas ce qu'on appelle la grande passion.

— Salaud ! cria-t-elle. (Elle se redressa sur sa chaise et m'envoya le contenu de son verre à la figure. Ce dernier suivit. Verre et contenu manquèrent la cible et atteignirent le rideau derrière moi.)

— Rien de cassé, fis-je, comme ça tu peux nous en préparer un autre. Mais ne gâchons pas le suivant.

Quand elle revint avec les nouveaux verres, elle s'était calmée.

— Tu es un drôle de mec, toi alors.

— Tu veux dire que tu ne m'avais pas vu comme ça dans la boîte ?

— C'est ça, en gros.

— Toi aussi, tu as des côtés cachés.

— Ça veut dire que tu ne me fais pas confiance ?

— Confiance ? (J'éclatai de rire.) Je n'ai pas la moindre confiance en toi. Comment veux-tu ?

— Alors on se plaît, et c'est tout ? (Je l'observais, essayant comme une malheureuse de jouer la fille qui vient de tomber amoureuse.)

— Bah, je me suis déjà fait avoir jusqu'au trognon par une femme, dis-je. Il y a longtemps, mais quand même.

— Je parie que tu le méritais.

— Peut-être bien que oui, peut-être bien que non. En tout cas, te voilà renseignée.

— Bon, il faudra que ça fasse l'affaire pour le moment.

— Je ne tiens pas à me brûler encore les doigts. Je suis sûr que tu as dû en mener en bateau plus d'un, dans le passé. Avec ton physique, ça me paraît fort probable.

— Ecoute, pourquoi on ne va pas se coucher, tout simplement, pour voir comment ça marche. J'en ai assez d'échanger des demi-vérités.

— Je vais te dire pourquoi il n'en est pas question. (Je décidai de lui rentrer dans le chou.) C'est que tu commences à me débecter. (Je criai les derniers mots. Cela me coûta beaucoup, mais j'y parvins. Cela me coûtait beaucoup parce qu'elle avait légèrement écarté les cuisses et que, de l'endroit où j'étais assis, en face d'elle, mon regard remontait entre ses jambes jusqu'à son slip blanc, et que ça m'excitait considérablement.) Ecoute, tu sais ce que c'est, dis-je plus calmement. Si toi et moi on baise juste une fois, tu n'auras plus envie de moi dans la minute qui suivra, tu le sais bien. N'est-ce pas, Babsie ?

— Ne m'appelle pas Babsie. (Elle dit ça avec indulgence.) C'est bon pour les michetons. Appelle-moi Barbara. Et je ne t'enverrai pas balader illico. C'est vrai que je fais ça, d'ordinaire. Mais pas avec toi, je ne crois pas.

— Pourtant, tu as eu beaucoup d'autres hommes.

— Oui, et alors ?

— Qu'est-ce qu'il est advenu d'eux ? Aucun d'eux n'a compté pour toi ?

— Ils n'étaient pas à la hauteur.

— Je vois. Où se situe la barre ?

— A ton niveau.

— Non. Je ne tiens pas à perdre la tête pour une femme et qu'elle me dise ensuite d'aller me faire voir. (Je me levai.) Je préférerais dire bonsoir et partir maintenant.

Au bout d'un moment, elle parla :

— Assieds-toi. Je veux un homme fort et tu l'es.

— Je ne suis pas fort. Je suis simplement réaliste.

— Même chose. Tout ce que je sais, c'est que tu me frappes là où je suis vivante.

— Tu ferais mieux de prendre un autre verre, alors.

— Je vais te chercher ça. Je sais où tout se trouve.

J'éclusai rapidement le verre suivant.

— Bon ? Et la séance au pieu alors ? (Je savais que, quoi que je fasse, je devais prendre avec elle le contre-pied de l'attitude de Staniland. Le plus possible. Il fallait la dominer si je voulais garder le terrain conquis avec elle. Je m'aperçus que ce n'était pas aussi difficile que Staniland l'aurait jugé.)

Elle aussi but son verre rapidement.

— D'accord, dit-elle, allons-y.

— Il va falloir que ce soit rapide, dis-je. Je dois être au travail à huit heures. (Je regardai ma montre ; il était cinq heures moins le quart.) Où va-t-on ?

— Tu es romantique, hein ? dit-elle. T'emballes les filles en cinq sec, à ta manière.

Il importait de la flatter.

— Je plains le type qui essaierait de t'emballer, dis-je. Il ne sortirait pas du ring, même à quatre pattes, après le premier round.

Elle rit ; elle ne put cacher son plaisir.

— C'est mieux, dis-je. Le rire c'est important, surtout si on est amoureux.

— Je ne savais pas.

— Tu as été aveugle jusqu'ici. Tu n'as pas découvert ce qu'est la passion. Tu as eu beaucoup d'hommes, mais tu n'as pas vraiment pris de plaisir avec eux.

— Tu n'es pas très loin de la vérité.

— Tu as déjà eu un orgasme ?

— J'en ai entendu parler. Je ne crois pas que j'en aie déjà eu.

— Si tu en avais eu un, tu l'aurais su. Ça se pourrait cette fois-ci.

— Bah, tiens.

— On verra.

Elle fut timide quand vint le moment de passer au lit. Ce n'était pas le genre de femme que l'on déshabille sous le coup de la passion, directement sur la carpette du salon. Lorsque je voulus défaire son soutien-gorge, elle dit :

— Ecoute, il faut faire ça convenablement.

— Pourquoi ?

— Parce que c'est notre première fois.

Je n'en crus pas un mot. Nous étions tous deux en train de jouer, et je me demandais qui l'avait aidée à écrire son scénario. Vrai, je la désirais, pourtant une partie de moi-même n'était pas pressée — la partie cérébrale. Si j'éprouvais pour elle ce violent accès de désir, c'était parce que je n'avais pas eu de femme depuis si longtemps. Je me faisais horreur. Ça ne m'arrêta pas, mais je lui mentais, en cachant ma motivation réelle, complexe, et ça ne me plaisait pas. J'allais fortifier le mensonge que je jouais en baisant la maîtresse d'un cadavre pour l'amener par la ruse à dégorger ce qu'elle savait de sa mort. Mais je n'avais pas l'impression d'être pour autant un chevalier à l'armure blanche ; je me demandai quelle était vraiment la valeur de la vérité, si pour y parvenir, il fallait tant de mensonges. Assis dans mon fauteuil au rembourrage dur, caressant un dernier verre de Bell's tandis que Barbara se préparait pour se mettre au lit, je me rendis compte que si j'avais agi librement, s'il n'y avait pas eu Staniland, ses cassettes et ses écrits, Barbara m'aurait fait perdre la tête, ce qui n'aurait été guère difficile dans mon cas, ou alors j'aurais dit sèchement : « écoute, je suis flic et j'enquête sur la mort d'un homme », et j'aurais récolté des insultes et le silence. Je me serais senti moins mal à l'aise ainsi, mais il fallait que je découvre ce qui était arrivé à Staniland, et le fait que je ne laisse pas Barbara indifférente sur le plan physique m'ouvrait la seule voie. Malgré tout, je me trouvais dégueulasse, j'avais l'impression d'être un vulgaire agent double. Il fallait peut-être avoir un don pour la comédie pour être agent double, mais ça ne me rendait pas moins dégueulasse.

Je l'entendis passer de la salle de bains dans la chambre, et je sentis l'odeur du savon et de la vapeur. Puis je l'entendis s'introduire sous les draps avec un froissement d'étoffe, dans l'obscurité.

— Viens, lança-t-elle.

Je me retrouvai près du lit, arrachant mes vêtements fébrilement pour la rejoindre. Mon corps était sans scrupules, en tout cas.

— Doucement, doucement, dit-elle au bout d'un moment. Ça vient.

— Est-ce qu'on ira encore dans une boîte demain?

— On prendra tranquillement le petit déjeuner et puis on avisera.

— Je croyais que tu allais travailler, tu m'avais dit.

— Pas aujourd'hui. Je prends la journée. J'irai au bureau pour expliquer. Il faudra que j'y aille, j'ai des affaires à régler, puis on se retrouvera à l'heure du déjeuner.

— D'accord, fit-elle d'une voix ensommeillée.

— On déjeunera ensemble. Je vais te dire où on peut se retrouver. Tu aimes la cuisine indienne ?

— Comment savais-tu que j'aimais la cuisine indienne ?

— Je ne sais pas.

— Peut-être parce que j'aime ça. (Elle ajouta :) Je pourrais presque t'arracher les yeux, tu sais. J'en ai eu un. Un orgasme.

— Je sais.

— Tu n'es pas comme ces couilles molles que je me coltine d'ordinaire.

— Bien, ne dis plus rien maintenant. On parlera plus tard.

— Oui, j'ai envie de dormir maintenant, mais ne me lâche pas avant que je m'endorme.

23

Quand je me levai à sept heures trente, Barbara dormait toujours, la tête sur les bras, le corps tourné sur le flanc droit. Je laissai une note sur l'oreiller lui disant de me retrouver au Quadrant à une heure, et ajoutai l'adresse. Puis je sortis dans la rue aussi froide que la Tamise et pris un taxi pour retourner au 84.

Je trouvai ma voiture là où je l'avais laissée, alors qu'un contractuel était en train de me remplir une contravention. C'était un jeune homme qui avait des yeux bleus au regard doux et une ombre de barbe.

— Arrête, petit, fis-je. C'est une voiture de police.

— C'est ce que tout le monde dit.

— Certains d'entre nous parlent sérieusement. (Je lui montrai ma carte.)

— Oui, mais j'ai rempli la contravention, dit-il, c'est trop tard, une fois que j'ai commencé d'écrire. Désolé, sergent.

— Celui à qui tu devras faire tes excuses, c'est le Ministre des Finances. C'est lui qui en sera de sa poche de six livres à la fin de l'année budgétaire.

— Mais le véhicule était banalisé.

— Il y a une bonne vieille raison toute bête à cela, dis-je en prenant la contravention, c'est qu'un grand nombre de malfrats savent lire, de nos jours.

J'allai à Saville Row et laissai la Ford au parking du

commissariat. Puis je revins sur la façade de l'immeuble et entrai sans façons par la porte principale, comme un criminel qui vient déposer plainte. Je dis bonjour à plusieurs personnes en me dirigeant vers l'escalier, mais ils me voyaient si rarement que personne ne me reconnut sauf le sergent de la réception, ainsi qu'un malfrat entre deux flics que j'avais arrêté une fois, et qui paraissait avoir passé la nuit à répondre à des questions embarrassantes sur son passé immédiat.

Je montais au second étage où se trouvait mon bureau quand je tombai nez à nez avec Bowman.

— Bon sang, c'est toi, dit-il. Tu es toujours sur cette affaire Staniland ?

— Toujours ? Je ne suis dessus que depuis quatre jours.

— Quatre jours ? Tu aurais dû coffrer le mec depuis deux jours. Tu vas travailler le week-end si tu te magnes pas le train.

— Ne sois pas ridicule. Si tu tirais tout au clair aussi vite, on te ficherait à poil, on chercherait les microplaquettes pour savoir comment tu as fait.

— Comment ça marche, de toute façon ?

— Je ne peux pas trouver de preuve. Tu me connais... Lent, rapide, lent, rapide, M. Foxtrot, on m'appelle. Voilà pourquoi je suis encore sergent alors que tu te prépares à être commissaire à la Mondaine. Tout ce que je peux te dire, c'est, quand ça t'arrivera, te fais pas coincer à regarder des photos cochonnes pendant le service.

— Tu me fais vraiment rigoler, je t'assure, dit Bowman, tu sors des vannes meilleures que celles des truands. (Il poursuivit :) Maintenant, écoute, je ne plaisante pas, pour une fois. Tu es un bon flic — tu ne peux pas rester toute ta vie au A 14. Pourquoi tu ne laisses pas tomber et que tu ne viens pas à la Criminelle avec nous ? Agis dans ton intérêt. Allons, je pourrais t'obtenir le transfert.

— Non.

— Tu ne peux pas me sentir, c'est ça ?

— Ça n'a rien à voir. Si on ne travaillait tous qu'avec les

gens qu'on aime bien, il n'y aurait pas de police. Non, je te l'ai dit, j'aime être indépendant, j'aime travailler à ma façon.

— Bon Dieu, dit Bowman, comme si je ne le savais pas... Je me demande si tu ne serais pas mieux avec le M 16 ou les Brigades spéciales, tu aimes tellement faire tes coups en douce. Sapristi, tu aimes trop ça... Tu ne fais pas surface assez longtemps pour avoir de l'augmentation, sans parler de promotion.

— Chaque fois que tu parles de promotion, tes yeux s'allument comme ceux d'un écrivain dans le vent qui rêve d'être Commandeur de l'Empire Britannique.

Voilà ce qui arrivait toujours entre Bowman et moi. On commençait par se faire des amabilités et puis, en deux coups de cuiller à pot, on s'attrapait à la gorge. Heureusement, on ne se rencontrait pas trop souvent, comme je l'ai dit ; ça se serait sans doute terminé par un meurtre.

— Tu pues toute la saleté de cette affaire Staniland, dit-il en me reniflant. On dirait que tu sors tout droit du boudoir d'une cocotte. (Je ne pouvais lui dire à quel point la déduction était juste.) Moi, ce que je te dis, c'est de passer chez nous. Je t'aiderai. Mais je ne peux pas t'aider si tu n'y mets pas du tien.

— Je n'en crèverai pas, si je ne deviens pas inspecteur.

— Tant mieux, dit Bowman, parce que tu n'as aucune chance au A 14. Je ne connais pas un seul type qui ait dépassé le stade de sergent et je ne vois pas pourquoi tu te casses le cul.

— Ma foi, parce que ça me fait mal de voir un alcoolique plus tout jeune qu'on tabasse à mort.

— Alors, si j'étais toi, je retomberais sur le poil des gens que tu as interrogés et je serrerais la vis pour de bon. Je leur foutrais une trouille de tous les diables. Il y en a un qui doit te mentir. Il y a toujours quelqu'un qui ment. Active la soufflerie, fais-moi ronfler tout ça. Les grandes orgues vont donner de la voix en moins de deux.

— Oui, mais ça jouera complètement faux. C'est une

affaire dans laquelle il faut extraire la vérité petit à petit, pas taper dessus avec une matraque.

— Extraire la vérité petit à petit ? dit Bowman. (Il éclata de rire.) Tu y seras encore dans quatre-vingt dix-neuf ans. Moi, je décroche une condamnation en quatrième vitesse. J'obtiens des résultats, n'est-ce pas, sergent ?

— Oui. Mais vous êtes cinq.

Nous nous séparâmes sur une note aigre, comme à l'accoutumée. J'entrai dans mon bureau et claquai la porte.

Je m'assis à mon bureau dans la pièce 205, passe-temps que je n'appréciais guère. Mais c'était calme ici, et j'avais besoin de calme. Tout autour de moi j'entendais l'Usine bourdonner, besogner. Les gens criaient les uns après les autres, des employés descendaient le couloir d'un pas lourd avec leurs grosses chaussures. Je passai un quart d'heure à penser à Barbara, les coudes sur le bureau et le menton entre les mains. Je regardai les affiches de la police sur les murs, qui vous disaient de faire attention, il y avait un truand dans les parages, ou bien indiquaient quoi faire lors d'une crue de la Tamise. Je fixai mon regard sur la chaise inconfortable où s'asseyaient les gens qui devaient subir un interrogatoire, sur le radiateur du Ministère des Travaux Publics, peint en vert infirmerie, et sur le vase de fleurs posé sur la table où s'installait un autre flic pour témoigner de ce qui s'était dit ici. On ne disait plus rien dans la salle 205, aujourd'hui, et les fleurs étaient fanées depuis des semaines. Je ne savais même pas qui les avait mises là — peut-être Brenda, la femme-agent de police qui me lorgnait en dessous de temps en temps. Je pensai à ses jambes qui n'étaient pas mal dès qu'elle avait ôté ses souliers réglementaires, mais aussitôt le corps de Barbara s'interposa.

Je me mis à penser à Bowman avec quelque amertume. Il était à la tête de son équipe à la Criminelle ; il résolvait ses affaires de façon collégiale en fait. Seulement, en même temps, il prenait moins de responsabilités individuelles... Si Bowman faisait une connerie, généralement il pouvait accuser quelqu'un en dessous de lui, mais de toute façon les emmerdes finissaient par retomber sur le Préfet de Police ou sur un chef de police locale s'il s'agissait d'une affaire provinciale. Mais dans mon cas, tout me dégringolait sur le dos. Cela, je l'acceptais, mais parfois, ça m'empoisonnait, surtout quand j'étais fatigué, comme aujourd'hui.

Les manchettes des journaux me firent encore penser à Staniland. Il y avait eu huit lignes sur lui dans le « Standard » lundi, et c'était tout. Les journaux du dimanche n'en avaient pas parlé... Pourquoi l'auraient-ils fait ? Pas de gros titre à espérer dans son cas, rien dans le genre « J'ai été violé, hurla le serveur espagnol », ou similaire. On retrouve un alcoolique entre deux âges tabassé à mort dans des taillis à Londres 0. 5. Rien à se mettre sous la dent ? Pas d'espionnage ? Pas de dessous de table, pas de règlements de comptes ? Pas de rouleau d'un millier de livres en coupures sales de cinq livres dans la poche de son imper ? Pas d'histoire de fesses ? Pas de petite amie éplorée, de gosses ou de vieille maman ? J'entendais d'ici les rédacteurs dire : « fichez-moi ça en l'air », quand c'était arrivé par télex. Rien à voir avec un viol, ou des homicides à répétition commis par un dingue en folie armé d'une ancienne hache de guerre volée, ou un kidnapping, ou une escroquerie bancaire à grande échelle, ou encore du grabuge politique impliquant le SAS ou les Brigades spéciales. Chaque fois que je pensais aux Brigades spéciales, j'éprouvais de l'amertume, parce qu'une fois j'avais posé ma candidature pour y entrer. J'avais été accepté, puis soudainement refusé après avoir réussi l'entretien, sans qu'on me dise pourquoi (on ne vous dit jamais ce genre de chose). Je soupçonnais que ça devait avoir un rapport avec mon divorce. Des gens comme Bowman ne savaient pas que j'avais déjà posé ma candidature, mais c'était consigné dans mon dossier quelque part — tout se trouve dans votre dossier, jusqu'à la dernière fois où vous avez mis des sous-vêtements propres.

Ma foi, je m'en tirais au mieux. J'étais divorcé. Parfaitement. Je n'avais pas besoin des rentrées supplémentaires d'argent que m'aurait apportées une promotion. J'avais mon appartement à Earlsfield, une voiture et une télé couleur — que pouvait demander de plus un homme seul ? D'ailleurs, comme je l'avais dit à Bowman, j'avais le genre de mentalité à apprécier le travail au A 14. De temps à autre également, on tombait sur quelque chose de très intéressant, de très délicat, qui débutait, comme le reste, de façon fort banale.

Staniland ne faisait pas partie de cette catégorie.

— Entre nous, m'avait dit Bowman, Staniland est l'une des affaires les plus inintéressantes que j'aie jamais connues.

Je ne partageais pas son point de vue. Il y avait au moins deux personnes, sa veuve et Viner à la BBC, qui n'avaient été nullement indifférents aux malheurs de Staniland — trois personnes, moi compris. Pour moi, Staniland, ce n'était pas seulement un corps de plus à la morgue. Par ses écrits et ses cassettes il était toujours vivant, en ce qui me concernait. Je m'étais mis à penser, à rêver, voire à être Staniland, par procuration, cela avant même d'avoir rencontré Barbara. A présent, du fait de mes relations avec elle, je prenais malgré moi, comme Staniland lui-même, une forme nouvelle, plus complexe.

Je savais que c'était dangereux, mais Barbara commençait à m'obséder ; je pouvais encore tomber amoureux d'elle si je n'y prenais garde.

J'imaginais la manchette des « Nouvelles de la Police » : « Un sergent-enquêteur épouse une entraîneuse de boîte londonienne. » Je tressaillis.

Dommage que ça ne doive jamais se faire. J'aurais demandé à Bowman d'être garçon d'honneur.

24

Je parcourus des yeux la cohue de l'heure du déjeuner, au Quadrant. Les publicitaires, vêtus de leurs costumes de flanelle, portant cheveux en brosse et mallettes de cadre, se trouvaient au bar élégant ; à côté d'eux, mais sans leur adresser la parole, se tenait le contingent des gens de la confection de Great Portland Street. Les deux armées étaient assistées de secrétaires qui pépiaient d'une voix stridente par-dessus les verres de gin chaud et de tonic. Elles recevaient des tapes sur leur derrière unisexe, de temps en temps ; sinon, on les laissait faire leurs propres projets de mariage. Parfois, le visage enthousiaste d'un producteur ou d'une productrice surgissait, comme mû par un ressort, par la porte du bar ; il s'agissait des gens d'ITV, au coin de Wells Street. Ou encore, un présentateur du journal télévisé traversait la scène d'un air lointain, trop absorbé dans les catastrophes mondiales pour qu'on le voie parler à qui que ce soit. Pourtant, si ces gens-là restaient, ils commandaient des demi-pintes démocratiques de Lager et parlaient boutique, avec des gestes et des sourires bien mis au point, singeant « La Haute Bourgeoisie », nouveau feuilleton télévisé que passait la société dans laquelle Lord Grunte, le nouveau Ministre des Affaires Etrangères, avait une participation majoritaire.

Moi, j'étais du côté le moins reluisant, où se trouvaient les machines à sous, les juke-boxes et les voyous. C'était bourré en ce moment de chauffeurs de chez Planet, en face, qui descendaient de la Guinness et mangeaient des saucisses, de la purée et des petits pois sur le comptoir-déjeuner. Un jeune qui, je le savais par hasard, avait fait huit ans pour meurtre (ç'aurait dû être la perpétuité) était seul sous la fenêtre près d'un jeu vidéo ; il ne buvait pas, il ne faisait rien. Il avait le visage blanc ; il avait les cheveux coupés ras et était entièrement vêtu de noir. Il avait même ciré ses baskets en noir. Non seulement c'était un assassin, mais il en avait l'air, ce que, en tant que policier, je trouvais plutôt stupide de sa part. Au majeur de sa main droite il portait une grosse bague d'argent en forme de crâne avec deux rubis en strass à la place des yeux, au cas où on n'aurait pas saisi l'allusion du premier coup ; tous les autres doigts de la main, ainsi que le pouce, étaient inclinés vers cette bague. Son regard glissa sur moi, sur tous les consommateurs ; il ne se fixait sur aucun, il les traversait sans s'attarder. J'imaginais son expression inchangée, qu'il commande une bière ou presse sur la détente ; les deux moitiés de sa personnalité ne pouvaient pas, et n'avaient jamais pu, se rencontrer. Je remarquai aussi deux célèbres escrocs qui passaient en jugement la semaine prochaine devant la Cour de Knightsbridge Crown. Ils bavardaient avec l'homosexuel vieillissant de la cité ouvrière de Gosfield Street, qui élevait des Doberman Pinschberg. Le plus petit des deux escrocs s'était fait méchamment taillader la figure, et pérorait, ivre, en pleurnichant. Les entailles étaient récentes et portaient des points de suture ; elles évoquaient une bouteille brisée. Selon toute vraisemblance il avait balancé quelqu'un, et la vengeance avait tout juste eu le temps de se faire sentir avant qu'on ne le fourre en prison.

Barbara entra tout à coup. Ce qu'elle portait n'aurait pas parlé en sa faveur auprès de la clique dans le vent de la télé, encore moins de leurs secrétaires. Mais il y eut tout de même un moment d'attention quand elle entra ; même l'assassin tourna les yeux vers elle. Sa robe orange détonnait sur cette rive de la Tamise, et ses escarpins à hauts talons auraient détonné partout ailleurs qu'au Club 84. Elle y était allée un peu trop fort, et ça se voyait. Mais ça ne semblait déranger personne ; elle en jetait.

— Tu es en retard, dis-je.

— Oui, oui, mais ne commençons pas cette belle journée de travers.

— Qu'est-ce que tu prends ?

— Tu ne me fais pas un bisou ?

— Pas ici.

— Bon. Je vais prendre un Martini doux.

— Tu es folle de boire ça. Les femmes ont le foie trop fragile.

— Dis donc, tu me donnes des ordres ?

— Oui, si tu es ma petite amie.

— Je ne suis la petite amie de personne.

— Parfait, eh bien dans ce cas, je n'irai rien te chercher. A quoi bon ?

Elle pâlit de rage.

— Tu as un foutu culot, siffla-t-elle entre ses dents. Elle sortit en coup de vent, suivie du regard par tous les producteurs et les confectionneurs. Un des producteurs me fit observer :

— Dites donc, mon vieux, vous ne devriez pas la fiche en pétard, une nana roulée comme ça.

— Essayez de garder vos réflexions pour vous, dis-je, et bouclez-la.

Je bus ma bière, attendant de voir si elle reviendrait ; j'étais sûr que oui ; comédie, sans plus. Néanmoins, derrière, il y avait son corps que seuls la violence et l'asservissement faisaient réagir ; il lui jouerait toujours des tours.

Elle revint au bout de dix minutes, bouillant de colère sous le maquillage qu'elle s'était refait.

— Pourquoi tu m'as traitée comme ça, salaud ? dit-elle.

— C'est la seule façon avec toi. Si je te laissais la moindre liberté d'action, tu m'écraserais, et là, je ne marche pas.

— Continue.

— Plus tard, au déjeuner. Maintenant je reprends : qu'est-ce que tu veux ?

Elle éclata de rire :

— Tu me sidères... Eh bien, je ne prendrai pas de Martini doux, en tout cas !

— Parfait, alors partageons une bouteille de champagne. J'ai envie de fêter ça, et avec de la bière c'est impossible. Tu y connais quelque chose, au champagne ?

— C'est juste du champagne.

— Ah ça non. J'ai lu ça dans le *Sunday Times*, mais c'est tout ce que je me rappelle.

— C'est vraiment tout ce que tu sais sur le champagne ?

— Comment veux-tu que je connaisse quelque chose que je n'ai bu que deux fois ? En tout cas, ajoutai-je, tu ne sais rien sur les hommes.

— Comment veux-tu ? Je suis une femme.

Ce à quoi je ne pus trouver de réponse : aussi dis-je à la fille derrière le bar :

— Une bouteille de champagne. Une bonne.

— Vous voulez dire le Cliquot ? fit-elle, sidérée. Mais c'est cher, ça va vous coûter huit livres vingt.

— Eh bien c'est ça.

L'arrivée du champagne introduisit entre nous une note artificielle, presque innocente — comme si, un instant, nous étions en définitive un couple de jeunes mariés qui se portaient un toast. Elle m'embrassa au-dessus de nos verres ; je me crispai furieusement en dedans. Je lui rendis son baiser, mais c'était un baiser chaste ; j'eus ce sentiment cauchemardesque que n'importe quel condé de l'usine, observant les gens d'un coin de la salle, pourrait fort bien me reconnaître.

— Tu n'es pas aussi ardent le jour que la nuit, dit Barbara, si je peux me permettre.

— Je me débrouille mieux sans public.

— C'est drôle, pour la plupart des hommes, c'est le contraire. (Elle but un peu de champagne.) Tu n'as pas honte qu'on te voie avec moi, ou je ne sais quoi ? Tu te prends pour qui ?

— Un amoureux, et je n'ai jamais eu honte de rien dans ma vie. J'ai eu une enfance très heureuse.

— Pourquoi tu ne t'es jamais marié alors ?

— Je l'ai été une fois, lui rappelai-je. Mais c'est absurde de vouloir changer d'habitudes, on est toujours déçu.

25

Nous déjeunâmes à la « Lumière de l'Inde », à Fulham Road ; c'était la meilleure cuisine indienne que je connaisse dans le coin, bien que ce ne fût pas donné.

— Je prends un phal de bœuf, dis-je. Mais pas toi. C'est trop fort pour toi. Prends un dupiaza.

— Je prendrai ce qui me plaît, dit-elle sèchement, et elle commanda un vindaloo.

— Indépendante, hein ?

— C'est ce que tu aimes chez moi. Du moins, j'ai deviné ça chez toi.

— D'accord. En ce cas, pourquoi ne prend-on pas du bouquet avec des épinards pour aller avec ? En plus, c'est bon et pas très cher.

— Il y a une chose que je dois dire de toi, fit-elle. Tu as de la classe, bon sang.

— De la classe, j'en ai fait provision. Et d'argent aussi.

— Et ça mène à quoi théoriquement ? dit-elle froidement. Un compte commun ?

— Non, à une bouteille de vin. Tu t'y connais en vin ?

— Je préférerais prendre de la bière avec le curry.

— Merde, on prendra les deux.

Quand tout fut arrivé et que nous mangions, elle m'annonça :

— Je ferais mieux de te dire quelque chose, parce qu'après ce sera ta dernière chance.

— Dernière chance pour quoi ?

— Pour sauter du train en marche. (Elle marqua une pause.) Je suis en train de tomber amoureuse de toi. Non. Je suis tombée amoureuse.

Je ne dis mot.

— On pourrait simplement prendre ce déjeuner, pas désagréable du tout, et puis en rester là.

— Nous pourrions, dis-je, mais il n'en est pas question.

Nous nous regardions, l'air furieux, chacun de notre côté, tandis que le personnel se tenait debout au fond dans la pénombre, serviette au bras, avec des signes de tête approbateurs, aux accents de leur musique aérienne. Tout le monde aime regarder un couple amoureux.

— Je n'étais qu'une petite vierge frigide jusqu'à hier soir, et pourtant j'ai eu des centaines d'hommes.

— Ce n'est pas un crime.

Elle fut aussitôt sur le qui-vive.

— Un crime ? Drôle de mot à utiliser.

— C'est une figure de style. Je me moque que tu aies eu une centaine d'hommes. Ils font tous partie du passé.

— Pas tous.

— A partir de maintenant, si.

— Tu parles sérieusement ?

— Je parle sérieusement. J'ai eu des femmes, moi aussi. Mais il m'a fallu toi pour que je comprenne qu'elles n'étaient pas faites pour moi.

Elle tressaillit.

— Je t'aime, dit-elle avec une grande intensité.

— C'est pareil pour moi. Mange, ça refroidit.

— Je n'ai d'appétit que pour toi. Tu coupes l'appétit aux filles.

— Ben moi, j'ai faim.

— Mange alors. Un amant, ça a besoin de beaucoup de protéines. J'ai lu ça dans le *Mirror*.

Le maître d'hôtel s'approcha.

— Tout va comme vous voulez, Monsieur ? Madame ?

— Absolument.

— Excusez-moi, Monsieur, dit-il, en fronçant les sourcils dans un effort de mémoire, ne vous ai-je pas déjà vu ici ?

Un frisson de froid me parcourut.

— Non, je ne suis jamais venu ici. En aucun cas je ne peux être la personne pour laquelle vous m'avez prise.

— Je suis tout à fait désolé, Monsieur. Je me suis trompé, dit-il en se retirant.

Quand il fut parti, Barbara observa :

— Je me demande pour qui il t'a pris.

— Dieu seul le sait.

— Il avait vraiment l'air de te reconnaître. Les garçons ont une bonne mémoire. Ils sont obligés.

La première fois que j'étais entré à la « Lumière de l'Inde », c'était pour arrêter un soûlot qui refusait de payer sa note, quand j'étais un jeune flic et que je travaillais à Chelsea. Puis, plus tard, lorsque j'étais à la P.J. de Chelsea, je me mis à y manger de temps à autre en dehors de mes heures de service. J'avais une moustache à cette époque, que j'avais rasée depuis longtemps ; voilà pourquoi il avait hésité.

Barbara disait :

— Je crois que tu ferais vraiment mieux de me parler davantage de toi, les choses étant ce qu'elles sont. Tu es toujours un mystère pour moi, et je n'aime pas ça quand je sors avec un type, c'est normal, non ? Une chose qui me frappe, par exemple, c'est que tu n'es pas le genre de type à fréquenter beaucoup les boîtes du sud de Londres. Tu te débrouilles très bien, mais ce n'est pas vraiment ton style.

Je prévoyais la suite.

— Alors qu'est-ce que tu fais dans la vie ? Allez, dit-elle tout net.

— Je te l'ai déjà dit… Ça présente si peu d'intérêt que ça pourrait te refroidir.

— Non, pas si c'est un boulot stable. J'en ai jusque-là des ratés. Allons, voyons si je peux deviner. Tu es intelligent et tu ne te laisses pas marcher sur les pieds. Tu aimes donner les ordres, mais tu ne joues pas les fiers-à-bras. Et tu n'es pas riche.

— Ça, certainement pas.

— Pas riche, dit-elle pensive, mais pas inscrit au chômage non plus. Non, car tu as ce travail, à une époque où il y a plus de trois millions de chômeurs. Tu es depuis combien de temps dans ta boîte ?

— Douze ans.

— Douze ans. Toujours la même boîte ?

— Toujours la même.

— Dans ton genre, tu n'es pas bavard quand tu t'y mets, hein ?

— Je ne le fais pas exprès.

— Je m'en fous. Je constate. (Elle secoua la tête d'un air pensif.) Bon sang, je ne sais pas. Si ce n'était pas tout bonnement impensable, j'aurais presque cru être tombée amoureuse d'un flic.

— Du calme, du calme. Tu es complètement à côté de la plaque.

— Bon, d'accord, alors, vas-y.

— Bon Dieu, c'est tellement prosaïque. Mais d'accord : je travaille pour une société de transport de sécurité — tu sais, le transport de grosses sommes d'argent liquide dans des camions blindés.

— Quelle société ?

Je savais qu'elle tenterait de vérifier, et je répondis donc « Ashley Security ». Ils nous laissaient nous servir d'eux, et — dans la limite du raisonnable — nous les laissions se servir de nous — aussi avaient-ils mon nom sur le registre du personnel.

Elle alluma une cigarette et ferma les yeux à cause de la fumée.

— Mais quand même, tu travailles à de drôles d'heures. Tu étais libre hier soir au 84 et tu ne travailles encore pas aujourd'hui.

— Aujourd'hui c'est spécial. Ce soir aussi. J'ai un

copain qui me remplace ce matin ; voilà pourquoi je suis allé au bureau.

— Bien, bien, dit-elle en se détendant. Ashley Security, ça alors. J'avais un petit ami qui conduisait un de vos camions il n'y a pas longtemps.

— Je ne savais pas que c'était ton petit ami, dis-je, mais tu ne te trompes pas, c'était un type qui s'appelait Lofty Walker, en 1980, là-bas à Edgware. Ecoute, si tu en as fini avec moi, tu vas bien répondre à une ou deux questions ?

— Je ne tiens pas à parler.

— Et pourquoi ? En fin de compte j'ai tout avoué.

— Eh bien, tu as dit que ton boulot sans intérêt pourrait me refroidir. Ben, la réciproque est vraie.

— Ça ne marche pas, il faut que tu me parles. Nous devons nous faire confiance. C'est sans espoir, sinon.

— J'ai côtoyé de drôles de gens.

— Peu importe. Ça ne me dérange pas.

— Oui, mais écoute, j'ai fait de la taule, tu vois ?

— Oui. Pourquoi ?

— Il n'y a pas beaucoup de femmes qui se font coffrer pour ça : coups et blessures.

Physiquement elle en avait l'air tout à fait capable, avec ses fortes épaules, ses bras solides. Belle, mais bien en chair. La seule chose qu'il lui fallait c'était un de ces accès de rage meurtrière, le déclic. La plupart des femmes séduisantes ne se précipitent pas tête baissée dans une bagarre ; elles ont peur de ce qui pourrait arriver à leur visage. Mais il y a des exceptions. Je ne soufflai mot.

— J'ai fait quatre ans à Holloway, poursuivit-elle, Hollywood on l'appelle, et le reste à Askham Open. Tu es sûr que tu veux toujours me fréquenter ?

— Ça ne change rien pour moi. Je connais plein de gens qui ont fait du violon. Et alors ? Une fois que tu as purgé ta peine, tu as payé, et voilà tout.

— Je suis sortie d'un orphelinat, tu vois, dit-elle. Personne ne voulait m'adopter. J'ai commencé à être coriace dès mon plus jeune âge, et j'étais forte. Je ne voulais pas faire un boulot à la con, et je m'ennuyais. J'étais aigrie, en plus — je voyais que j'avais le physique, mais rien ne s'offrait à moi. Bref, un soir, j'étais sortie avec une bande de mods, j'avais foutu le camp de l'orphelinat, et c'est alors que c'est arrivé — on s'est bagarrés avec des rockers sur la plage de Brighton après la fermeture des pubs. Ça a commencé parce que l'un des rockers m'a traitée de pute. J'ai ramassé une pierre grosse comme ça et je lui ai écrabouillé la tête avec ; il a fallu trois flics pour m'arracher à lui, je ne faisais plus attention à rien. Mais avant qu'ils me fassent lâcher prise, il était mort, tu vois ? On m'a dit de plaider la légitime défense, mais je me suis mis le juge à dos vu comment je répliquais au tribunal, et les jurés également, et j'ai écopé de cinq ans. Alors j'ai fait appel, malgré l'avis contraire de l'avocat, et c'est monté à sept ans. Voilà, les salauds, je les ai faits. Je n'ai pas aimé la cabane sans murs, là-bas dans le nord ; je me suis évadée pour qu'on me reprenne et qu'on me renvoie à Londres. J'aimais bien Holloway, dit-elle pensive, je commandais pratiquement là-dedans, je flanquais même la trouille aux matons. (Elle fit une pause et reprit.) Ce qu'avait dit ce gars, celui que j'ai allumé, c'était d'autant plus terrible que c'était vrai. L'ennui, ç'a toujours été mon pire ennemi. L'école ? Je détestais ça. En tout cas, je commandais dans ma classe au collège. J'étais à Holland Park, là où les profs devaient se balader avec des talkies-walkies pour appeler à l'aide s'ils se faisaient casser la figure. Remarque, ce n'est pas que j'étais bête — même les profs le reconnaissaient. Mais je détestais leurs manières paternalistes. Et je n'aimais pas leur façon d'estimer qu'ils pouvaient faire le tri dans ce que je devais apprendre — tu peux apprendre un peu de ceci, un peu de cela. Alors j'étais vraiment le défi et l'ennui incarnés, exactement comme en cabane par la suite. En tout cas, j'ai commencé à baisser ma culotte dès que j'ai compris que c'était ce que voulaient les garçons. Remarque, je n'avais pas grande opinion d'aucun d'eux — je leur montrais ce que j'avais à montrer et puis je leur disais, bon, allez, hop, exécution, et tout ce qu'ils faisaient, c'était de tomber dans la fleur bleue, et pour ça, j'ai aucun respect. Mais je me disais ; peut-être que je vais prendre mon pied. Mais je t'en fiche. J'ai fini par faire ça pour vivre.

— Bon, eh bien tout cela, c'est terminé. Ecoute, j'ai réfléchi pendant que tu parlais, et je vais te dire ce qu'on devrait faire à mon avis. Tu sais qu'il faut que je travaille — nous avons besoin de mon argent.

— Evidemment.

— Eh bien, je ne tiens pas à devenir dingue pendant que je travaillerai, à me demander ce que tu fabriques, ce n'est pas mon genre. Et puis, tu vois le style de rapports qu'on aurait ?

— Atroces.

— Exact. Alors ça dépend de toi. Tu n'as pas besoin de t'inquiéter pour moi — je ne drague pas. Mais toi, tu fais ce que tu veux, ou ce que tu ne veux pas, pendant mon absence. Je ne m'attends pas que tu restes à la maison toute la journée à te casser les pieds. Je vais te faire confiance, tout simplement parce que, sans tomber dans les idées à la mode, je crois que tout ce qui en vaut la peine doit reposer sur la confiance.

— Et si ça ne marche pas ?

— Eh bien c'est que ça ne devait pas marcher.

— Bon Dieu, fit-elle, tu n'as pas froid aux yeux. Je n'ai jamais entendu quelqu'un me sortir des trucs comme ça avant ; tu es un sacré phénomène, tu sais.

— C'est la seule façon quand tu regardes vraiment les choses.

— Eh bien, on va essayer. Comme je te l'ai dit, ce sera la première fois pour moi.

— Prenons un brandy, alors. Ça scellera l'accord. On se sentira bien.

— Un brandy ? Fichtre, on fait la fête, dis donc.

— Si on ne fait pas ça aujourd'hui, on ne le fera jamais.

— Je trouve ça dommage. C'est toujours les michés qui

me paient un brandy. Ça me fait drôle que ce soit toi qui les paies.

— Mais non. Ça en vaut la peine. Ça veut dire que je ne suis pas un miché.

Elle ouvrit son sac et me passa un billet de dix livres sous la table.

— C'est moi qui paie. Ce qui restera sera pour le déjeuner. Si on doit vraiment tout partager, on ferait aussi bien de commencer. (Quand les brandies arrivèrent, elle dit :) Ecoute, où est-ce qu'on va habiter ?

— Pas chez moi, ça, c'est couru d'avance. C'est horrible.

— Ça te plaît, New Cross ? C'est seulement trente-cinq livres par semaine et il y a de la place pour nous deux.

— Tu parles que ça me plaît. Tu ne peux pas imaginer ce que c'est moche, un appartement où vit un type tout seul.

— Tu serais surpris si tu savais à quoi je pense. J'ai vécu un moment dans un coin, à Lewisham. Bon sang, qu'est-ce qu'elle était dégueulasse, cette piaule. (Elle hocha la tête, lentement.) Mais le bonhomme est mort.

Je savais de qui elle voulait parler, mais ce n'était pas le moment de faire le flic. En la regardant, je commençai à me demander avec angoisse quand ce serait le moment.

— Parfait, dit-elle, qu'est-ce qu'on fait après ? C'est toi qui donnes les ordres pour l'instant, on dirait.

— C'est facile, répondis-je en faisant signe qu'on m'apporte l'addition. On va se coucher, puis on ira prendre un pot quelque part quand ça ouvrira.

Elle ne dit pas non. Je l'embrassai par-dessus la table. Je lui souris. Je me sentais lourd comme le plomb devant les progrès que j'avais fait en sournoiserie... C'était comme d'observer un animal s'enfonçant lentement dans le piège qu'on lui a tendu. Il fallait que je garde Staniland à l'esprit, que je pense à lui très fort.

Barbara et moi, nous commençâmes notre vie commune à New Cross à compter de ce jour-là.

26

— Rien que l'existence, dit Barbara comme nous étions au lit ce soir-là, rien que cette saleté d'existence, j'ai toujours détesté ça, ça me donne envie de dégobiller. Les gosses, l'école, les odeurs, papa qui travaille pour le conseil municipal, les repas à heures fixes, la télé le soir — à quoi bon ? Et le temps de vivre, qu'est-ce que tu en as fait ? Bah, il s'est envolé, mais avant de comprendre, tu n'es plus qu'une machine à laver et à tricoter, à bout de souffle. Et puis quand il est trop tard, que tu as cinquante ans, et la ménopause, tu te déshabilles un soir et tu vois que ce qui reste de toi, c'est peau de balle, à part une paire de vieux nichons flasques qui débordent de tous les côtés et auxquels personne ne s'intéresse. Même tes gosses ne veulent plus te connaître ; ils sont grands, ils sont dans le coup, ils ont leurs affaires de leur côté. Quant à papa, il est au bistrot à reluquer la petite pute du coin, à se soûler, prêt à faire une scène en rentrant parce qu'il sent qu'il s'est fait avoir — et c'est normal — ce vieux con.

Elle étendit les jambes dans le lit d'un mouvement brutal.

— Moi, je ne veux pas de ça, dit-elle, c'est simple, je n'en veux pas.

Dehors il s'était mis à pleuvoir. C'était le même genre de pluie froide que le soir où nous avions trouvé Staniland ; le vent s'acharnait contre la fenêtre à encadrement métallique, puis il changea de direction si brusquement que les murs tremblèrent.

— Pourtant, dis-je, il faut bien arriver entre deux âges un jour ou l'autre. On ne peut pas arrêter le temps.

— Si, on peut. On peut mourir.

— Plus facile à dire qu'à faire.

J'avais vu ça trop souvent lorsque j'étais agent, à faire des rondes, ou au poste, ou dans les hôpitaux : des gens qui avaient essayé de se zigouiller et qui avaient saboté leur affaire, et qui pouvaient s'en tirer ou passer de l'autre côté, et qui revenaient paralysés, quand ils en revenaient.

— Non, dit-elle, il faut avoir une attitude pratique devant la mort, c'est tout. Il s'agit de se décider et puis d'adopter une attitude pratique.

— Peut-être que c'est la façon dont j'ai été élevé, mais je crois que c'est mal.

— Mal ? fit-elle. Qui a le culot de dire que c'est mal ? Ces vieux salauds tout contents d'eux qui te font trimer à mort ? Leur idée de ce qui est mal, ce n'est pas la mienne. Ta vie t'appartient — ce n'est pas l'affaire des autres, qui viennent y fourrer leur nez. Enfin moi, j'ai toujours fait le mal, je n'ai jamais changé. (Je regardai son visage et vis l'ombre qui le couvrait.) Faire le mal, ce n'est pas pire que faire des sermons aux gens. Que dire aux gens qui n'ont pas d'argent ce qui est bien et mal, quand, soi, on en a. Ça, c'est vraiment mal. Et ça vient toujours des gens qui ne devraient pas. Je suis bien placée pour le savoir, fit-elle amèrement. J'ai eu ça à l'orphelinat, puis à l'école, et j'en ai eu encore une bonne dose en cabane.

— Je ne nous vois pas vieillir ensemble, tous les deux.

— Oh, je ne sais pas. (Elle fixa les yeux au plafond, les mains derrière la tête. Elle cambra le dos ; ça mit en valeur ses bras puissants et la courbe de son sein.) Je ne me suis jamais trouvée dans une situation comme celle-ci, entre toi et moi. (Elle ferma les yeux.) Je ne sais pas si je pourrai la supporter ou pas.

— Pourquoi est-ce que tu ne pourrais pas la supporter ?

— Je n'aime pas les choses qui durent trop longtemps.

— Tu veux dire que tu veux tout dans tes rapports avec quelqu'un, mais pas les responsabilités.

— Je vais te donner le fond de ma pensée. Ce que je trouve, c'est que tu poses trop de questions, bordel !

— Ne me déçois pas en n'y répondant pas.

— Tu as la manie de poser des questions.

— J'ai un cerveau, et je m'en sers.

Tout d'un coup la tension monta entre nous. Le vent gémissait tout autour de la maison et s'engouffrait avec une note plaintive à travers une fente dans la fenêtre. Juste avant qu'elle ne serre le poing et ne me frappe au visage, je remarquai, pour je ne sais quelle raison stupide, que le réveil à côté d'elle indiquait minuit deux.

— Qu'est-ce que tu vas faire maintenant ?

Je sortis du lit. Je sentais déjà l'ecchymose se former au coin de ma bouche et j'aspirai du sang qu'elle avait fait couler à cause d'une bague qu'elle portait.

— Je pars, dis-je. C'est mieux pour nous deux comme ça.

— Plus facile, tu veux dire.

— Plus honnête. (Je commençai à m'habiller.)

— Et voilà l'amour, fit-elle. Je n'ai jamais pensé qu'il durait longtemps, mais cette fois-ci ça doit être un record.

— Ce n'est pas l'amour qui t'intéresse, répondis-je, seulement la haine. Tu en es bourré à craquer, je ne m'en étais pas rendu compte.

— Ce n'est pas vraiment de la haine, dit-elle, c'est de la peur. Dès que quelqu'un commence à me sonder, je prends peur, je deviens teigne, et dangereuse. Tu es le premier homme qui m'a fait réagir au pieu, tu es le premier homme qui a pénétré en moi si profondément. Et tu pars.

— Présenté comme ça, partir ça fait effectivement minable.

— Pourquoi est-ce qu'on ne prend pas un verre d'adieu en réfléchissant à tout ça ? Le whisky est dans le salon.

Lorsque je revins avec les verres, elle était sortie du lit.

Elle posa ses mains sur mon visage et tâta l'ecchymose avec des doigts maladroits, peu habitués à ça.

— Je n'ai encore jamais fait ça à un homme. Je te fais mal ?

— Non.

— Je vais mettre quelque chose dessus.

— Du whisky fera l'affaire. Ça agit tout aussi vite que l'iode.

Elle rit et se rallongea sur le lit ; plus tard nous fîmes l'amour.

Après, lorsque notre étreinte eut pris fin, lorsqu'elle m'eut éjecté brusquement, je me rappelai ce que Staniland avait écrit : « Aucun effort n'est payant avec Barbara. Aucun des efforts que je fais avec elle ne compte le moins du monde pour elle, et pourtant je dois continuer à en faire, comme un prisonnier dans une chaîne de forçats. Ne m'étouffe pas, Barbara ! Ecoute, ne... »

Barbara avait éteint la lumière. Je ne dormais pas et je tâtai l'ecchymose sur ma figure ; je sentis la pesanteur de plomb de mon corps, et, le visage dirigé vers le plafond, mes pensées se mirent à tourner en rond, dans l'obscurité que mesurait sa respiration.

Je la regardai dormir, son corps illuminé un bref instant par les phares d'une voiture qui passait. Son visage était aussi dur que la pierre dans le faisceau blanc, et soudain j'en fus certain : elle sait qui je suis et pourquoi je suis là.

Je ne pouvais dormir. C'était une nuit chaude et l'atmosphère de la pièce était oppressante. Je tentai en vain de dormir, mais, comme d'habitude, je me remis à penser à Staniland. Il avait écrit : « Je veux mourir, mais j'en ai peur. Je dois accepter l'idée que, lorsque je serai mort, je vais me mettre à enfler et à puer — je ne peux imaginer cela de ce corps auquel je suis tant habitué. Mais au cours de mon dernier été à Duéjouls, la mort est arrivée au village pendant la canicule ; le cadet des gens du château est mort d'une congestion en se baignant dans l'eau glacée du Tarn, lors d'une vague de chaleur. Il avait dix-sept ans. En dépit de notre différence d'âge, c'était un ami à moi ; ensemble nous retirions les crottes de mouton des côtes voutées en dessous du château, nous en remplissions la remorque de son père et nous allions les étaler sur les champs en guise d'engrais. Il ne me questionnait jamais. Il était trop intelligent pour poser des questions.

« Le jour où il est mort, je suis monté le soir même. Je ne tenais pas à monter au château seulement trois heures après qu'on l'eût ramené de la rivière, mais son frère me l'avait demandé. J'ai gravi l'escalier ; ses parents et des membres de la famille étaient debout dans le petit salon de pierre. Ils pleuraient dans la pénombre suffocante, derrière les fenêtres et les volets bien clos. Ils ont allumé la lumière pour que je puisse le voir un instant ; il était étendu sur une bière, sous un voile de mousseline, vêtu d'une chemise et d'un pantalon, les mains croisées sur la poitrine. Ses mains, son visage étaient pointus et anguleux, ils étaient devenus bleus. Puis ils ont éteint la lumière. Sa mère et son père se sont jetés rudement dans mes bras, et nous sommes restés serrés les uns contre les autres, et nous nous sommes embrassés, et nous avons pleuré. « Pourquoi Dieu m'a-t-il laissé l'avoir », chuchota sa mère, « si c'était pour si peu de temps seulement ? » Et un moment plus tard : « Il n'a pas bougé, il n'a toujours pas bougé. » Elle n'avait pas encore accepté qu'il ne bouge plus jamais. Pendant ce temps, on entendait dans le noir des chuchotements aigres de paysans. Une femme marmonna en un occitan guttural : « Il n'enfle pas encore, mais ça ne va pas tarder avec cette chaleur — il fait cinquante dehors au soleil. » « Ils vont l'enterrer dès que les papiers seront remplis », dit un homme dans un murmure et rassurant. « Après-demain, c'est sûr. » Cependant le père du garçon geignait doucement dans l'obscurité. Je n'avais encore jamais entendu un tel son dans la bouche d'un homme aussi solide que lui, et j'espère ne plus jamais l'entendre.

« Je travaillais de temps en temps au cimetière à cette époque-là ; le fossoyeur habituel était malade. C'est un rude travail de creuser, surtout pendant l'été quand la terre est dure comme du ciment, ce n'est pas le genre de travail pour lequel il y a beaucoup de candidats. Mais cette fois-ci nous n'avons pas eu besoin de creuser. Pour enterrer le garçon dans le caveau de sa famille, nous n'avons eu qu'à déplacer un cercueil assez récent, parce qu'il ne restait pas beaucoup de place à l'intérieur. Ce cercueil avait gonflé sous l'effet du gaz et la pression était si forte qu'elle avait brisé plusieurs des planches. Et c'étaient des planches solides, en plus — du chêne de la montagne qu'Espinasse, mon voisin, avait coupé, avait fait sécher et avait ensuite descendu à la scierie de Vayssière — puis nous les avions taillées et rabotées. Ça été pour nous le travail le plus horrible, changer ce cercueil de place, mais bien sûr, nous y sommes parvenus.

« Bien entendu, je puerai quand je mourrai. Je gonflerai comme tout le monde et il ne restera rien de moi. Seulement, comme toutes les vérités qui vous concernent, elle est très dure à croire, et pendant dix ans, je n'ai pas pu. Mais maintenant je vais bien de nouveau et j'ai recouvré la force d'écrire ça. »

Il avait conclu : « Celui qui conçoit l'écriture comme un agréable passe-temps permettant d'accéder à un mode de vie bourgeois n'écrira jamais que de la merde. »

27

Le lendemain soir nous étions au lit, éveillés. Barbara gardait le silence depuis un moment.

— Tu as parlé d'un homme l'autre jour, dis-je, quelqu'un avec qui tu as vécu, un homme qui est mort.

— Oui ? (Elle était sur le qui-vive, je le sentais ; mais elle bâilla pour le masquer.) Pourquoi t'intéresse-t-il ?

— Tous ceux que tu as connus m'intéressent. C'est normal, non ?

Elle se tourna pour m'observer dans la pénombre.

— Il n'avait vraiment pas grand-chose de particulier, dit-elle. Vraiment pas grand-chose.

— Vieux ? Jeune ?

— Oh, entre les deux, un type d'une cinquantaine d'années.

— Ça ne me paraît pas ce qu'il te faut. Pas à toi. Pas quand je repense au vieux Tom, au 84 l'autre soir, et à la façon dont tu l'as envoyé balader.

Elle se pencha sur moi et me flanqua une légère tape sur le visage, sans me faire mal.

— Tu es un type impossible, tu sais. Impossible.

— Ah bon ?

— Oui, tu es si doux, et pourtant si dur, bordel !

— Je ne veux pas t'embarrasser avec un tas de questions sur ton passé.

— Et pourtant tu ne fais rien d'autre. (Elle alluma une

cigarette, en cherchant à tâtons mon briquet dans le noir.) Je fais la moindre allusion à ce qui m'est arrivé avant de te connaître, et, hop, tu sautes dessus.

Je m'allongeai sur le dos, bien à plat dans le lit, et mis mes mains derrière ma nuque.

— Si tu ne veux pas parler de ce type, eh bien on n'en parlera pas. Il faut que tu comprennes, ce n'est pas de la jalousie, ça m'intéresse, c'est tout.

— Oh, c'était juste un casse-pied alcoolique, et j'avais d'autres types en même temps, mais maintenant je n'arrive pas à comprendre ce que j'ai pu faire avec lui.

— Peut-être qu'il était intelligent ou je ne sais quoi ? Tu aimes les hommes qui ont quelque chose dans le ciboulot, tu m'as dit.

— Bah, il était intelligent, ça oui.

— Mais ?

— Mais ça ne lui servait pas à grand-chose.

— Un raté ?

— Oui, un raté.

— On peut tous finir comme ça, je suppose.

— Ne compte pas sur moi.

— D'accord, bon, eh bien, de toute façon je vais dormir, il faut que je me lève demain matin.

— Bonne idée.

Je lui tournai le dos et fis semblant de m'endormir, comme Staniland l'avait fait une fois sur son matelas, à Romilly Place. Aussitôt, une des cassettes de Staniland me revint en mémoire. Il avait récité du Shakespeare et parlé de Shakespeare. Il avait dit : « Pourquoi a-t-on vraiment pris la peine d'écrire depuis Shakespeare ? Comment pourrais-je jamais mieux exprimer ce que je ressens pour Barbara que ce qu'a exprimé Hamlet de ses sentiments pour Ophélie ? » Sa voix s'était brisée, et bientôt il avait repris, en citant : « O, chère Ophélie, mes vers sont maladroits, je ne possède pas l'art de dénombrer mes gémissements ; mais, que je t'aime plus que tout, ô toi la meilleure, crois-le. Adieu. A toi pour toujours, tant que cette machine sera la sienne — Hamlet, Prince de Danemark. »

Je lui dis dans le noir :

— Barbara ? Tu dors ?

— Non.

— Ton vieux bonhomme, au fait...

— Oh, pas encore.

— Quel était son nom ? Je veux dire son prénom, simplement ?

— Oh, laisse tomber.

— J'ai fait un rêve. Je viens de faire un rêve.

— Et qu'est-ce que tu as rêvé ? (Elle se dressa dans le lit comme un serpent.)

— Je ne sais pas, j'ai rêvé qu'il s'appelait Charlie. J'ai rêvé que son nom était Charlie et qu'il avait mal fini. (Le silence dans la pièce était total : elle écoutait.) Est-ce qu'il vit toujours, Barbara ?

Elle répondit doucement :

— Non, non, j'ai entendu dire, je crois, qu'il est mort. Mais je te l'ai dit. J'avais rompu avec lui un peu avant, et j'ai entendu dire dans les boîtes, comme ça, quoi, qu'il était mort.

— Et il s'appelait Charlie, ce vieux bonhomme qui a mal fini ?

— Oui, répondit-elle. (Elle murmura les mots d'une voix glaciale.) Je suppose que tu vas me demander son nom en entier après.

— Non, non, pas du tout.

— Qu'est-ce que tu veux prouver, alors ?

— Rien. Simplement que les rêves peuvent avoir un grand pouvoir. Et de quoi est-il mort ? Est-ce que tu le sais par hasard ?

— Non, dit-elle, mais peut-être l'alcool, je crois. (Je sentais son corps à côté du mien ; il était raide comme du bois.)

— Je te perturbe, on dirait.

— Il y a des gens dans mon passé que je préférerais

oublier, c'est tout. Ce que j'aimerais simplement, c'est que tu me fasses l'amour et que tu oublies ce qui s'est passé avant.

Mais j'en fus incapable ; il y a des parties de votre corps qui, de dégoût, se refusent à ce que vous exigez d'elles.

Plus tard dans la nuit, quand nous fûmes restés raides côte à côte pendant des heures, me semblait-il, Barbara se remit à parler spontanément de Charlie :

— Je ne crois pas que tu lui aurais trouvé grand-chose. (Son ton était inquiet.)

— J'avais un ami autrefois, dis-je, quand j'étais jeune, Jack. Jack avait une sœur aînée qui s'appelait Ivy. Elle avait environ soixante ans quand je l'ai connue. Elle fréquentait notre pub à Fulham Road et faisait des ménages pour gagner sa vie depuis qu'elle était arrivée avec Jack de Wexlow. Elle avait toujours à la bouche une blague et un sourire, elle vous offrait un verre. Nous savions qu'elle était trop fragile pour ce travail. Bref, un jour elle était à sa place habituelle dans le petit bar qui donne sur la rue, et elle n'avait pas l'air de pouvoir boire sa bouteille de Guinness. Ça ne lui réussissait pas aujourd'hui, disait-elle, et elle en a laissé la moitié. Ça a continué jusqu'au jour où Jack, mon copain, l'a envoyée faire des analyses à l'Hôpital Chester-Beattie, au bout de la rue. Eh bien, elle avait un cancer de l'estomac, et c'était trop tard pour l'enrayer. Quand ils le lui ont annoncé, elle a dit au docteur : bon, d'accord, je souffre depuis un certain temps, mais à quoi bon en faire tout un plat ?

« Bref, elle est entrée à l'Hôpital St-Steven ; Jack lui a trouvé un lit là-bas. Personne ne pouvait rien pour elle. Elle restait simplement allongée, dans cette horrible salle commune, la figure comme du papier mâché, les cernes de la mort autour de la bouche, sans aucune force pour lutter ; elle n'allait pas faire long feu. Mais elle gardait le sourire ; c'était une charmante Irlandaise. Et puis, un jour, je suis entré au pub, j'ai pris une bière à la pression avec Jack dans le petit bar, et il m'a dit : à ta santé, et j'ai demandé : comment va Ivy ? Tu sais, elle est en train de mourir, m'a-t-il dit, c'est pour aujourd'hui ou pour demain, pense le docteur, mais elle ne souffre pas en ce moment. Elle me manquera, a-t-il dit, elle a été comme une mère pour moi quand nous étions gosses. Elle me manquera aussi, ai-je fait. Eh bien, a-t-il fait, on pourrait passer la voir si tu veux (l'hôpital était en face). Je suis allé la voir ce matin, a-t-il dit, et ce qui lui ferait vraiment plaisir, c'est d'avoir une plante près du lit, tu sais, une plante fleurie. J'ai dit à Jack : eh bien, il y a un fleuriste au bout de la rue. Alors on a fini nos verres et on est allé lui acheter un géranium en pot, deux livres, et on le lui a apporté. Contente ? Elle a été si heureuse ! Oh, vous êtes deux amours, a-t-elle dit, quelle couleur magnifique. Asseyez-vous tous les deux et tenez-moi les mains, il fait froid ici. Mais ce n'était pas vrai. C'était une journée torride d'été, en juillet. Elle était allongée, à regarder la fleur, c'est tout. Ses lunettes étaient devenues trop grandes pour sa figure, mais c'était toujours la même Ivy, charmante. Puis la Sœur est arrivée et a dit que c'était la fin des heures de visites, parce qu'Ivy devait avoir ses soins, et de toute façon tous les trois nous n'avions plus rien à nous dire. Alors nous l'avons embrassée et câlinée un peu jusqu'à ce que l'infirmière revienne avec le chariot, et puis nous sommes partis ; c'était l'heure d'ouverture des pubs, cinq heures et demie. Nous lui avons demandé si nous pouvions lui apporter quelque chose à boire plus tard, mais la Sœur nous l'a interdit d'un air pincé. Je me suis dit : mais putain ! quelle différence ça peut bien faire, et c'est ce que j'ai dit à Jack. Il se trouvait qu'il avait un quart de bouteille de scotch dans sa poche et il lui en a donné pendant que la Sœur avait le dos tourné. Mais elle l'a recraché et elle est morte à dix heures ce soir-là, si bien que nous n'avons jamais revu Ivy. Ils nous ont dit que nous pouvions reprendre le géranium, mais nous l'avons laissé pour les autres malades de la salle.

— Ma foi, tu ressembles à Charlie par un côté, dit-elle,

les gens t'intéressent. C'était exagéré dans le cas de Charlie. Tu es encore un de ces types qui pensent trop, dit-elle. (Elle bâilla.) Il aimait la poésie. Je vais te réciter le seul vers dont je me souvienne : « Et maintenant repose sur mon admirable sein blanc, etc. » (Peu après elle ajouta :) C'est joli, ça, non ?

Je rêvai que Staniland avait un troisième œil et que Barbara disait : « Nous pourrions danser éternellement, mais quand la musique est terminée, on ne l'entend plus jamais. »

28

Lorsque je me réveillai, peut-être à cause d'un autre rêve que j'avais fait, mais ne pus me rappeler, je me retrouvai à songer à un événement qu'avait décrit Staniland sur une de ses cassettes : « Comme il a brûlé, cet avion allemand ! Vert-de-gris, il reposait, retourné, de guingois, dans un sillon du champ à côté de notre maison. C'était un Heinkel 110, couché, catastrophe sous le soleil, couvert de ses numéros étrangers. Il était sept heures du matin et il faisait déjà une chaleur torride. J'avais été réveillé quand il s'était planté dans notre champ, projetant un amas de terre. Lorsque je suis parvenu sur les lieux, il flottait partout une odeur d'essence : un réservoir avait été percé. L'équipage était à l'intérieur, un lieutenant et un sergent ; je connaissais leurs uniformes. Ils étaient assis avec leurs grosses lunettes, l'air affairé. Ils fumaient, mais pas des cigarettes. Ils fumaient de partout, imbibés d'essence ; les vapeurs frémissaient sous le soleil brûlant. Ils restaient assis, à fumer doucement. Au bout d'un moment l'agent de police du village est arrivé sur sa bicyclette ; il était couvert de sueur et avait mis son casque sur la nuque. Il fit le premier bruit ; jusque-là tout avait été silencieux comme dans une église. L'agent a regardé lui aussi dans le cockpit, mais il a reculé devant les vapeurs. Les gens à l'intérieur s'en souciaient fort peu ; ils continuaient simplement à fumer très lentement, jetant devant eux un regard impassible à travers le plexiglass. Le flic m'a dit : « Filons d'ici, fiston, c'est bougrement dangereux, le contact est toujours allumé. » Nous avons eu tout juste le temps de courir comme des fous avant qu'il y ait une étincelle quelque part dans le cockpit, et l'ensemble a explosé.

« Le flic m'a dit que c'étaient les politiciens qui étaient la cause de tout ça. C'était un vieux flic de campagne ; il ne se souciait guère de ce qu'il disait, surtout à un enfant. Il a dit que l'avion n'aurait pas été là sans les politiciens. Lorsqu'il est reparti pour faire son rapport, je suis revenu et je me suis emparé d'un gros morceau d'empennage qui avait été projeté, et je l'ai gardé comme souvenir. C'était excitant, une vraie journée d'aventure. Mais ce qu'il y a d'étrange, c'est qu'avec les années, le passage du temps a modifié la signification de ces deux silhouettes, avec leur casque de cuir, détendues et pourtant en éveil, frissonnant dans les vapeurs — le temps a empreint cette aventure d'un sens de plus en plus profond. »

29

Je téléphonai à mon patron et dis :

— Je ferais mieux de venir vous voir.

— A quel sujet ?

— L'affaire Staniland.

— Et alors ? Tirez-la au clair. Qu'est-ce qui vous arrête ? Vous ne savez pas qui est coupable ?

— Si, mais je n'ai pas de preuves. Je ne peux pas prouver ce que je sais. Le bureau du Procureur Général ne marcherait jamais ; je n'obtiendrais pas de mandat parce que tout ça ne serait pas valable devant le tribunal. Des cassettes ne constituent pas une preuve. Et pourtant dans cette affaire, tous les gens à qui j'ai parlé jusqu'ici ont contribué à le tuer, directement ou indirectement.

— Vous feriez bien de les interroger. De les interroger pour de bon.

— Je pourrais les interroger pendant un an, ils n'avoueraient jamais. Et c'est normal ! Il n'y avait pas de témoins.

— C'est difficile. (Il soupira.) Mais le travail d'un policier est difficile, vous le savez. Surtout à l'heure actuelle.

— Et surtout dans ce service.

— Quoi qu'il en soit, venir me trouver, ça n'y changera rien. Je n'en vois vraiment pas l'utilité.

— J'essaie de vous dire que cette affaire me préoccupe trop. J'en perds le boire et le manger.

— Eh bien, il ne faut pas. Vous le savez. Il faut rester objectif.

— Si cette affaire ne m'avait pas préoccupé, tant préoccupé, je ne serais pas arrivé aussi loin.

— Oui, c'est délicat, c'est vrai.

— J'ai le sentiment que les coupables doivent payer. Mais comment puis-je les faire payer si je n'ai pas de preuves ?

— Je vous laisse entièrement juge.

— Mes sentiments priment parfois mon jugement.

— C'est parce que vous êtes humain, dit-il avec une étincelle d'amusement, que vous travaillez dans ce service. Si vous aviez été une machine comme Bowman, j'aurais laissé passer votre demande pour la Criminelle il y a longtemps.

— Ça ne m'aide pas beaucoup.

— Bien sûr que non. C'est pourquoi ça ne sert à rien d'en discuter. Vous êtes totalement seul ; mes hommes le sont toujours. Je n'ai personne à vous donner pour vous aider.

— Je voudrais qu'on me retire cette affaire, dis-je carrément.

Sa voix se durcit.

— Si vous abandonnez cette affaire, je vous mets au rancart. Vous serez fini, vous comprenez ?

— D'accord, je vais donner ma démission. Je vais suivre l'affaire en tant que citoyen, à titre personnel. Comme ça je n'aurai pas besoin de mandat, et je pourrai oublier le Procureur Général.

— Voyons, calmez-vous. Admettons que je n'aie pas entendu ce que vous venez de dire.

— Il vous est facile de parler. Vous n'avez pas entendu les témoignages dans cette affaire. Vous ne vous rendez pas compte de ce que cet homme savait, de ce qu'il avait appris, de ce qu'il était ! Ce n'est pas simplement la mort d'un alcoolique que j'ai sur les bras.

— Je ne fais pas que parler, sergent. Si je ne m'étais pas

débrouillé tout seul, je ne serais pas là où je suis. Alors écoutez, vous ne pouvez pas donner votre démission, il y va de votre amour-propre. Mais ces conversations sont tout à fait irrégulières. Vous devez faire le nécessaire pour régler cette affaire. Vous savez qui sont les coupables ; coincez-les. Mais n'enfreignez pas les règles. C'est clair ?

— En un certain sens.

— Eh bien, quoi qu'il en soit, l'évidence, c'est clair, Dieu merci, dit-il, et il raccrocha.

30

J'arrivai à Earlsfield et je me garai. Il y a une rue transversale qui donne dans l'artère principale qui mène au centre de Londres et qui s'appelle Acacia Road, et j'habite à un rond-point, au bout, du nom d'Acacia Circus. Il était trois heures et demie de l'après-midi et il y avait très peu de gens dans le coin. C'était une journée radieuse, et ça n'en donnait à mon immeuble qu'un air plus neuf et plus laid. Il avait trois étages ; j'habitais au second. L'appartement comprenait un salon, une chambre à coucher et une kitchenette, un cabinet de toilette-WC. C'était un immeuble de béton, qui suintait lorsque le chauffage central fonctionnait. Le salon donnait sur un balcon trop petit pour qu'on puisse sortir une chaise et s'y asseoir en été, et j'allais à l'appartement le moins possible, sinon pour y dormir. Il y avait quelques maisons adjacentes, toutes neuves, où des hommes jardinaient en fin de journée, taillant leurs haies avec des sécateurs achetés par correspondance. En bordure de la route en béton se trouvaient quelques acacias dont l'espérance de vie ne semblait pas bien grande ; telle était l'origine du nom de ma rue, cette plaie à vif.

Je descendis de voiture et cherchai ma clé dans ma poche revolver. Je montai et entrai. Le salon baignait dans le soleil d'après-midi et il faisait trop chaud. Ce n'était pas une pièce agréable. Il y avait quelques pièces de mobilier prêt-à-monter, un coussin de cuir à motifs par terre, laissé par le locataire précédent, et un poste de télévision. J'allai ouvrir la fenêtre et je contemplai le ciel bleu, les lueurs clignotantes de la circulation sur la grande route, et les maisons, encore des maisons, toujours plus de maisons.

Je me dis que je ferais aussi bien de manger. J'avais des réserves congelées dans le réfrigérateur. Je sortis un paquet et me mis à lire les indications au dos. Le contenu ne semblait guère ragoûtant, je le lâchai et il tomba avec un bruit sec sur la table de la cuisine recouverte de formica. Au lieu de quoi je sortis une boîte de bière et retournai au salon. Je me sentais mal à l'aise, perturbé, après ma conversation avec mon supérieur. Ils savaient que j'étais dans une situation sans issue, et ils me laissaient tout bonnement m'enferrer.

Peu après je sortis les cassettes que j'avais trouvées à Romilly Place et en collai une, que je n'avais pas encore entendue, dans l'appareil — je n'avais toujours pas eu le temps de les entendre toutes. Je mis le lecteur en marche. Il y eut d'abord un son comme un soupir, et Staniland se mit à parler. Il commença par parler de sa fille Charlotte. Je restai assis à écouter, en buvant de la bière de temps en temps. Staniland disait : « Chérie, te parler ainsi me rapproche un peu de toi, d'une certaine façon. Je sais que je t'ai traitée injustement et ça me fait tellement souffrir. J'ai fait du mal à ta mère aussi ; quand tu seras plus grande il faudra que tu lui demandes la vérité. Oh, chérie, je sais que tu n'as que dix ans en ce moment, mais essaie toujours de penser très franchement, et puis tout finira par s'arranger, tu verras. Je suis capable de tant d'amour, mais il a été étouffé par mes doutes et mon manque de confiance en moi. Bien que j'attache un si grand prix à la vérité, il m'a été difficile d'être franc — je crois, parce que la vie est si fugace — et c'est pourquoi je ne t'ai jamais témoigné d'amour, ne t'ai jamais prise dans mes bras, ne t'ai jamais embrassée comme j'aurais dû, je le comprends à présent. Je t'en prie, essaie de me pardonner ; je t'ai tant aimée, mais je tentais au même moment de faire quelque chose de très difficile dans la vie. »

Il y eut un silence sur la bande et je bus un peu de bière, qui devenait chaude à force de rester dans ma main sans que j'y pense. Je me dis que la bande devait revenir de droit à la mère de l'enfant et je me demandai si ça ne la ferait pas peut-être encore plus souffrir. Staniland continua en une espèce d'aparté : « Oh ! Que Dieu lui fasse comprendre, par pitié ; je ne peux plus supporter de faire d'autres erreurs. » Il y eut un nouveau silence, suivi d'un son qui ressemblait à une chute ou à un coup, et Staniland poursuivit : « Ça va, je te parle encore, chérie. Je veux que tu saches à quel point je suis heureux que nous t'ayons eue, en dépit de tout. Tout le monde là-bas à Duéjouls, les voisins, ta maîtresse, Mme Castan, tout le monde dit que tu étais une petite fille si mignonne, si heureuse, si intelligente, et que tu leur manques énormément. La maison à Duéjouls est pour toi et Maman, ma douce, seulement pour vous : les papiers et mon testament, qui vous la lègue à toutes deux, sont chez le notaire de Rodez, Garlenc. »

(Cela règle la question, pensai-je. La veuve de Staniland doit avoir la bande.)

Staniland disait : « Chérie, tu es le genre de fille pour laquelle les gens vivront et mourront quand tu grandiras — si seulement j'avais pu te le dire moi-même. Mais je me querellais trop avec ta mère, et je buvais trop. Je n'ai répandu que chagrin et désastre parmi nous parce que, d'une certaine façon, j'en savais trop, et que j'ai voulu en découvrir encore davantage. Mais je n'ai pas réussi. Tout ce que j'ai fait, ç'a été de massacrer notre vie de famille.

« Tout cela n'a servi à rien, et je me moque de ce qui peut m'arriver à présent. Je n'ai vraiment été bon à rien et tu dois essayer de me le pardonner si tu peux. Mais ne laisse pas les gens médire de moi. Les gens qui agissent ainsi ne connaissent jamais tous les faits. Ils fondent uniquement leur jugement sur ce qu'ils ont entendu dire, ils sont vils.

« Tout ce cauchemar en moi a débuté lorsque j'étais enfant, lorsque ton grand-oncle a été tué pendant la Seconde Guerre mondiale. Son bateau, le *Ceramic,* a été torpillé dans l'Atlantique en mai 1941 ; lui se trouvait dans la salle des machines quand c'est arrivé et il a été ébouillanté vif par la vapeur lorsque les chaudières ont explosé. Un seul survivant a été récupéré sur les quinze cents à bord, un chauffeur, et il a tout raconté à mon père. J'adorais ton grand-oncle, et c'est alors que j'ai commencé à me demander à quoi nous servions tous. Ma chère, ma douce petite fille, nous nous retrouverons quelque part, je le sais. Ce que j'ai fait, ç'a été... »

Mais je ne me sentais pas le courage d'écouter ce que Staniland avait fait, pas tout de suite. J'en avais assez depuis un moment et j'éteignis l'appareil. Je regardai la bande pour voir s'il en restait beaucoup. C'était le cas. Bientôt je me dis : ça ne sert à rien, il faut que je la passe. J'éprouvais quelque chose d'horrible, comme d'écouter un homme mourir par étouffement. J'allumai une cigarette, la jetai et je finis par remettre l'appareil en marche.

« J'ai tenté la grande aventure », dit Staniland, « j'ai tenté d'atteindre la vérité. » (Il marqua une pause et reprit d'un ton désespéré :) « Mais je n'en avais pas l'estomac, je n'avais pas la force de caractère, j'ai lamentablement échoué. J'ai mêlé à ce que j'essayais de faire des désirs banals ; finalement, toi et ta mère, je vous ai mises sur la table, comme ma dernière carte, et je vous ai perdues vous aussi. Ta mère et moi, nous nous disputions trop ; tous les deux nous buvions trop. Un soir à Duéjouls elle m'a dit que je serais incapable d'avoir une autre femme si j'essayais. Eh bien, je suis parti, j'en ai trouvé une, et ta mère m'a quitté et t'a emmenée. Mais tout cela n'a fait de bien ni à l'un ni à l'autre. Tous nos ennuis sont partis de là, en fait.

« Mais les faits, je les emmerde.

« J'essaie d'écrire à nouveau maintenant. J'ai bien tardé,

mais je sais que j'en suis capable et j'ai d'étranges choses à dire. Ce que j'écris, je veux que ce soit comme une bouée qui balise un rocher ; je ne veux pas qu'un autre s'échoue dessus.

« Barbara... Je ne tiens pas à en parler beaucoup, chérie. Si nous arrivons à nous apprendre mutuellement ce que signifie la bonté, elle pourrait se révéler pour toi une amie, plus tard. Mais elle pourrait ne pas l'être non plus. Atroces souffrances, mais je crois que j'arrive peut-être à quelque chose avec elle maintenant...

« Tu me manques terriblement, Charlotte, ma chérie. J'ai l'impression d'avoir été tué — comme si mes fautes s'étaient transformées en une arme pour m'abattre. Il faut que je tente de tout expliquer dans le temps qui me reste — toutes ces erreurs, ce chagrin et cet amour. Au revoir, ma petite, au revoir, bonne nuit, ma douce, et souviens-toi d'une chose : tout le mal sur terre est impuissant contre l'intelligence et le courage. Ne fais jamais semblant. N'importe quoi, même la mort, vaut mieux que cela.

« Bonne nuit, ma chérie. »

Il y eut une longue pause. La bande se déroulait toujours en bruissant. Puis Staniland dit : « Pourquoi devons-nous souffrir ainsi ? D'autres se sont conduits plus mal que moi, et s'en sont sortis sans payer pour autant. J'ai l'impression d'avoir tout le cerveau meurtri, j'ai reçu une terrible rossée de la vérité et je me sens soumis, plein de sagesse et de désespoir, comme si j'avais pris un raccourci menant à la sagesse au travers d'un miroir et que je m'étais vilainement coupé au passage. »

Je ne sais pas combien de temps je demeurai assis après la fin de la bande, mais l'éclairage avait changé, et il n'y avait plus de soleil dans la pièce lorsque la sonnerie du téléphone me fit revenir à moi. Je pensai en décrochant que ce pouvait être Barbara. Mais c'était Bowman.

— Bon Dieu, fit-il. Qu'est-ce que tu fabriques chez toi à cette heure-ci ?

— Ne m'énerve pas en ce moment, répondis-je, si ça ne te dérange pas.

— Tu ferais mieux de venir à Soho, alors, dit-il. Dare-dare. Petworth Street. Bon sang, pourquoi faut-il donc que je tombe toujours sur tes affaires, là où le hasard veut que je me trouve ?

— Le destin. Qu'est-ce qui s'est passé là-bas ?

— Un autre de tes Staniland de malheur, dit-il, et il lui est justement arrivé malheur.

— Mort depuis longtemps ?

— Environ douze heures.

— J'arrive, le temps de faire le trajet.

Je raccrochai et me dis : « Quelle importance, le temps que ça va me prendre ? Il est mort, non ? »

31

— C'est un suicide, dit Bowman, sans aucun doute. Il était seul quand j'arrivai, debout près de la fenêtre dans la chambre d'Eric. Il l'avait ouverte, ce qui était une bonne idée, parce qu'il faisait lourd et qu'Eric était mort depuis un bon moment là-dedans. Bowman s'approcha et nous restâmes debout au-dessus de lui. Le fardeau était recouvert d'une couverture rouge ; les santiags d'Eric dépassaient. Il y avait de la poudre pour les empreintes partout. Bowman tira la couverture.

— Il n'est pas très joli, hein ?

— Il n'a jamais eu cette réputation.

Bowman recula et me regarda.

— Bien, dit-il simplement. Pourquoi a-t-il fait ça ?

Je ne répondis pas. Je contemplai le corps. La gorge avait été tranchée sous l'oreille gauche. Bowman m'observait tandis que je regardais, et me dit :

— Il s'est presque arraché la tronche.

Il y avait une lame de rasoir entre le pouce droit et l'index d'Eric. La carotide avait été sectionnée, et il y avait une épaisse giclée de sang en forme de fontaine sur le mur, là où la chose s'était passée.

— Manière stupéfiante de se donner la mort, dit Bowman. Je n'arrive jamais à comprendre. Aucune trace de qui que ce soit d'autre dans la pièce quand c'est arrivé.

Autant qu'on peut en juger. Je répète : est-ce que tu voudrais bien faire quelques commentaires ?

— Ma foi, si toi et tes gars disent que c'est un suicide, pourquoi aurais-je quoi que ce soit à dire ? Vous l'avez tous examiné.

— Oh, je t'en prie, fit Bowman impatiemment. Ecoute, on est tous les deux seuls ici, entre flics. Bon, j'ai déjà envoyé un inspecteur chez sa mère, et il m'a téléphoné pour me dire que tu es passé la voir et qu'elle t'a donné l'adresse de ce gosse. Elle a dit à l'inspecteur que tu avais promis de lui annoncer la nouvelle de la mort de son beau-père. C'est exact ?

— Oui, c'est exact.

— Alors écoute, tu le cuisinais, ce type ?

— Je l'ai interrogé au sujet de la mort de son beau-père, c'est vrai.

— De manière poussée ?

— Assez poussée. Je n'apprécie pas plus que toi qu'on me raconte continuellement des boniments.

— Il a quelque chose à voir dans l'affaire ?

— Oh oui. Eric fourguait de la drogue. Il faisait la tournée de toutes les boîtes et de tous les pubs de Londres. Il était régulièrement à court d'argent, parce que lui-même était drogué. Je n'aurai pas la moindre chance de le prouver à présent, mais je suis convaincu qu'il connaissait les voyous qui ont allumé son beau-père. Je suis convaincu qu'ils se sont servis d'Eric pour soutirer de l'argent à Staniland. Et puis, quand je suis venu ici pour le voir, Eric a paniqué et il leur a dit que j'étais passé. Il n'avait aucune envie de faire encore un petit séjour à l'ombre et, malgré mes conseils, il est allé les trouver pour voir s'ils le mettraient hors-jeu. Et c'est ce qu'ils ont fait, c'est ce qu'ils ont fait, en un sens.

— Donc, d'après ce que tu es en train de dire, tu ne penses pas qu'il s'agisse d'un suicide, tu penses que c'est un meurtre.

— Bien entendu. Seulement, comme tout le reste dans

cette affaire, je ne peux pas le prouver. C'est moi qui ai fait la connerie. J'aurais dû l'agrafer pour possession de drogue et le coffrer. Mais je n'y tenais pas, je voulais le laisser libre d'agir.

— Et tu l'as laissé se casser la figure, dit Bowman. (Il fit le tour de la pièce des yeux.) Nom de Dieu, l'assassin a fait un beau massacre, le salaud.

— Oui, mais n'oublie pas que certains d'entre eux aiment ça, le massacre. C'est la moitié du plaisir pour ces salopards de détraqués, voilà comment ils prennent leur pied. On a une centaine de cas semblables par an, comme tu le sais. Il fait sombre, le type a une voiture garée en bas, il se déshabille ici après avoir fait le boulot avec une salopette et des tennis, il fiche tout ça dans un sac en plastique, se change, et brûle le tout en rentrant chez lui. Et qui peut savoir ?

— Ils lui ont fait ça avec la lame de rasoir ?

— Pourquoi pas ? Il n'y a pas d'autre blessure. Ce sont deux costauds. La main dans les cheveux, ils lui tirent la tête en arrière, ils le zigouillent et ils se rajustent.

— Deux ?

— Deux, c'est tout. Un homme et une femme.

— Un couple heureux qui devrait s'installer à Bradmoor, à ce qu'il semble.

— Ça leur irait tout à fait. Ils aiment tuer, tous les deux, et plus ça prend de temps, plus ils massacrent, plus ça leur plaît. Et ils avaient un mobile. Je suis tellement près de les coincer qu'ils ne tenaient pas à ce que je progresse davantage.

Il me regarda avec une expression presque inquiète.

— J'espère que tu sais ce que tu fais, sergent. (Il ajouta :) Tu as une vague chance de régler cette affaire, à ton avis ?

— Très faible.

— Ma foi, je ne sais pas, dit-il sombrement. Mais ça me paraît un beau bordel. Dieu merci c'est tes oignons, pas les miens. (Il prit sa veste en tweed de prix et l'enfila ;

j'entrevis l'étiquette de Saville Row cousue sur la poche intérieure.) Tu veux fouiner encore ?

— Non, ça va.

— Il faudra que tu fasses ton rapport pour l'enquête.

— Je n'avais pas oublié.

— Je vais le faire enlever, alors.

— Oui, appelle l'ambulance, s'il y en a une.

32

Staniland écrivait : « J'ai rêvé que je passais le portail d'une cathédrale. Quelqu'un que je ne pus distinguer m'avertit : « N'entrez pas, c'est hanté. » Pourtant, j'entrai directement et remontai sans bruit la nef vers l'autel. Le toit de l'édifice était trop haut pour qu'on le distingue ; les pierres d'angle étaient perdues dans un brouillard à travers lequel les lampes votives jetaient une lueur orange. La seule lumière filtrait à travers des vitraux en forme de diamants ; elle était faible et froide. Cette grande masse à l'abandon reposait sur un enchevêtrement de ruines voûtées. J'avais été là toute la nuit, et je les parcourais depuis des siècles. Autrefois là était ma demeure ; des chevrons calcinés faisaient saillie, telles des côtes d'être humain, au-dessus de galeries vides et glaciales, et de grandes portes donnaient sur des enfilades de pièces sans toit, inondées d'une pluie sans merci. Des spectres furieux, à la démarche chancelante et fragile comme celle des fous, déambulaient bras dessus bras dessous à travers la maçonnerie délabrée, disant dans un ricanement à mon passage : « Les Staniland n'ont pas d'argent ? Parfait ! Excellent ! »

« Dans la cathédrale, ne se trouvaient ni bancs ni chaises, juste des gens debout, qui attendaient. Il n'y avait pas d'office en cours. De petits groupes d'hommes et de femmes d'une autre époque se tenaient ici et là, parlant à voix basse aux évêques qui sillonnaient la foule en laissant traîner leurs vêtements ternis.

« Paralysé d'horreur, je compris que l'endroit était en effet hanté. Les gens ne cessaient de lever les yeux, comme s'ils attendaient que quelque chose se produise. Je dominai ma peur et continuai à remonter la nef jusqu'à l'autel. A mon passage les gens se signaient et disaient, inquiets : « Ne faites pas ça ! » Je n'en tins pas compte, mais ouvris la porte de la grille et allai me placer devant l'autel. Derrière, au lieu d'un retable, était suspendue une tapisserie à l'étrange motif contourné, rouge sombre. La tapisserie était si haute qu'elle se perdait sous le toit, estompée par le brouillard ; elle devait être large de six mètres. Tandis que je la regardais, elle se mit à onduler, à flotter et à ondoyer, d'un mouvement progressif et sensuel tout d'abord, puis de plus en plus vif, jusqu'à ce qu'elle s'agite en grondant contre le mur comme une mer déchaînée. J'entendis derrière moi des gens gémir, prier, en proie à l'angoisse et à la peur. Puis ma taille fut saisie par des mains invisibles et je fus soulevé du sol ; à la hauteur du toit, je fus lentement placé à l'horizontale, puis lâché, si bien que je flottais, immobile, la tête tournée vers le bas, loin au-dessus des gens dont je discernais les visages dans la pénombre, telle une grisaille fixée sur moi avec anxiété. Après avoir flotté en long et en large dans l'édifice, je descendis lentement, de mon plein gré, et pris pied doucement à l'endroit même d'où j'avais été enlevé, sur quoi je sortis aussitôt du bâtiment sans me retourner. Tandis que je m'éloignais prestement par un chemin de gravier, quelqu'un qui aurait bien pu être Barbara, vint en courant vers moi, vêtu d'un manteau blanc, en sortant d'une épaisse haie qui entourait le cimetière. « Vite », dit-elle par-dessus son épaule. « Ne le laissez pas sortir ! »

« Mais je pénétrai aussitôt dans un bois en face de moi, sans la moindre hésitation ; personne n'avait plus de pouvoir sur moi. »

33

J'avais fini par écouter et lire tout ce que Staniland avait enregistré et écrit, mais certains passages m'avaient fait une impression indélébile. J'en passai un sur le lecteur de ma voiture. J'allumai l'appareil et la voix de Staniland dit : « La terrasse à Duéjouls, un vent du nord en juin. Enregistré lors d'un accès de grande souffrance morale. »

Il y avait un embouteillage devant moi, qui s'étendait d'un bout à l'autre du West End. Je faisais doucement avancer la voiture, progressant dans la queue, mais j'étais dans un monde différent, celui de Staniland. L'horrible situation dans laquelle il s'était mise à cause de sa femme et de son enfant, et sa destinée imminente, tout cela perçait à travers ses paroles. Tout mort qu'il fût, je m'étais mis à entretenir l'illusion, à cause de ses cassettes, qu'il était toujours vivant. C'était comme si, pour moi, il s'était trouvé à la morgue avant d'y être arrivé. Le passage que j'écoutais maintenant disait : « Décrochez toute cette délicate, cette incroyable dentelle de chair, détachez le cœur d'un seul coup, découvrez les tissus derrière la peau, enlevez les côtes, mettez à nu la colonne vertébrale, ôtez la longue enveloppe de muscles tendus sur les os auxquels ils sont accrochés. Un instant d'arrêt pour faire bouillir les scalpels — puis d'un mouvement incurvé, audacieux mais habile, plongez dans le crâne trépanné, dans le cerveau, et extrayez-en l'art, si vous le pouvez. Mais vous aurez du sang plein les mains à moins que vous ne le recueilliez préalablement dans des bouteilles, et tout cet art des morts, vous pouvez le saler, mais dans de la saumure — un plat pour vous engraisser quand votre tour viendra.

« Quel meilleur chirurgien qu'un asticot ?

« Quelle plus grande passion qu'un cœur dans du formaldéhyde ?

« Des cendres de la cigarette du préposé à la morgue tombent dans la bouche du mort ; au centre médico-légal ils auront passé aux rayons X les os brisés, avant de remettre le corps au frigo avec un bruit sec ; et là, il attendra qu'arrive le permis d'inhumer de chez le coroner.

« Ceux qui auront mis fin à son être mystérieux s'échapperont ou, au mieux, la preuve de leur folie une fois établie, obtiendront un sursis au titre de la Section Six. »

J'éteignis l'appareil et, sans raison apparente, me mis à penser à un ami que j'avais autrefois quand j'étais jeune. C'était un sculpteur qui fréquentait mon pub à Fulham Road, son atelier était juste en face. Il portait des sandales, mais pas de chaussettes, par n'importe quel temps, et il était toujours couvert de poussière de pierre ; elle lui donnait une apparence grise et s'incrustait sous ses ongles. Il avait de longs cheveux blancs qui lui tombaient droits sur les oreilles. Il était communiste, et il lui importait peu qu'on le sache, même s'il ne le disait que lorsque les gens l'interrogeaient. Ça leur était souvent égal. Il était communiste par acte de foi, comme un cathare. Il adhérait à la doctrine orthodoxe, comme les communistes le faisaient avant qu'ils ne l'emportent et que tout ne se gâte. Mais il parlait rarement de politique ; il y avait tant d'autres sujets à aborder. Lui et moi restions debout au bar et nous buvions de la bière et nous parlions de ces sujets. Mais peu de gens lui parlaient. Cela lui convenait. La plupart des gens n'en prenaient pas la peine, parce qu'il était sourd comme un pot et pouvait seulement lire sur les lèvres. Il était sourd parce qu'il avait combattu pour la République avec la XIIe Brigade durant la Guerre d'Espagne. Il avait combattu à Madrid (Bâtiments de l'Université), à Huesca et à Teruel avec le contingent britannique. Mais à Teruel, il avait eu les deux tympans percés lorsqu'un obus avait explosé trop près de lui.

— Ça en valait la peine.

— Pas de regrets ?

— Non, bien sûr que non.

L'une des plus grandes formes de courage, c'est d'accepter sa destinée, et je l'admirais de vivre avec son handicap sans en rendre personne responsable. Il s'appelait Ransome, et il avait soixante-cinq ans quand je l'ai rencontré pour la première fois. Il touchait sa pension vieillesse et rien d'autre ; le gouvernement ne vous octroie pas un penny pour avoir combattu dans une guerre politique étrangère. Les gens comme ça sont semblables aux infirmières : on trouve normal qu'ils passent inaperçus sans être récompensés. Aussi Ransome était-il obligé de mener une vie sobre et austère, se nourrissant de porridge et de crackers, buvant du thé et s'adonnant à la sculpture. Ça lui convenait, heureusement. Il avait toujours vécu ainsi.

Aucun parmi les influents n'aimait sa sculpture ; lorsque je me rendis à son atelier loué à la municipalité, je compris pourquoi. Ses silhouettes me rappelaient du Ingres mâtiné d'Henry Moore à ses débuts ; elles possédaient une grâce extraordinaire, mais elles étaient démodées, et beaucoup trop franches pour répondre tant soit peu à la mode ambiante. Elles avaient une qualité qu'aucun artiste ne sait plus saisir de nos jours ; elles exprimaient des vertus — l'endurance, l'idéalisme, la détermination — qui se sont démodées avec la disparition d'une Grande-Bretagne dont je me souvenais à peine. Je lui demandai pourquoi, avec son talent, il n'évoluait pas vers une attitude plus moderne, mais il répondit que c'était inutile ; il tentait toujours de représenter l'essence de ce qu'il avait vécu dans les années 30. « Ce que j'essaie continuellement de saisir », expliquait-il, « c'est la lumière, la vision à l'intérieur d'un homme, et la conviction que cette lumière donne à ses actions, à son corps tout entier. N'as-tu pas remarqué comment se modifie la géométrie du corps d'un homme quand il est sous l'emprise d'une conviction ? L'ex-employé de banque acquiert la stature d'un athlète lorsqu'il lance une grenade — ou alors, par exemple, j'évoque l'instant où un fantassin dans une attaque, un ouvrier armé d'un fusil, est arrêté par une balle : j'essaie de graver dans la pierre la tragédie d'un homme libre qui passe de la vie à la mort, de la volonté au néant : j'essaie de saisir la seconde dans laquelle il se désintègre. C'est un dessein qui ne me lâche pas », disait-il, « et je n'y tiens pas. » Il était plein d'avenir avant qu'il ne parte pour l'Espagne ; il fourragea et me trouva l'une de ses vieilles coupures de journaux. Dans l'une d'elles on citait ses paroles : « La tâche d'un sculpteur est de faire passer, du sens de son époque, l'idée primordiale. S'il ne transmet pas cette idée, il ne vaut rien, malgré toute la renommée qu'il peut acquérir, malgré tout l'argent qu'il peut gagner. L'idée est tout. »

Je savais ce qui adviendrait de l'œuvre de Ransome quand il mourrait. La municipalité passerait, examinerait ce que Ransome aurait laissé derrière lui, et donnerait l'ordre de tout bazarder ; un camion arriverait avec deux hommes munis de marteaux-piqueurs. Tout serait détruit et finirait à la décharge municipale ; dans un millier d'années on retrouverait peut-être un de ses visages de pierre fixant, de la base d'un bloc démoli, son regard énigmatique sur le ciel. En attendant, à notre époque, d'épouvantables saletés, ordonnées par les ignorants au service des ambitieux, continueraient d'encombrer les parcs de Londres, grâce au patronage sénile du Conseil municipal des Arts (« La plus effrayante responsabilité avec la pierre », disait Ransome, « c'est qu'elle est éternelle. ») Les endroits, en nombre décroissant, dans les parcs de Londres, où l'on pouvait tranquillement manger un sandwich à l'ombre des platanes par un jour de chaleur, continueraient d'être défigurés par des bêtises de pierre, des bêtises de bronze et de marbre, des bêtises éternelles.

Or Ransome me rappelait Staniland. Lorsqu'il y eut environ un an que nous nous voyions au pub, Ransome me demanda de venir à son atelier pour la première fois. « Je suis marié, tu sais », fit-il observer en plongeant sans peur, comme un sourd, dans la circulation de Fulham Palace Road. Quand nous parvînmes à l'atelier, il était vide, et je lui demandai où était sa femme.

— Oh, elle est sortie.

— En visite ?

— Ma foi, oui. En visite.

Mais sa femme était complètement folle. De temps en temps on la laissait sortir de l'asile et on l'envoyait chez elle ; ces périodes ne duraient jamais longtemps. Ransome faisait tout pour elle : « Elle est beaucoup mieux », me chuchotait-il en confidence, « beaucoup. » Maisie savait qu'on attendait d'elle quelque chose, parce qu'il y avait un visiteur, tout comme quand elle essayait de faire bonne figure dans le parc de l'Asile lors des propres visites de Ransome. Elle essayait de nous faire le thé à tous deux à Cavaye House, mais Ransome devait toujours reprendre les choses au beau milieu, parce qu'elle se mettait à se tordre les mains au-dessus des tasses dans la kitchenette, qui lui semblaient, d'après ce que nous pouvions comprendre, anormales et trop plates. Il finissait de préparer le plateau pendant qu'elle était assise entre deux de ses sculptures dans un fauteuil en osier. Elle était aussi blanche qu'elles. C'était une femme d'une atroce maigreur, aux yeux bruns affolés, et qui frissonnait de terreur. Quand ça allait très mal, elle laissait tomber par terre son biscuit et se mettait à chanter. « C'est juste pour éloigner la peur », disait calmement Ransome à mon oreille — il savait ce qu'elle faisait à cause de l'expression de son visage. Mais ça se terminait toujours de la même façon quand elle chantonnait : il devait l'emmener dans le coin de l'atelier où ils dormaient ; il devait l'emmener aussitôt et lui faire prendre le sédatif que lui avait donné le docteur. Si j'étais là, nous la mettions au lit ensemble et Ransome disait, en la bordant de son côté : « Elle considère l'existence toute nue à longueur de temps, tu sais, comme nous lorsqu'on a une bonne gueule de bois. » Nous restions debout à regarder ce visage cireux et torturé jusqu'à ce que le chantonnement s'éteigne et ne soit plus qu'un murmure confus et qu'elle dorme. « Elle ne sait pas à quel point elle est belle », me disait Ransome. « Je lui dis que la beauté protège contre tout, mais non, elle ne veut pas le croire. Je lui dis qu'il n'y a rien dont elle doive avoir peur, mais elle ne veut pas l'accepter, elle est trop sensible, comme tu peux voir. » La fois suivante où j'y retournai avec Ransome, elle était encore partie. Il y eut aussi un jour horrible où elle se mit à hurler en plein milieu du thé et des biscuits, cassa une tasse et tenta de se tuer avec un morceau tranchant. Ransome et moi le lui arrachâmes, mais elle renversa la table dans la mêlée. « Elle ne s'estime pas digne de vivre », dit Ransome ensuite. « Mais elle ne se rend pas compte, c'est elle, la vie. Je l'aime », ajouta-t-il. « Je ne pourrai jamais aimer quelqu'un comme j'aime Maisie. Mon œuvre essaie d'en rendre la quintessence. »

(Je compris enfin ce qu'il voulait dire, grâce à Staniland, quoique ça m'ait paru difficile à accepter à l'époque. La squelettique Maisie à l'esprit troublé, entrechoquant les tasses de thé avec la précipitation mal assurée des fous, et les sentiments qu'éprouvait Ransome à son égard, tout cela correspondait à mes sentiments à l'égard de Staniland.)

Ransome entrait au pub pour prendre une bière à l'heure du déjeuner, s'il pouvait se l'offrir, et me parlait comme si tout chez lui allait parfaitement, mais bien vite j'apprenais que Maisie avait eu une nouvelle crise ; les rechutes empiraient et il était évident pour moi que Maisie allait finir à Saint-Anselm. C'était aussi évident pour Ransome ; mais il n'abandonnait jamais avec elle, pas plus qu'il n'abandonnait sa sculpture et sa recherche de la fameuse idée. Ransome était doux ; il ne cédait jamais.

Il n'empruntait jamais d'argent, et pourtant, parfois, je lui en offrais.

— Grands dieux, pas de toi, disait-il horrifié.

— Eh bien, prends une autre bière.

— Oui, c'est ma tournée.

Quand il était fauché, il ne venait jamais au pub : « Un vrai communiste n'est pas un pique-assiette », disait-il. Je venais de décider alors d'aller à l'école de police et je me rappelle que, lorsque je le lui dis, il me regarda un moment et fit observer : « Oui, mais tu aurais peut-être pu être artiste, toi aussi. »

Je n'osai pas lui dire, et pourtant je disais presque tout, qu'il m'en manquait le courage.

34

Staniland écrivait : « Duéjouls. Je me souviens qu'un matin un oiseau est tombé en diagonale devant ma fenêtre tandis que j'étais au lit. C'était une chaude journée au début du mois de juin et l'oiseau, vert et jaune, de la couleur des nouvelles feuilles, tomba à toute allure, les ailes fermées une seconde, comme un mouchoir attaché par un bout à un caillou. Il fondit avec adresse sur la vigne sauvage de la terrasse et picora les puces à coups vifs de son bec vert, émettant de doux pépiements liquides : « Miladiou ! Miladiou ! »

Plus loin : « Hier soir j'ai encore rencontré le Galant Rigolard à l' « Azincourt ». Je ne sais pas si je pourrai supporter d'y aller plus longtemps, en dépit de ma détermination. Barbara n'était pas avec moi. Cet homme affreux me hait. Il lance vers moi des ondes de haine, même lorsqu'il a le dos tourné. C'est étrange d'être l'objet d'une haine réelle, crue, nue. Celle-ci se lit chez quelqu'un de manière aussi aveuglante que la vérité ou une maladie. Outre l'apparence rousse que lui donnent ses cheveux, il est gros, rude, bâti à chaux et à sable, comme on dit, et l'archétype même du malfaiteur. De plus, je suis persuadé qu'il existe entre lui et Barbara je ne sais quelles relations. Non, relations est un mot trop net — une entente plutôt. J'ai même questionné Barbara à ce sujet — premiers mouvements d'une nouvelle jalousie. C'était agir de façon stupide, puisque Barbara peut nier n'importe quoi de but en blanc — les mots oui et non ont pour elle le même sens si elle en décide ainsi : « Oui, j'y étais. » « Non, je n'y étais pas. » « Quelle différence ça fait, bordel de merde ? »

« Le Galant Rigolard m'exècre tant qu'il est devenu pour moi une source d'intérêt. Au fond, la haine que l'on a pour quelqu'un est une forme d'intérêt à son endroit, et moi je réponds à cet intérêt par la curiosité. Lorsque j'ai appris que, bien qu'il ait trente-huit ans, il vivait toujours avec sa mère, l'embryon d'une réponse au problème m'est apparu. Le Galant Rigolard fait comme s'il aimait les filles, pinçant celle-ci, tapotant celle-là, toujours le sourire aux lèvres, jamais le gentleman parfait, passant le bras autour de Barbara avec une complicité inconsciente dans le geste, et cette façon qu'elle a de l'accepter, qui trahit quelque chose, même si je ne sais pas encore quoi. Mais je finirai par le découvrir — peut-être veut-il que je le découvre, car, si je l'apprends, ça lui donnera une bonne excuse pour me tuer. En attendant, il y a quelque chose dont je suis à peu près certain : en fait, il déteste les femmes, et de plus il en a une peur bleue, à commencer par sa mère, bien entendu. Un homme de trente-huit ans ne devrait pas vivre avec sa mère, il tourne mal d'une façon ou d'une autre si c'est le cas. Car alors le petit garçon doit prouver qu'il est adulte et devient malfaiteur. Ce que je sais également, c'est que, malgré ma faible constitution physique, mon alcoolisme et mon âge avancé, je ne hais pas les femmes, bien au contraire, et il m'en déteste d'autant plus. Chaque fois que je raconte au bar une histoire de mon passé où il est question d'une femme, je le sens qui m'écoute à plusieurs mètres de là ; il est avec des amis, mais il devient curieusement silencieux pendant que je parle. Plus tard dans la soirée il trouvera toujours l'occasion de me narguer — voire même, comme cette unique fois, de me flanquer une raclée derrière le pub. Mais je l'observe avec ses copains ; je crois que c'est une vraie baudruche ; je n'ai pas l'impression qu'il arriverait une seule fois à bander avec une femme ; non, il craque devant les femmes et plus la femme est dure, plus grande est la jouissance négative qu'il prend à craquer.

« Barbara ?

« Barbara fera n'importe quoi pour quelqu'un ou à quelqu'un, parce qu'elle se moque de ce qu'elle fait. C'est cette indifférence même en elle que je passe ma vie à tenter de pénétrer, et ça l'intrigue vaguement quand elle me regarde lutter avec l'impossible, telle une guêpe dans un verre de bière. »

Plus loin : « Barbara est sortie, comme d'habitude. D'ailleurs, qui tiendrait à rester dans cette horrible petite pièce ? Et pourtant je l'attends et la supplie de façon vile, pathétique, de rester pour moi. Elle s'en fiche. Mon Dieu, quelle horrible destinée d'avoir la tête que je vois dans le miroir et de tomber amoureux (et pour la première fois !) d'un iceberg indifférent et frigide, qui a de graves problèmes psychiques et l'esprit d'un petit malfaiteur ! Je ne cesse de me dire que je suis fou de continuer ; mais de toute façon, ça ne changerait absolument rien à ce que j'éprouve pour elle. Tout ce que je peux faire quand je suis seul ici, c'est de crier : comment peut-elle se montrer devant tous ces hommes dans les boîtes quand je l'aime ? Comment peut-elle simplement hausser les épaules quand n'importe quel homme — moi inclus — lui pose la main sur la cuisse ? Qu'est-ce que j'ai ? Toute cette histoire est une atroce plaisanterie, une injustice abominable, insupportable.

« Je suis couché sur notre matelas, par terre. C'est mon matelas, en réalité, parce qu'elle s'allonge dessus si rarement. Sur le coin de la table de la cuisine se trouve un paquet de lames de rasoir, ouvert. Je me sens désespéré, gorgé jusqu'à en étouffer du mépris et de la haine des autres — Barbara, le Galant Rigolard. Je suis un vomitorium. En étant simplement ce que je suis (ce contre quoi je ne peux rien), je parviens à faire sortir d'eux tout le mal et à en devenir l'objet. J'ai en tête les mots que j'ai écrits : « Détachez la délicate dentelle de chair..., puis, d'un geste incurvé, audacieux mais habile, plongez dans la gorge et extrayez-en la voix si vous pouvez... » Je suis hors du lit et j'ai pris les lames. J'en défais une et la regarde. Le suicide ? Ce soir pourrait bien être le bon soir.

« Mais non. Ce n'est pas le bon moyen. Ils penseraient pour le coup que j'ai été lâche, et puis toute ma vie aurait effectivement été gâchée. (Cependant, toute vie n'est-elle pas gâchée ?) Non, je dois leur faire assumer leur propre vilenie ; voilà le bon moyen, les forcer à se défaire de leurs prétextes. Moi non plus je ne suis pas irremplaçable, juste un rat dans un laboratoire qui sert, par sa vie, à prouver ou à infirmer une proposition. Toute vie ne sert qu'à prouver ou à infirmer une proposition ! »

(Je pensai : Oui, tu n'étais décidément pas irremplaçable.)

Staniland reprenait plus loin : « Je me rappelle encore cet oiseau. Cette fois-là je l'ai vu venir à tire-d'aile se poser sur la terrasse, sous le ciel noir d'un orage imminent. Il ressemblait à un minuscule serveur de bar avec sa sombre livrée verte et jaune, volant les bras déployés au-dessus de la salle à manger du monde en émoi, implorant tous les gens de rester calmes : ils seraient tous servis. Hier je n'en pouvais plus au bout de trois jours et trois nuits à rester allongé sur le matelas et à attendre le retour de Barbara à la maison, aussi me suis-je soûlé à l' « Azincourt », puis j'ai pris un bus pour le centre de Londres. J'ai écouté deux garçons de la moyenne bourgeoisie, assis, par rapport à moi, de l'autre côté de la travée centrale à l'impériale, et qui parlaient avec le nouvel accent à la mode de Wapping. Ils étaient probablement amoureux ; chaque fois que le bus négociait les virages, ils se penchaient l'un vers l'autre d'un petit air sage, pâle copie de l'amour authentique. L'un des deux parlait à l'autre de ses vacances en France, et lui disait comment pour la première fois il avait vu tuer : huit truites qui avaient été assommées par une paysanne. L'autre fit observer : « Oh, dis donc ! C'est exactement comme une agression, hein ? »

« Tout à coup je me mis à désespérer violemment du monde. Les voilà, nos jeunes gens bien tranquilles, issus de familles aux idées dans le vent, à l'accent détestable, voilà l'avenir de la race : ils sont pro-palestiniens et votent toujours pour des gens sympathiques. Ils n'appartiennent plus à aucune classe ; ils n'ont plus de racines — leur éducation les en a frustrés. Ils parcourent avec hésitation et défi une Grande-Bretagne qu'ils prétendent et affirment connaître. Moi je ne la connais plus.

« Je descendis du bus à Trafalgar Square. Je remontai jusqu'à Piccadilly Circus et descendis dans le bar d'O'Shaughnessy en face de l'entrée du métro. C'était sombre et sale en bas, mais la Guinness était bonne. Des clochards et des pervers étaient assis çà et là à en boire, formant un assemblage de trognes maussades au-dessus des chopes et des imperméables froissés ; deux escrocs avec de solides petits chapeaux verts essayaient de se vendre les droits d'un scénario de télévision. Les lumières vacillaient, les barmen irlandais étaient incroyablement grossiers et crachaient dans la sciure ; un vent glacial du nord-est soufflait en trombe de la porte à moitié ouverte jusqu'à l'escalier. J'ai bu six pintes de Guinness que j'ai gardées en moi jusqu'à trois heures moins le quart. Je me suis alors dirigé, face au vent, vers les WC où j'ai tout évacué. Ma tête était pleine de tout ce que j'avais vu en première page du *Standard* en entrant, à propos de la Pologne et de Beyrouth Ouest, et j'avais mal aux pieds ; lorsqu'on cria « C'est l'heure » à trois heures, je me suis dit confusément que je ferais aussi bien de sortir et de voir dans la rue si je pouvais trouver des idées pour écrire, et qui n'aient rien à voir avec Barbara. Ainsi, j'ai marché jusqu'à Piccadilly, mais je ne me souviens de rien à part une jolie petite fille aux oreilles d'assassin qui attendait le 19 à l'arrêt du bus avec une femme qui devait être, à mon avis, sa mère — quoi qu'il en soit, elle avait des jambes qui ressemblaient à de vieux pare-chocs enfoncés et portait un chapeau à la couleur crue, agressive. Derrière elle se trouvait une vieille tapette vêtue d'un beau complet, les cheveux brossés dépassant du bord d'un chapeau melon feutré de chez Lock ; il souriait dans la paroi vitrée de l'indicateur des horaires et révélait des dents bleuâtres avec des couronnes en or. Je n'ai pas voulu en voir davantage. Juste après, je me suis retrouvé à Romilly Place. Je ne sais pas comment j'y suis allé, peut-être ai-je marché.

« Il n'y avait toujours pas trace de Barbara quand je suis entré ; il n'y en a presque jamais plus. Je m'aperçois que pour moi la question la plus importante est maintenant celle-ci : comment sortir de scène. Ça a dû déjà être assez pénible d'y faire mon entrée — si l'on pouvait se souvenir de sa naissance — mais sûrement pas aussi dur que d'en sortir. L'existence est barbare, et j'ai fait l'erreur de me conduire aussi mal qu'elle — insultant ou abandonnant tous ceux qui auraient pu m'aider, adoptant une attitude superficielle vis-à-vis des problèmes graves et, à l'inverse, une attitude grave, contemplative, pour des choses totalement insignifiantes.

« Maintenant je paie tout cela — mais à quoi bon ? Le mieux que je puisse dire de moi, c'est que dans l'histoire j'ai descendu en flèche quelques ordures — pas difficile, toutefois, si l'on en est soi-même une. »

Plus loin : « Ce soir j'avais envie d'aller dans un pub sinistre de South Kensington, et j'y suis donc allé. J'ai tendance à la satire, et j'étais d'humeur à remarquer tous les gens qui marchent d'un pas peu discret, tâchant d'attirer l'attention sur eux, l'air de rien. Ce soir c'était un groupe de jeunes musiciens qui venaient du Royal Albert Hall, en face. Ils entrèrent d'un pas lourd, lent, et laissèrent choir par terre des instruments dans leurs étuis ; les étuis avaient grosso modo la forme de roubignolles de taureau. Entourés de ces objets, ils se mirent à tenir des propos à la mode devant des demi-pintes, d'une voix très lente, tout en regardant alentour pour voir si quelqu'un les écoutait.

Personne n'écoutait sauf moi, et ils comprirent que j'étais fasciné, mais à rebours. Pourquoi est-ce que je déteste tant les gens comme ça ? Ils paient leurs impôts locaux, jouent du cornet pour vivre, prouvent qu'ils n'ont pas d'opinion en votant Libéral/SDP, et ne prennent jamais sciemment de risques. Ils jouent Mozart en soufflant dans leur pipeau et en raclant leur violon, s'acharnant comme des malheureux, et ils sont royalement fêtés dans des salons pour sous-développés.

« Je suis rentré il y a une demi-heure ; Barbara n'est toujours pas revenue. Oh Barbara, même si je suis têtu, assommant, vieillissant et soûl, je t'en prie, je t'en prie, reste à t'occuper de moi, rassure-moi, soucie-toi de moi malgré toutes mes erreurs. Mais autant déclarer sa passion pour un mur de briques ! Je suis paniqué, terrifié à l'idée que tu puisses ne pas revenir du tout, que je ne te reverrai plus. Dans la pièce d'à côté, le transistor jacasse à propos des taux d'intérêts dans une économie en crise. Chérie, plus je te connais, moins je te connaîtrai jamais ; comment un être humain peut-il être fabriqué aussi subtilement pour infliger une aussi terrible torture ?

« Je prends un autre godet, bien que je n'en aie pas vraiment envie. Tout à l'heure, en fixant les yeux au plafond, où se trouve dessiné par l'humidité le littoral de l'Europe de l'Ouest, je n'ai rien vu du tout. Au lieu de quoi j'étais de retour en France, allongé sur le lit dans ma chambre voûtée au-dessus de la terrasse, à regarder un des frelons venu de son nid à flanc de montagne, de l'autre côté de la rivière. Il était long de sept centimètres et lorsque je lui ai flanqué un coup de revers de la main, j'ai eu l'impression de frapper du carton empoisonné, jaune vif. Elles sont si venimeuses, ces saloperies. Bon Dieu, quand je suis revenu à moi, j'étais en train de courir partout dans cette petite chambre londonienne sordide, en pans de chemise, renversant tout.

« Elle a laissé un manteau qu'elle n'aime pas, ainsi que trois cassettes de hard rock qu'elle a rapportées d'une des boîtes où elle travaille. De toute façon, maintenant qu'elle n'est pas rentrée depuis trois jours, j'ai rangé le manteau là où je ne peux plus le voir et j'ai effacé la musique sur les cassettes parce que je ne peux pas supporter qu'elle me fasse penser à elle et je les utilise pour parler dessus. Lorsque je suis trop soûl pour écrire, je trouve que ça me soulage de parler sans frein. Ce dont je souffre, ce n'est pas d'apitoiement sur moi-même, c'est d'affronter l'absolu. L'épreuve que l'écrivain se propose, c'est de débusquer l'existence, de la traquer et alors, l'un et l'autre dénudés, de combattre corps à corps, jusqu'au bout. Tout le monde finit par en faire l'expérience, d'une façon ou d'une autre. Mais souvent la lutte est brève et violente — les dernières secondes d'un accident de voiture, la chute d'un toit, une crise cardiaque, une agression, un passage à tabac et la mort dans une rue sombre.

« Mais je me demande si la torture de l'amour non partagé, qui devient la douceur morbide et vorace de la jalousie, n'est pas de loin la pire. »

« Je me rappelle ce que je t'ai dit, Barbara, au début de nos relations, quand tout était neuf, quand, chaque fois que tu m'embrassais, c'était comme du feu, et que tu disais que tu m'aimais pour mon cerveau : « Tu sembles descendre des cieux comme une brise, et puis tu disparais d'un seul coup, en ne laissant que destruction bénie. Seul un souvenir peut retomber plus tard, particule de ce qui a été, le souvenir d'un événement, une atmosphère, un son, de la musique, quelques pas d'une danse, ma main sur ta taille ou sur tes cuisses — quelque chose qui peut demeurer quelque part en moi et me rendre malade de désir et de chagrin. »

« A présent les particules retombent partout, de sombres débris effacent tout.

« Je me demande parfois si le mieux ne serait pas de nous tuer tous les deux. Mais je ne suis pas un assassin. »

35

Le 44 à Copernicus Court se trouvait dans une horrible H.L.M. rougeâtre derrière Eltham Road, non loin du New Tiger. Les bâtiments remontaient aux années 30 et chacun des trois immeubles était identique ; un escalier en ciment à l'air libre menait aux étages, et chaque étage était bordé en façade d'une balustrade de fer. Le numéro 44 était au troisième étage. Des mots d'esprit du cru, accompagnés de dessins explicatifs de sexes masculins et féminins, proliféraient sur les murs de l'escalier : « Débute par la bouche, mon pote, ton cul suivra », « La Merde propre, ça n'existe pas », et autres réflexions profondes. Tout ce qui pouvait être cassé alentour l'avait été, le plus souvent à deux ou trois reprises. La porte de la salle des chaudières avait été enfoncée et il n'en restait que du bois d'allumettes. Une planche avait été clouée en travers de l'ouverture avec cette triste inscription : « En panne ». Mais un optimiste avait inscrit à la craie en dessous : « Ça marche pour baiser, mon gars. » Des tas de cartons dégoûtants, du verre cassé, des boîtes de conserve aplaties et d'autres détritus avaient été fourrés là-dedans jusqu'à une hauteur d'au moins un mètre. Comme je commençais à monter l'escalier trois Rastas le descendaient en courant et passèrent devant moi. L'un d'eux portait un transistor réglé à fond sur Capital Radio ; on parlait d'une grosse explosion à la bombe dans le West End.

Il n'y eut pas de réponse quand je frappai au numéro 44. J'appuyai sur la sonnette, mais elle ne marchait pas, et je me remis à frapper. Finalement une grosse tête, une tête d'homme, apparut à la fenêtre de la cuisine, au 46, derrière moi, dans le passage à l'air libre qui menait aux appartements. Sous la tête, le manteau d'un employé d'une entreprise de démolition.

— Qu'est-ce que vous voulez ?

— Mme Kay Fenton.

— Qui êtes-vous ?

— Je ne suis pas distributeur de réponses. Elle est là ?

— J'en sais rien, fit-il. Alors pourquoi vous continuez pas à taper pour me fiche la fin de ma sieste en l'air ?

— Parce que ça me fait mal aux articulations.

— Gros malin, dit l'homme, et il claqua sa fenêtre.

Je n'avais pas de mandat de perquisition, et ce fut presque comme un jeu, au début : je tâtai à travers la boîte aux lettres pour voir si une clé était accrochée à l'intérieur par une ficelle.

Il y en avait bien une, en sorte que je n'eus qu'à la retirer de la boîte et à l'introduire dans la serrure. Ce que je fis. Lorsque la porte s'ouvrit, j'entrai, la fermai derrière moi, arrachai la clé de la ficelle et la laissai tomber par terre.

L'appartement me parut un des plus proprets que j'aie jamais vus. Il y avait un canapé et deux fauteuils, une télévision recouverte d'un napperon, une table au dessus de verre, des oies blanches en plastique qui voletaient d'un bout à l'autre du mur de gauche, et un feu électrique encastré en dessous, qui brillait, tout astiqué. Il me fallut quelques secondes pour me rendre compte de ce qui clochait, en traversant la cuisine et en passant dans la première chambre. Les fenêtres n'étaient jamais ouvertes, et l'appartement sentait. C'était plus qu'une odeur, en fait ; ça puait, mais faiblement. Cette odeur avait plusieurs strates. D'abord il y avait l'odeur aigre d'un appartement jamais aéré, deuxièmement il y avait des ordures, qui, bien que soigneusement empaquetées sous l'évier, n'en dégageaient pas moins leur relent bien particulier, mêlé à celui d'assiettes nettoyées avec du produit à vaisselle.

Mais il y avait autre chose.

Je restai dans le couloir à écouter. Je ne tenais pas à passer beaucoup de temps ici. Comme Mme Fenton n'était pas là, je ne souhaitais nullement la rencontrer. J'étais entré par effraction dans son appartement. Je n'avais aucune raison de m'y trouver, et ça pouvait me retomber sur le nez. Toutefois, il n'y avait rien de mal à voir comment vivaient Harvey et sa mère. Je pouvais découvrir ce que Barbara m'avait caché lors de ses conversations intimes avec moi. Elles n'étaient d'ailleurs pas si intimes que ça. Barbara n'était pas portée à l'intimité. Il y avait des renseignements que je ne tirerais jamais d'elle. Pourtant, grâce à Staniland, j'avais l'impression qu'il y en avait pas mal en ce qui concernait Harvey.

Je finis par la chambre austère de Mme Fenton et poussai la seule porte que je n'avais pas encore essayée. Je découvris aussitôt la véritable source de l'odeur.

Un sentiment de dégoût, ça n'a rien de particulièrement logique. Même quand on a pratiquement tout vu, il y a beaucoup de spectacles qui ne provoquent nulle impression de nausée. Mais celui-là, si. Il y avait un lit dans la pièce, bon pour un enfant de dix ans, fait uniquement avec des draps immaculés et une couverture de laine ornée de lapins bleus. L'édredon était rabattu, et le lit était tout prêt pour qu'on s'y glisse. Il y avait des rideaux neufs à la fenêtre, bleu clair, décoré de personnages de comptines — la Vieille Mère l'Oie, le Chat et le Violon, etc. Sur le mur en face du lit, se trouvait un grand carton blanc. Dessus, en caractère imprimés noirs, se lisaient les mots : « Un enfant est Propre et Pur de Cœur. » Tout autour de la pièce, d'autres cartons. Ils indiquaient, avec les mêmes caractères soignés, les jours de la semaine, et l'espace occupé par chaque carton était isolé du suivant par de l'adhésif blanc, bien propre.

L'odeur venait du plancher. Chaque espace comportait

un pot de chambre d'enfant. Aujourd'hui c'était mardi, aussi le pot d'hier contenait-il des excréments, et je me demandai ce que sentirait la pièce quand viendrait samedi, puisque la tâche du dimanche était de toute évidence de vider les pots et de récurer. Il y avait une table au pied du petit lit, placée exactement à équidistance du lit et du mur du fond. Il y avait une chaise dure en bois devant la table. Sur celle-ci se trouvaient différentes choses. Il y avait une liste, écrite en majuscules d'imprimerie laborieuses ; elle était divisée au milieu par une ligne. La partie gauche de la liste était intitulée « Ce que Maman aime », et commençait par : « Maman aime qu'un garçon soit propre. Maman aime qu'un garçon soit régulier. » La liste était longue. Le nombre de choses qu'aimait Maman semblait sans fin.

L'autre partie de la liste, intitulée « Ce que Maman n'aime pas », était aussi longue, cependant. On y lisait entre autres : « Maman n'aime PAS la SALETE. Maman n'aime PAS les petites FILLES sales. Maman autorise seulement les filles qui punissent les petits garçons sales qui ne VEULENT PAS ALLER A LA SELLE. »

Ça continuait, mais j'en avais assez vu. En regardant cette petite table immaculée, l'envie de vomir montant en moi tandis que je me bouchais le nez, j'eus une image de Harvey, du gros dur extraverti de l'« Azincourt », buvant avec ses copains — et puis de l'autre, Harvey allongé sur son lit d'enfant, allongé avec obéissance, démence, dans l'odeur de ses excréments, pendant que sa mère écoutait à travers la fine cloison de sa chambre attenante, et se postait au-dessus de lui deux fois par jour lorsqu'il faisait ses besoins.

J'imaginais les deux femmes, en fait, postées au-dessus de lui, prêtes à le corriger, l'une d'elles munie d'une montre, sans doute au cas où il dépasserait la limite du temps nécessaire à la pitoyable opération.

Deux femmes, parce que sur la table se trouvait un portrait de Barbara dans un grand cadre métallique. Elle était habillée en infirmière, les cheveux soigneusement ramenés sous son bonnet. Elle avait l'air glacial. Mais sous la glace, c'était une expression corrompue, sans pitié, le visage d'une sadique.

Dans une impulsion, je saisis le fouet que je trouvai sur la table devant le portrait, brisai le manche en deux et jetai les morceaux par terre avant de sortir.

36

— Barbara, dis-je, Barbara, je suis complètement noué à l'intérieur. Est-ce que tu m'aimes vraiment ?

— C'est une question stupide.

Nous étions au lit, chez elle.

— Non, ce n'est pas stupide. Tu es devenue bizarre, par un certain côté.

— Tu veux dire que tu doutes.

— Tu douterais toi aussi, si tu savais tout ce que je sais. Vraiment tout.

— Ah bon ? Qu'est-ce que c'est, « vraiment tout » ?

— Les choses qu'on ne peut pas encaisser chez les gens. La merde, le pus, les infections, qui sont le lot de tout le monde. Les maladies auxquelles il faut tenter de faire face chez les gens qu'on aime. La merde que tu vois et que tu essaies d'assainir en la corrigeant, les lubies de l'enfance, de l'échec, de la vieillesse. Tu me suis ?

— Comme de laisser une vieille tapette te frapper pour de l'argent, par exemple ? (Elle étouffa un bâillement.) Je l'ai fait. Tu le frappes, il jouit, le pauvre vieux, et puis tu as du mal à récolter l'argent, et ça finit pour tout le monde par une gueule de bois. C'est ça que tu veux dire ?

— Oui, en gros.

— Rien de tout ça ne m'atteint. Ce n'est pas pire que d'être receveur dans un bus, c'est juste un service.

— C'est ça que tu faisais pour Charlie ?

— Plus ou moins, mais il ne pouvait pas payer. Quelqu'un le saignait déjà à blanc ; avant que j'entre en scène.

— Qui ça ? Quelqu'un de sa famille ?

— Ecoute, dit-elle, l'ennui avec toi, c'est que tu es toi-même un peu comme Charlie, dans ton genre. Quand tu t'attaques à quelque chose, tu ne lâches jamais, et je suis vraiment fatiguée, mais tu ne veux pas qu'on baise avant que je tombe de sommeil ? (Elle se tourna vers moi avec une expression de franchise.) Tu ne peux pas savoir ce que c'est pour moi de baiser un bon coup, sans histoires pour changer, avec un homme qui est un homme. Ça te va, comme déclaration d'amour ? C'est ce que je peux faire de mieux.

— Ce n'est pas mal.

— Je suis bien contente. Si tu étais à ma place, tu verrais qu'il n'y a pas de gens bons ou mauvais.

— J'ai été à ta place, et je le vois bien.

— Aime-moi, fit-elle d'une voix somnolente, même si tu n'es pas tout à fait l'homme que je croyais avoir rencontré au 84.

— Peut-être que je ne l'ai jamais été.

On eut une scène au milieu de la nuit. Je pensais au fouet sur la table de Harvey et je lui dis :

— Je crois que tu es vraiment dérangée, chérie. (Je pensais que je ferais aussi bien d'en finir et de cesser la comédie et j'ajoutai :) Allons, assieds-toi, saleté, tu t'y connais, en fouets ?

Elle se mit à crier.

— Pourquoi crois-tu que je m'y connais en fouets ?

— Tu t'y connais très bien.

— Eh bien, t'as qu'à te fouetter avec, putain ! (Elle continua à hurler, et se mit à me marteler le visage.)

C'était déjà le matin, et peu après elle dit :

— Il va falloir que tu partes.

— Pour de bon ?

— Oui, je crois que tu ferais mieux de déménager ce

matin, et de retourner à Earlsfield. Tu ne m'as pas laissé le choix. Tu cherches à en savoir trop.

— Les gens amoureux cherchent toujours à savoir.

— Tant pis pour eux. Ils ne devraient pas. Ils devraient accepter, c'est tout. De toute façon, tu ne m'aimes pas, tu fais simplement semblant. Tu es tordu.

— Bah, les tordus se repèrent mutuellement.

— Allez. Sors du lit. Habille-toi. Remue-toi. Je parle sérieusement.

J'étais déjà sorti du lit ; je commençai alors à m'habiller.

— On se rencontrera peut-être encore au 84.

— Je n'y travaillerai plus.

— Ben, on pourrait tomber l'un sur l'autre, comme ça. Où est-ce que tu vas travailler ?

— Ça ne te regarde pas ; tu veux toujours en savoir trop, tu es casse-pieds.

— Oh, voyons.

— Je n'en sais rien, une boîte africaine, sans doute. Il y a des fois où j'aime être entourée d'une bande d'Africains. Ils ne donnent pas dans la gamberge, ils parlent d'eux tout le temps, et le résultat c'est qu'ils ne posent jamais de questions, comme toi.

— On ne va pas se revoir du tout ? fis-je d'un ton implorant. On ne pourrait pas juste prendre un pot quand tout ça sera passé, au pub par exemple, et puis se payer une petite séance au pieu, comme ça, en amis, sans que ça nous engage ?

Elle me considéra, la tête penchée de côté.

— Je sais pas. Je verrai. Mais sans doute pas, ça serait pas très marrant. Tu t'es démantibulé entre mes mains comme tous les autres, comme un outil bon marché ; j'ai perdu mon respect pour toi, mais je vais y réfléchir. En attendant, j'aimerais récupérer ma clé, la clé de l'appartement que je t'ai donnée.

— Je suis désolé. Je l'ai laissée chez moi à Earlsfield.

— Eh bien, j'aimerais la récupérer.

— Je te la redonnerai. Ecoute, mieux, Barbara, je vais te la rapporter. J'appellerai et puis on pourrait fixer la date.

— Tu ne pourras plus appeler. Je change de numéro aujourd'hui.

— Oh, sois raisonnable, dis-je.

Du poste de radio dans la cuisine du voisin, sortait une voix de femme qui chantait : « Comme un rondin qui tombe et roule sur le côté, je suis si lourde, si fatiguée... »

— Je ne peux pas y croire, dis-je. Repartons de zéro.

— Tu ferais mieux de partir.

— Je suis presque habillé. C'est cette conversation sur les fouets qui a tout déclenché, hein ?

Elle saisit un gobelet à café et me le jeta dessus. Je l'évitai facilement.

— Je ne connais rien sur les fouets !

— Est-ce que tu connaissais Harvey Fenton ? lui demandai-je. Un gros bonhomme. Dur à mater.

— Espèce de salaud.

— Il est proprio d'une part du 84.

Elle respira à fond.

— Va-t'en, c'est tout, dit-elle, va-t'en. J'attends quelqu'une d'une minute à l'autre.

— Quoi ? Un nouvel homme ?

— Un type qui veut me donner du travail.

— Quel genre de travail ?

— Du travail, c'est tout. Maintenant va-t'en.

— C'est Harvey Fenton qui vient ?

— Je ne sais pas. Non. T'es flic ?

— Je suis un homme qui a une mission, ça certainement.

— Eh bien, fous le camp d'ici avec ta mission à la con ! Et cesse de poser des questions ! Toujours tes foutues questions, sale petit sournois ! Maintenant fiche le camp d'ici ! Va-t'en !

— Tu crois qu'il y a jamais rien eu entre nous, Barbara ?

— Non, putain, non ! En tout cas, s'il y a eu quelque chose, c'est fini. Mort. Tu comprends ? Mort.

— Bah dis donc, ça paraît définitif, à la façon dont tu le dis.

— C'est définitif. Maintenant tire-toi. Tu comprends pas l'anglais ? J'ai dit dehors, ouste. Dehors, dehors !

37

Je revins à Acacia Circus tard dans l'après-midi. Je m'assis et mis une cassette de Staniland. J'avais l'esprit vide en l'écoutant. Il n'y avait rien à quoi penser.

Staniland disait : « Barbara m'a demandé hier soir : « Qu'est-ce qui te fait chialer maintenant, vieux crétin ? » Je lui ai répondu : « Je vois l'existence comme une vaste étendue de terre qui doit être labourée. » Elle a dit : « Tu es complètement fou, Charlie, tu sais. » « Non », ai-je dit, « d'une façon ou d'une autre l'équilibre doit être maintenu entre la logique et le désir. »

« Plus tard dans la soirée, j'ai tenté d'expliquer tout cela à l' « Azincourt ». Le Galant Rigolart était là, comme d'habitude, écoutant et me tournant le dos. Il avait un sourire de mépris. C'est curieux ; il écume quelquefois, comme une bouteille de champagne mal ouverte. Tandis que j'essayais d'expliquer mes arguments sur l'existence à qui voulait bien écouter, il racontait à ses amis comment quatre de ses copains s'étaient envoyé à la chaîne une fille dans le train Londres-Pulborough : « Toute la voiture était vide à part elle, vous voyez ? C'était facile, du cousu main ! Une fois que tous les mecs l'ont sautée, les négros ont rappliqué pour le second tour, le train en était bourré ! »

Je me dis : il faut que j'attende qu'il fasse nuit.

Staniland encore : « Dimanche à Duéjouls. Seulement se laisser vivre dehors ainsi, après l'hiver ! Je suis assis dans le coin abrité de la terrasse, avec un vieux cahier d'exercices de Charlotte sur les genoux. Peu importe si je n'écris rien dessus aujourd'hui. On peut écrire et penser trop... être trop solitaire, jusqu'à finir par se sentir le cerveau tout meurtri. Il vaut mieux de temps en temps oublier les problèmes, seulement s'asseoir au soleil un moment, regarder l'effet du vent sur les terres et observer le soleil, les nuages qui filent vers le sud, l'éléphant qui se transforme en femme éperdue d'adoration, en fou aux bras croisés, en dieu, en rien. Des lambeaux gris, chacun de la forme d'une théière, vont vite se cacher dans un linceul noir qui annonce la pluie ; des fantômes distordus, couleur de pommes de terre, se heurtent à la montagne en face. Pendant ce temps le petit affluent du Tarn bruit en coulant sur les pierres à vingt mètres en dessous de moi, passe de la couleur de l'eau pure à celle de l'ardoise. Même ainsi, malgré l'orage imminent, il fait doux. Je tiens mon vin frais et regarde les arbres verdir en poussant. Quelle joie ! Pour une fois observer tout ce jeune foisonnement sans toutefois devoir y prendre part ! Aujourd'hui rien ne compte ; il n'y a que la gratitude ! Bientôt je vais rentrer faire une salade pour le déjeuner ; puis j'écrirai dans l'après-midi, dès que le soleil me laissera un coin d'ombre ! »

J'attendrai très tard qu'il fasse complètement nuit, jusqu'après la fermeture des pubs. Minuit, ou même plus tard. Vraiment tard.

« Ici à Duéjouls, règnent un climat et une atmosphère que je comprends. Chaque élément parcourt l'année avec sa propre austérité due à la chaleur ou au froid — le vert et le noir, la croissance et le déclin. Comme d'habitude l'homme a essayé d'étouffer toute naissance, mais Dieu merci, il n'y est pas parvenu ici dans les montagnes — ici il y a toujours un équilibre aveugle mais authentique, et finalement rien ne se perd. »

Comme il me serait facile de classer l'affaire Staniland, de laisser faire ! Mais je vais la faire éclater. Je vais écarter les alibis des coupables, les prendre à la gorge et leur arracher le cœur.

« Il me semble que c'est comme l'autre jour, lorsque mon voisin à Duéjouls a été renversé et tué par un touriste. Je dis bien tué — en réalité il est mort après être resté dans le coma à Sainte-Anne pendant trois jours. Il n'avait que quarante-deux ans. Tout le monde au village a été complètement bouleversé par la nouvelle. Il était apparenté à la moitié d'entre eux ; en plus, il venait de construire une nouvelle maison à côté de l'église, en employant des hommes de métier du coin. Bien que réussissant très bien dans les affaires, c'était un voisin extrêmement généreux et il prêtait de l'argent à beaucoup de gens dans le village quand ils étaient à court. Toutefois les obsèques ont posé une question délicate, parce qu'il n'avait pas de religion. Il ne pouvait donc y avoir de cérémonie dans les règles à Sainte-Catherine ni, bien sûr, de prêtre, quoique la famille possède un caveau dans le cimetière. Aussi le maire a-t-il dû officier, en fin de compte : il portait l'écharpe tricolore sur son complet gris. Mes compatriotes ont généralement une attitude impassible à un enterrement, mais ici à Duéjouls tout le monde a pleuré — la veuve et sa famille, les conducteurs de camion, les paysans, le propriétaire du bistrot, les gens du château, tout le monde. Même les deux représentants de la Banque Populaire se soutenaient l'un l'autre. J'étais moi-même bien peiné parce que, seulement quatre jours avant son accident, j'étais descendu lui rembourser les cinq cents francs qu'il m'avait prêtés et nous avions bu ensemble une Old Crow au bar qu'il avait construit dans le hall d'entrée, et nous avions parlé de chasse, car on était en octobre. Mais maintenant j'étais là, je suivais le maire avec des fleurs jusqu'à sa tombe. Il devait y avoir trois cents personnes présentes, dont certaines venaient d'aussi loin que Rodez, et je n'ai jamais vu tant de visages tristes. Pourtant, dès que nous sommes tous ressortis du cimetière et que nous nous sommes trouvés sous les acacias en face de l'église, nous avons tous fait demi-tour et sommes allés boire un verre de vin au bistrot, car il faisait encore très chaud. Le propriétaire y était allé le premier pour pouvoir nous servir, et bien entendu il nous a servis toujours vêtu de son costume. Nous nous sommes tous assis avec nos beaux habits et nos chemises à col ouvert, nous avons bu, nous avons parlé un moment de l'enterrement, et aussi de la chasse. Seules la veuve, une très jolie femme, et ses deux sœurs sont restées derrière, au cimetière, elle avait le visage blanc comme un linge. »

Je ne prendrai pas d'arme, pensai-je. D'ailleurs, je n'avais pas d'arme.

« Duéjouls. Je me rappelle comment ç'a été là-bas, la première fois que je suis revenu de Londres, après le départ de Margo et de Charlotte. Il m'a fallu réapprendre complètement à vivre l'existence tranquillement. Des hippies s'étaient introduits par effraction dans la maison. Il ne restait pratiquement pas de meubles, il y avait de la merde partout ; quelqu'un avait inscrit le numéro de téléphone de l'horloge parlante sur le mur de la cuisine. De toute façon le téléphone avait été brisé, sans doute parce qu'il y avait dix-sept cents francs à payer. Je me suis dit que j'étais fini, cette fois. J'ai parcouru des yeux notre maison massacrée et je me suis dit : *Je suis la tradition vaincue*. Je suis monté me coucher, soûl, dans l'obscurité torride, avec les cris aigus des souris et le bruissement des chauves-souris se déplaçant sur les chevrons ou s'échappant par les fenêtres sans vitres pour la chasse de la nuit. Les sols nus étaient jonchés de mégots de joints, les planches du lit de ma fille, un vieux lit de chêne que lui avait donné un paysan qui l'aimait, avaient été enfoncées, et quelqu'un avait pissé sur son matelas, qui avait été fourré dans un coin près du mur. Il y avait partout des matelas dans la maison, troués par les brûlures de cigarettes des *marginaux.* »

La bande se termina : « Oh Dieu, protège-moi et sauve-moi : sois un vrai Dieu ! Couronnes, fleurs et paix éternelle pour les défunts : beauté et innocence pour les morts, Amen. »

Peu à peu il se faisait tard. J'allai à ma fenêtre et regardai au-delà du balcon, vraiment pas assez large pour être utilisable. Ça me faisait drôle, d'avoir attrapé ce qu'avait eu Staniland ; moi aussi, maintenant, j'avais été poussé au-delà de mes limites. Mais je me sentais sain d'esprit et calme.

Il faisait noir au-dessus d'Acacia Circus. Je regardai se balancer le faîte des arbres dont les feuilles, recrocquevillées dans un mauvais sommeil, ne pouvaient trouver de repos naturel à cause de la lumière crue des tubes de néon, et s'inclinaient au gré des caprices de la brise empoisonnée de la ville. Au loin, au-delà de la fausse campagne, j'entendis le murmure sans fin de la circulation, et le hurlement d'une sirène de police. J'ouvris la fenêtre et restai assis sur le rebord un moment, faisant face à ma petite pièce sans charme qui n'avait jamais égayé personne. Je me mis à penser sérieusement au téléphone à clavier tout neuf qui ne sonnait jamais, et à la porte fabriquée en série qui ne s'ouvrait jamais. Je voyais un bout du réfrigérateur, là-bas, dans la cuisinette fonctionnelle — il était plein de la chair des choses élevées pour mourir : des poulets traités, gavés de force, des légumes préparés à la machine, un plat de bœuf au curry pour une personne, de petites tranches de morue pour deux venant de l'usine numéro trois. La pièce était si calme à présent, sans la voix de Staniland. Mais je sentais qu'il m'avait donné ses instructions pour toujours.

Je restai assis à penser à Staniland, en attendant patiemment l'heure adéquate. Il avait éveillé mon intérêt pour ce que j'étais comme je ne l'aurais jamais imaginé. Il avait formulé la question qui en fin de compte importait, dans les deux vers qu'il avait cités sur une cassette. Je les retrouvai et les repassai :

« Que serons-nous,
Quand nous ne serons plus ce que nous sommes ? »

38

Je décidai qu'il était temps de me mettre en route à une heure moins le quart. Je descendis dans la rue ; la lune donnait en plein sur le cercle de béton qu'était Acacia Circus ; la planète l'avait argenté. Je me dirigeai vers la voiture et vérifiai mon équipement. Je n'en avais pas beaucoup : une lampe-torche. J'avais également ma clé d'entrée chez Barbara.

Je fis démarrer la voiture et pris la direction de New Cross en passant par la rive sud à travers Wandsworth et Battersea. Je ne savais pas ce que j'allais faire. Ça m'était égal de me trouver face à face avec Harvey ou Barbara d'abord, ou bien tous les deux ensemble. Je possédais leurs deux adresses ; je les aurais. Je ne pensais à rien en conduisant ; j'éprouvais simplement une impression de vide triste. Je fis le tour du rond-point d'Elephant, et choisis l'Old Kent Road. Elle était déserte. Un minitaxi me croisa comme une flèche — Planet ? — de retour vers l'ouest, vide, avec sa longue antenne courbe ; une voiture de police faisant une ronde ; une vieille guimbarde rouge avec des pare-chocs chromés et sans amortisseurs, se dirigeant vers Peckham, bourrée de Noirs qui hurlaient, et crachant des vapeurs d'huile tel un avion de chasse abattu. J'observais la fuite rapide des bâtiments derrière moi — une façade peinte en violet, Occult City, des boutiques de « poisson-frites », une discothèque condamnée par des planches. En arrivant chez Barbara, je tournai dans sa rue et me garai un peu après sa porte.

Je descendis de voiture, revins en arrière et examinai attentivement son immeuble. Son appartement au second était noir sur la façade, et la rue était tranquille et vide ; j'entendais seulement une lourde circulation sur la A 14, surtout des camions allant au marché de Nine Elms. Une chaude brise fit voler un peu de poussière dans le caniveau. Ça paraissait une nuit bien calme pour ce genre de besogne — mais il fallait bien qu'il fasse un temps ou un autre.

L'appartement de Barbara était dans une maison mastoc, deux étages, un appartement à chaque étage. Je ne tenais pas à faire de bruit, si possible, aussi traversai-je l'espace entre sa maison et la voisine pour passer dans le jardin. Les mauvaises herbes arrivaient aux genoux ; des rouleaux de treillis métallique étaient éparpillés au milieu des volubilis, tassés par ceux-ci contre d'autres détritus. Il n'y avait pas non plus de lumière à l'arrière de son appartement. Je m'approchai en silence du mur de la maison et regardai un moment l'échelle d'incendie qui y était fixée. Puis, sous l'effet d'une impulsion, je bondis sur l'échelon du bas ; il était à environ deux mètres cinquante du sol, mais je réussis à l'atteindre. Seulement il céda ; il était rongé de rouille. Je grimpai malgré tout d'un échelon, posai les semelles de mes tennis contre le mur et me suspendis par les bras, levant les yeux vers sa fenêtre de derrière, la cuisine. Il se pouvait qu'il n'y ait personne, vu que tout était noir. Je m'en moquais ; si c'était le cas, je pouvais tout simplement attendre qu'il y ait quelqu'un. En silence, je montai prestement l'échelle et atteignis la fenêtre. Je savais qu'elle s'ouvrirait pour la simple raison qu'elle ne fermait jamais, comme je m'en étais aperçu, et en un clin d'œil je passai à travers et me retrouvai à l'abri, les pieds dans l'évier. Je sortis à tâtons de la cuisine, entrai dans le couloir, retenant ma respiration, et me dirigeai vers « notre » chambre. Là, un rai de lumière filtrait sous la porte. Je m'arrêtai, écoutai, mais n'entendis rien. Je pris quand même un bon recul et ouvris la porte d'un coup de pied.

Harvey et Barbara étaient au lit. Je vis qu'il y avait un pot de chambre dans un coin de la pièce, qui contenait quelque chose, mais ils avaient tout de même fait l'amour, ou du moins, essayé ; la chambre mal aérée sentait la sueur et l'odeur fétide de leurs corps. Tous deux me reluquèrent, l'air endormi, à moitié soulevés sur le bras gauche.

— Levez-vous, dis-je. (Le ton de ma voix était froid.)

— Personne ne se lève, dit Barbara, reprenant ses esprits la première. T'es pas malade de venir ici ? (Elle fit un rapide mouvement sous le drap.)

— Ne touche à rien là-dessous, dis-je. Pas même à ton cul.

— Dites, fit Harvey, vous avez un mandat pour entrer ici comme ça ?

— Non.

— Vous avez un flingue ? (Il posa la question d'un ton malin qui faisait pitié, comme un prestidigitateur demandant à un gosse quel jour c'est, Noël.)

— Non.

— Eh bien alors, tu t'es foutu dans un sacré merdier, tu ne crois pas ? dit Barbara.

— C'est pas possible qu'il soit seul, lui dit Harvey. (Il me regarda.) Hein ? Vous êtes seul ?

— Devine tout seul, répondis-je. Mais je vais te dire une chose. Tu as l'air triste à crever, là-dessous, à tâcher de jouer les hommes.

— Ecoutez, fit-il avec insistance, écoutez, c'est quoi, toute cette histoire ? C'est ce truc sur Charlie Staniland ? (Devant mon mutisme il reprit :) Vous avez la preuve que c'est nous ?

— Non. C'est justement pour ça que je suis venu.

— Tu attendras longtemps, fit Barbara, espèce de con.

— Tu te trompes.

Nous gardâmes tous le silence un bon moment, puis Harvey :

— C'est vous qui avez cassé mon fouet ? Chez ma mère ?

— Bien sûr que c'est lui, couillon.

— Vous pourriez prendre un méchant bouillon, entendis-je Harvey me dire, à fouiner comme ça dans la vie privée d'un mec. Vous le savez ?

— Tu parles comme je m'en fiche.

— De toute façon, dit Barbara, c'est un sacré bouillon que tu vas prendre.

— Oh je sais pas, dit Harvey. Doucement, doucement, Babsie, peut-être qu'on pourrait s'arranger. On pourrait partager les trois cents livres qu'on a soutirées à Eric avant de le buter, et rester quand même bons amis.

Il me regarda.

— Non, fis-je.

— Allons, allons, dit Harvey d'un ton enjôleur, vous les flics, vous êtes presque tous véreux. J'en connais pas un qui refuse de toucher deux ou trois pence sans poser de questions.

— J'en connais, répliquai-je. Moi.

Il y eut un autre silence dans la petite pièce, tandis que tout le monde réfléchissait à la situation.

— Pourquoi vous avez tué Eric ? demandai-je. Parce que tous les deux vous prenez plaisir à tuer les gens ?

— Bon d'accord, on est un peu tordus, je le reconnais, fit Harvey, mais il vous a bien parlé de nous, non ? (Je ne pipai mot et il reprit :) De toute façon, nous ne pouvions pas prendre le risque.

— Et on était un peu éméchés.

— Je n'ai rien à foutre de tout ça, dis-je. Staniland.

— C'était un contrat, comme qui dirait, répondit Harvey.

— Comme qui dirait.

— Il voulait qu'on l'allume. On a commencé par se foutre de sa gueule à l' « Azincourt », mais à la fin il nous suppliait de le buter. Il nous en conjurait ! Il nous a payé pour qu'on le bute, voilà ce qui s'est passé.

— Ça s'est passé à cause de vous, dis-je. Et je n'ai

jamais vu une besogne aussi bien faite. (Je saisis un flacon de maquillage sur la table derrière moi et le lui jetai dessus ; le verre se brisa et se répandit, ainsi que le maquillage, sur toute sa tête.) Beau travail, sale assassin.

— Du calme, du calme, dit Barbara, en faisant bouger ses mains comme celles d'un pianiste, ce qui s'est passé, c'est que Harvey a paniqué et a largué le pauvre con dans les taillis et pas sur la chaussée. Bien sûr, on voulait que ça ait l'air d'un crime de chauffard ! Albatross Road ? Je lui ai dit : tu n'as qu'à le laisser là cinq minutes, il se fera écraser cent fois, et personne ne saura jamais la vérité, surtout que c'était l'heure de pointe.

— D'accord, d'accord, fit Harvey en la regardant d'un air irrité. (C'était si étrange de les voir encore couchés au lit ensemble comme ça.) Entendu, j'ai fait une connerie.

— Tu as paniqué, tu veux dire, reprit-elle. (Elle leva les yeux au ciel.) Et après tout cet entraînement sur le pot !

Harvey tenta de ne pas faire attention à elle ; ça marcha aux trois quarts. Il m'adressa la parole :

— Allons, soyez raisonnable. Prenez les cents livres.

— Tu crois que la vie de Staniland vaut cent livres ? (Je hochai la tête.) J'ai bien compris ? C'est ça que tu es vraiment en train de me dire ?

— Ouais, fit Harvey en se rallongeant sur l'oreiller et en caressant ses cheveux roux, bien sûr. Prenez votre argent. On l'a ici dans la chambre — c'est que des vieux billets de cinq livres qu'on ne peut pas identifier. (Il me fit un clin d'œil.)

— Tu es un con, lui dit Barbara. Il ne prendra pas l'argent. Tu n'achètes pas la police avec cent livres, de nos jours.

— Et dans mon cas, ajoutai-je, pas même avec cent mille.

— Tu vois ? lui dit-elle rageusement en lui flanquant des coups de coude dans les côtes. Tu vois, oui ?

— Vous êtes fichus, leur dis-je. Vous pouvez me foutre

en l'air à cause de Staniland, mais la police vous aura à cause de moi.

— Joue pas au héros, bordel, dit Harvey.

Je les observais de loin, je les regardais évaluer la situation. Il était grand temps qu'ils s'y mettent. Ils avaient tous les deux un casier, et ils savaient qu'il y avait encore suffisamment de juges et de jurés, non seulement pour les déclarer coupables dans l'affaire Staniland, mais pour les saler au maximum. Et cela, s'ils ne me touchaient pas. S'ils étaient assez stupides pour me buter en plus, ils seraient condamnés à perpète, et purgeraient la peine avec les autres phénomènes, là où la perpétuité voulait dire ce que ça voulait dire — ils la purgeraient avec Hindley, Brady, Sutcliffe et Peter Manuel, et l'étrangleur à la corde de piano des Midlands. Ils savaient qu'ils se retrouveraient à l'ombre dans un quartier de haute sécurité, et ils savaient qu'ils pouvaient devenir fous là-dedans, comme un des frères Kray. Harvey n'aurait pas de pots, ni de fouets, ni de maman, ni de Babsie ; il demanderait un pot à un maton et ils se tordraient de rire à Wakefield.

— Mon rapport est à l'Usine, dis-je.

— Prends l'argent, c'est tout, dit Harvey. C'est ta dernière chance.

— Non.

— Mais nom de Dieu, tu cherches à te faire tuer.

— Non, ce que vous pourriez faire, c'est de vous habiller tous les deux, et venir à l'Usine signer une déposition. Vous feriez aussi bien... Vous êtes cuits tous les deux !

— Pour la dernière fois, fit Harvey, je te dis que Staniland voulait mourir.

— Même si c'était vrai, vous n'en restez pas moins une paire d'assassins. Vous donnez dans le genre d'euthanasie que le public n'apprécie pas. Si vous aviez voulu vous en tirer, vous auriez dû détruire tous les écrits de ce type, toutes ses cassettes.

— On l'aurait fait, dit-il de mauvaise grâce, mais on

savait pas ce qu'il y avait dessus. On s'est vraiment pas occupés de ses papiers à la con.

— Eh bien, c'est dommage. Les gens comme vous font toujours des erreurs.

Se tournant vers Harvey, Barbara dit :

— Ecoute, à ce qu'il me paraît, il va falloir qu'on bousille un flic.

— Je sais, fit Harvey, et ça me plaît pas, et j'ai tout essayé, parce que, tu sais, Babsie, qu'on se fout dans un sacré merdier en faisant ça. Une épave comme Charlie, c'est une chose ; ça, c'est autre chose.

Barbara ne fit plus attention à moi. Elle me tourna le dos et s'adressa à Harvey :

— Bon, est-ce qu'on va jacter comme ça toute la nuit, ou quoi ?

— Je te dis qu'on est fichus si on l'allume, Babs.

— L'ennui avec toi, c'est que t'as rien dans le ventre.

J'entendais le murmure de leurs voix tandis qu'assis dans leur lit ils parlaient de moi. J'avais l'impression d'être un patient atteint d'une maladie mortelle, entouré des deux médecins qui s'occupent de lui et qui discutent son cas à haute voix, parce qu'il n'y a plus de raison de lui cacher son état. Cependant je leur dis :

— Il faut bien que vous compreniez qu'une fois que je serai mort, vous aurez toute la police de Londres à vos trousses, et pas un de vous deux ne durera une semaine.

Seul Harvey me regarda, alarmé. Barbara disait :

— Quand on aura fini, on lui prend simplement les clés et on fiche sa voiture en l'air. C'est vraiment dommage, une jolie Escort, presque neuve. Mais enfin, on ne peut pas éviter ça, il faudra le faire.

— Pour la dernière fois, Babsie, je te dis, buter un poulet...

Elle fit volte-face dans le lit et le regarda :

— Ne me pète pas entre les mains comme de la camelote, dit-elle furieusement. (Elle pointa vers lui un doigt rageur :) je t'ai entraîné. Je veux que tu sois Harvey le dur, le propre, et que tu chies pas dans ton froc.

Je savais qu'on en était arrivé au point critique et j'ébauchai un mouvement : elle me fit face, toute raide dans le lit, et j'entendis le déclic jouer dans le manche de son couteau à cran d'arrêt. Tout ce que je peux dire, c'est que nous éprouvions du mépris, face à face, et je ne savais toujours pas pourquoi elle avait une telle expression vengeresse, même au dernier moment lorsque surgit la lame avec un claquement sec et qu'elle traversa l'air en brillant, parce que maintenant elle l'avait lancée et qu'un grand pas avait été franchi. Mon attention était tellement concentrée sur l'arme qu'il me sembla qu'elle volait très lentement ; je m'aperçus même, par exemple, que le manche était noir. La main droite de Barbara était redevenue de nouveau immobile, l'index toujours pointé vers moi, crochu, tordu. Je voyais distinctement l'ongle carminé de ce doigt ; je me demandai même quand elle l'avait verni pour la dernière fois. Sa face irradiait son défi et sa haine pour moi ; son regard me dévorait, et j'eus la sotte vision de ma cour de récréation, toute pleine de pareils visages belliqueux, quand je ne savais plus où aller, quoi espérer. Harvey n'avait pas bougé ; le jet du couteau était trop soudain pour lui. Mais je voyais qu'il savait quel danger il courait, à vivre avec une femme qui emportait un couteau au lit. Il était toujours appuyé contre la tête du lit et me considérait toujours avec la même expression ; mais son visage pâlissait déjà et sa bouche béa, légèrement plus d'un côté que de l'autre.

Lorsque le couteau m'atteignit au centre de la gorge, cela ne me fit nullement souffrir au début, ça me fit simplement tout drôle, de voir le manche ressortir sous le menton. Je fis un geste comme pour le retirer avec ma main, mais seulement d'une façon quasi-humoristique, presque en manière de plaisanterie. Mais je me sentis aussitôt devenir plus faible sous l'effet du choc ; tous les objets dans la pièce semblaient plus brillants, et les deux silhouettes plus massives, plus nettes, plus compactes ; elles étaient entourées d'un halo noir et ondulant. Je fis quelques pas au pied de leur lit, assez stables au début, à droite et à gauche, sans raison particulière, évoluant au hasard. Je m'aperçus au même instant, cependant, que je ne sentais plus vraiment mes pieds. Je les regardai et constatai avec surprise que mes tennis se détachaient ; je ne m'étais encore jamais rendu compte que des tennis puissent se détacher comme ça. J'étais inquiet parce que cette conclusion difficile semblait absurde, mais tout comme je les regardais, les tennis prirent peu à peu une teinte plus sombre. L'autre chose qui me frappa, ce fut le dessus-de-lit jaune que ces gens avaient posé sur le lit. Un motif écarlate se dessinait dessus, ce n'était peut-être pas au goût de tout le monde ; il me rappela encore mon enfance, quand je regardais ma mère glacer un gâteau. Mais c'était un glaçage rouge et il y avait dedans des morceaux compacts qui n'auraient pas dû s'y trouver — des aliments sortis de ma bouche peut-être ; ma mère n'aurait certainement pas permis ça.

Je me sentis tout à coup atrocement froid et je tombai par terre, me traînant à moitié contre le mur. Du noir apparut sur les bords de mon champ visuel, et il y avait cette horrible présence du couteau planté dans ma gorge, en permanence, et je n'entendais plus qu'un sombre grondement, comme dans le tunnel de Swiss Cottage sur la ligne de Bakerloo.

— Laisse-le dedans, entendis-je dire à Barbara, tant que je n'ai pas trouvé quelque chose pour récolter le sang. Ça va fiche le camp partout, sinon.

Les mots me rappelèrent une chose qu'avait dite Staniland à propos d'un porc, mais Staniland n'était nulle part à mes côtés. Tous les deux, ils étaient sortis du lit et cette femme à l'air las quittait la pièce. Mais elle se retourna à la porte... Quelle porte ? Toutes ses paroles, tout ce qui l'entourait, me semblaient s'allonger à l'infini. Puis soudain je ne vis plus rien.

— Encore, entendis-je dire à Barbara. Le cœur cette fois-ci. Ne rate pas.

— Ton couteau ! (Ce furent les derniers mots que j'entendis.) Ton putain de couteau. Il va falloir qu'on brûle tout, connasse.

Ce que j'avais voulu dire c'était : « Je m'en vais. » Je voulais prévenir quelqu'un que je savais tout, maintenant. J'étais devenu tout froid, et je voulais prévenir quelqu'un que je savais très bien que tout était devenu sombre, que bientôt il ferait très sombre, trop sombre pour que j'y voie encore, ou que j'entende, ou peut-être que je sache, voire même que j'aie besoin de voir, besoin de savoir, où j'allais : mais peut-être, lorsqu'il ferait complètement noir, que la paix du noir deviendrait semblable à la lumière, en sorte que ma dernière expérience deviendrait aussi mystérieuse, aussi musicale que la première, si bien que, dans ma dernière obscurité, n'existerait peut-être plus le même besoin de comprendre quelque chose d'aussi lointain que le monde.

DU MÊME AUTEUR

Aux Éditions Gallimard

Dans la collection Carré Noir

CRÈME ANGLAISE, *nº 443*

Dans la collection Série Noire

LE SOLEIL QUI S'ÉTEINT, *nº 1902*

Impression Bussière à Saint-Amand (Cher),
le 3 Juin 1983.
Dépôt légal : juin 1983.
Numéro d'imprimeur : 861.

ISBN 2-07-048919-1./Imprimé en France.

31839